S. FISCHER

Andrew Sean Greer

MISTER WENIGER

ROMAN

Aus dem amerikanischen Englisch
von Tobias Schnettler

S. FISCHER

Erschienen bei S. FISCHER
2. Auflage Mai 2018

Die Originalausgabe erschien 2017 unter dem Titel
»Less« bei Lee Boudreaux Books/Little, Brown
and Company, New York

Satz: Dörlemann Satz, Lemförde
Druck und Bindung: GGP Media GmbH, Pößneck
Printed in Germany
ISBN 978-3-10-397328-0

Für Daniel Handler

WENIGER ZUNÄCHST

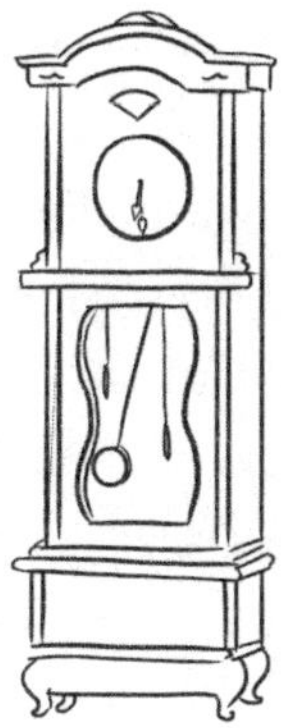

Von meiner Warte aus wirkt die Geschichte des Arthur Weniger gar nicht so schlimm.

Sehen Sie ihn sich an: da sitzt er adrett auf dem runden Plüschsofa des Hotelfoyers, in blauem Anzug und weißem Hemd, das eine Bein über das andere geschlagen, so dass ein polierter Slipper von seiner Fußspitze baumelt. Die Pose eines jungen Mannes. Seine schmale Silhouette ist tatsächlich noch immer die seines jüngeren Selbst, doch mit fast fünfzig ist er wie eine dieser Bronzestatuen in öffentlichen Parks, die sich – auch wenn ein Glück bringendes Knie von Schulkindern blank gerieben wurde – wunderbar verfärben, bis sie der Farbe der Bäume entsprechen. Auch Arthur Weniger, der einmal vor lauter Jugend rosa und golden gewesen war, ist ausgeblichen wie das Sofa, auf dem er sitzt, während er mit einem Finger auf sein Knie tippt und die große Standuhr anstarrt. Die lange Patriziernase ist von der Sonne dauerhaft verbrannt (selbst im wolkenverhangenen Oktober in New

York). Das ausgewaschene blonde Haar ist oben zu lang, an den Seiten zu kurz – ein Abbild seines Großvaters. Dieselben wässrig blauen Augen. Lauschen Sie: dann hören Sie vielleicht, wie die Nervosität tickt, tickt, tickt, während er diese Uhr anstarrt, die ihrerseits leider nicht mehr tickt. Sie hat schon vor fünfzehn Jahren damit aufgehört. Arthur Weniger weiß das nicht; trotz seines reifen Alters glaubt er noch immer daran, dass Begleitpersonen bei Literaturveranstaltungen grundsätzlich pünktlich sind, und dass Hotelpagen zuverlässig die Uhren im Foyer aufziehen. Er trägt keine Uhr; sein Glaube ist stark. Es ist reiner Zufall, dass die Uhr um halb sieben stehengeblieben ist, fast genau um die Uhrzeit, zu der er zur heutigen Veranstaltung abgeholt werden soll. Der arme Mann weiß es nicht, doch es ist bereits viertel vor sieben.

Während er wartet, dreht eine junge Frau in einem braunen Wollkleid immer wieder ihre Runden, eine Vertreterin der Gattung Tweed-Kolibri, die zuerst diese Gruppe Touristinnen bestäubt und dann jene. Sie steckt ihr Gesicht in eine Gruppe von Stühlen hinein, stellt eine Frage und flitzt, weil ihr die Antwort nicht gefällt, davon, um eine andere zu finden. Weniger nimmt nicht wahr, wie sie so ihre Runden dreht. Er ist zu sehr auf die defekte Uhr fokussiert. Die junge Frau geht zum Empfang, dann zum Aufzug, wo sie eine Gruppe von Damen aufscheucht, die sich fürs Theater übertrieben schick gemacht haben. Auf und ab wippt Wenigers baumelnder Schuh. Würde er aufpassen, hätte er vielleicht die beflissene Frage der Frau aufgeschnappt, aus der hervorgeht, wieso sie diese allen im Foyer stellt, nur nicht ihm:

»Entschuldigen Sie, aber sind Sie Miss Arthur?«

Das Problem – das in diesem Foyer nicht gelöst werden wird – besteht darin, dass die Begleitdame glaubt, Arthur Weniger sei eine Frau.

Zu ihrer Verteidigung muss erwähnt werden, dass sie nur einen seiner Romane gelesen hat – eine digitale Ausgabe ohne Foto – und die Erzählerin so fesselnd, so überzeugend fand, dass sie sich sicher war, nur eine Frau könne das geschrieben haben; sie nahm an, der Name sei eine dieser amerikanischen Gender-Merkwürdigkeiten (sie ist Japanerin). Dies ist, für Arthur Weniger, eine der wenigen begeisterten Kritiken. Nur nützt ihm das in diesem Augenblick nicht viel, da er auf dem runden Sofa sitzt, aus dessen konischer Mitte eine Ölpalme wächst. Denn jetzt ist es zehn vor sieben.

Arthur Weniger ist seit drei Tagen hier; er ist in New York, um ein Bühnengespräch mit dem berühmten Science-Fiction-Autor H.H.H. Mandern zu führen, anlässlich der Veröffentlichung von H.H.H. Manderns neuem Buch; darin lässt er seinen wahnsinnig beliebten Holmes-haften Roboter wiederauferstehen, Peabody. In der Welt der Bücher ist das eine Schlagzeile für die Titelseite, und hinter den Kulissen klang alles so, als gehe es um sehr viel Geld. Geld klang aus der Stimme, die Weniger aus heiterem Himmel anrief und fragte, ob er mit dem Werk von H.H.H. Mandern vertraut sei und ob er vielleicht Zeit für eine Moderation habe. Geld aus den Nachrichten der Pressedame, die Weniger einwies, welche Fragen für H.H.H. Mandern absolut tabu seien (seine Frau, seine Tochter, seine schlecht besprochene

Lyriksammlung). Geld aus der Wahl des Veranstaltungsortes und den Werbetafeln, mit denen das gesamte Village gepflastert ist. Geld aus dem aufblasbaren Peabody, der vor dem Theater gegen den Wind ankämpft. Geld sogar aus dem Hotel, in das man Arthur eingebucht hat, und wo man ihm einen Haufen »kostenloser« Äpfel zeigte, bei denen er jederzeit gerne zugreifen dürfe, Tag und Nacht, kein Problem. In einer Welt, in der die meisten Menschen genau ein Buch pro Jahr lesen, hängt sehr viel Geld von der Hoffnung ab, dass *dies* dieses eine Buch ist und dass mit diesem Abend sein Siegeszug beginnt. Und alle verlassen sich auf Arthur Weniger.

Der beobachtet noch immer pflichtbewusst die stehengebliebene Uhr. Er sieht die Begleitdame nicht, die elend neben ihm steht. Er sieht nicht, wie sie ihren Schal zurechtrückt und dann das Foyer durch die Waschmaschine von einer Drehtür verlässt. Sehen Sie sich das schüttere Haar auf seinem Scheitel an, das schnelle Blinzeln seiner Augen. Betrachten Sie sein jungenhaftes Vertrauen.

Einmal, in seinen Zwanzigern, hatte eine Dichterin, mit der er sich unterhielt, ihre Zigarette in einer Topfpflanze ausgedrückt und gesagt: »Du bist wie ein Mensch ohne Haut«. Eine *Dichterin* hatte das gesagt. Eine, die ihren Lebensunterhalt damit verdiente, sich bei lebendigem Leibe öffentlich selbst zu häuten, hatte gesagt, dass *er*, der große und junge und hoffnungsfrohe Arthur Weniger, *keine Haut* habe. Aber es stimmte. »Du musst dir einen Panzer zulegen«, hatte ihm sein alter Rivale Carlos früher immer erklärt, doch Weniger hatte nicht gewusst, was das bedeuten sollte. Gemein zu sein? Nein, es hieß, geschützt zu sein, gewappnet gegen die Welt, doch kann man sich so einen Panzer überhaupt »zulegen«, oder wäre das genauso aussichtslos wie der Versuch, sich einen Sinn für Humor »zuzulegen«? Oder tut man nur so, so wie ein humorloser Geschäftsmann Witze auswendig lernt und als »der Kracher« gilt, weil er Parties immer rechtzeitig verlässt, bevor ihm das Material ausgeht?

Was auch immer es sein mag – Weniger hat es nie gelernt. Mit vierzig hat er nicht mehr als ein schwaches Gefühl seines Selbst entwickelt, vergleichbar mit der zarten Schale eines Butterkrebses. Eine mittelmäßige Rezension oder eine dahingesagte Kränkung tun ihm nicht mehr weh, doch Liebeskummer, echter, wahrer Liebeskummer, kann sein dünnes Fell durchstoßen und Blut hervortreten lassen, das genau dieselbe Farbe hat wie früher. Wie kann es sein, dass einem so viele Dinge ab einem bestimmten Alter langweilig werden – Philosophie, Radikalismus und anderes Fast Food –, und nur der Liebeskummer beißt wie eh und je? Vielleicht, weil er immer wieder frische Quellen dafür findet. Selbst alberne alte Ängste hat er nie überwunden, nur vermieden: Telefonanrufe (frenetisch auf die Tasten hackend wie ein Mann, der den Entschärfungscode einer Bombe eingibt), Taxis (das Trinkgeld fallen lassend und aus dem Auto springend wie eine fliehende Geisel), und auf Parties mit attraktiven Männern oder Berühmtheiten zu reden (noch immer im Kopf seine ersten Sätze probend, um dann zu merken, dass der andere sich bereits verabschiedet). Diese Ängste plagen ihn noch immer, doch der Lauf der Zeit hat Lösungen dafür gefunden. Textnachrichten und E-Mails bewahren ihn für alle Zeiten vor dem Telefonieren. In Taxis gibt es Kreditkartengeräte. Eine verpasste Gelegenheit kann sich online melden. Aber Liebeskummer – wie lässt sich der vermeiden, außer, indem man der Liebe komplett abschwört? Letztlich war das die einzige Lösung, die Arthur Weniger fand.

Vielleicht erklärt das, wieso er einem bestimmten jungen Mann neun Jahre schenkte.

Ich vergaß zu erwähnen, dass auf seinem Schoß ein russischer Kosmonautenhelm liegt.

Doch jetzt auch mal ein wenig Glück: aus der Welt außerhalb des Foyers erklingt ein Läuten, einmal, zweimal, dreimal, viermal, fünfmal, sechsmal, siebenmal, und bringt Arthur Weniger dazu, von seinem Platz aufzuspringen. Sehen Sie ihn sich an: erst starrt er den Verräter an, die Standuhr, dann rennt er zur Rezeption und bringt – endlich – die entscheidende temporale Frage vor.

»Ich verstehe nicht, wie Sie denken konnten, ich sei eine Frau.«

»Sie sind so ein talentierter Schriftsteller, Mr Weniger. Sie haben mich getäuscht! Und was haben Sie da dabei?«

»Das hier? Die Buchhandlung hat mich gebeten –«

»Ich habe *Dunkle Materie* geliebt. An einer Stelle musste ich an Kawabata denken.«

»Das ist einer meiner Lieblingsautoren! *Die alte Kaiserstadt*. Kyoto.«

»Ich komme aus Kyoto, Mr Weniger.«

»Wirklich? Ich werde in ein paar Monaten dort sein –«

»Mr Weniger. Wir haben da ein Problem …«

Diese Unterhaltung findet statt, während die Frau in dem braunen Wollkleid ihn einen Theaterkorridor entlangführt. Dieser ist mit einem einsamen Baum dekoriert, die Art von Requisite, hinter der sich der Held in einer Filmkomödie verstecken würde; der Rest ist glänzend schwarz gestrichener Backstein. Weniger und seine Begleitung sind vom Hotel zum Veranstaltungsort gerannt, und er spürt bereits, wie der Schweiß sein frisch gebügeltes weißes Hemd in etwas Transparentes verwandelt.

Wieso er? Wieso haben sie Arthur Weniger gefragt? Einen unbedeutenden Autor, dessen größter Ruhm darin besteht, in jungen Jahren mit der Russian River School von Schriftstellern und Künstlern verbunden gewesen zu sein, einen Autor, der zu alt ist, um als frisch und unverbraucht zu gelten, und zu jung, um wiederentdeckt zu werden, einen, der im Flugzeug niemals neben jemandem sitzt, der schon einmal von seinen Büchern gehört hätte. Na ja, Weniger weiß genau wieso. Es ist kein großes Geheimnis. Es wurde eine Berechnung angestellt: Welcher Schriftsteller wäre bereit, sich auf ein Bühnengespräch vorzubereiten, ohne dass er dafür bezahlt wird? Es musste jemand schrecklich Verzweifeltes sein. Wie viele andere Autoren, die er kennt, hatten gesagt »Auf keinen Fall«? Wie weit mussten sie sich durch die Liste arbeiten, bis jemand vorschlug: »Und was ist mit Arthur Weniger?«

Er ist tatsächlich ein verzweifelter Mann.

Von hinter der Wand hört er die Zuschauer etwas

skandieren. Ganz sicher den Namen von H.H.H. Mandern. In den vergangenen Monaten hat Weniger insgeheim H.H.H. Manderns Werke verschlungen, diese Weltraumoperetten, die ihn zunächst abgestoßen haben, mit ihrer blechernen Sprache und den lachhaften Ausstanzfiguren, um ihn dann mit ihrer Erfindungsgabe zu packen, die eindeutig größer ist als seine eigene. Wenigers neuer Roman, eine ernste Erkundung der menschlichen Seele, wirkt wie ein Kleinplanet im Vergleich mit den Konstellationen, die dieser Mann erdacht hat. Und doch, was soll man ihn fragen? Was kann man einen Autor je anderes fragen als: »Wie?« Und die Antwort ist, wie Weniger genau weiß, offensichtlich: »Keine Ahnung!«

Die Begleitdame plappert vor sich hin, über die Kapazität des Theaters, die Vorbestellungen, die Lesereise, das Geld, das Geld, das Geld. Sie erwähnt auch, dass sich H.H.H. Mandern eine Lebensmittelvergiftung eingefangen zu haben scheint.

»Sie werden sehen«, sagt die Begleitdame, und eine schwarze Tür öffnet sich zu einem hellen, aufgeräumten Raum, wo Schnittchen auf einem Klapptisch ausgebreitet liegen. Daneben steht eine weißhaarige, in Schals gehüllte Dame, und unter ihr: H.H.H. Mandern, der gerade in einen Eimer kotzt.

Die Dame dreht sich zu Arthur um und mustert den Weltraumhelm: »Wer zur Hölle sind Sie denn?«

New York: die erste Station einer Reise um die Welt. Eigentlich ist das Ganze ein Nebeneffekt von Wenigers

Versuch, sich aus einer heiklen Lage zu befreien. Er ist stolz darauf, dass es ihm gelungen ist. Es ging um eine Hochzeitseinladung.

Arthur Weniger ist seit anderthalb Jahrzehnten Junggeselle. Dem ging eine lange Zeit voraus, in der er mit dem älteren Dichter Robert Brownburn zusammenlebte, ein Tunnel der Liebe, den er mit einundzwanzig betrat und in seinen Dreißigern, ins Sonnenlicht blinzelnd, verließ. Wo war er? Irgendwo darin hatte er die erste Phase der Jugend hinter sich gelassen wie die erste Phase einer Rakete; sie war verbraucht von ihm abgefallen. Und hier war die zweite. Und letzte. Er schwor sich, er würde sie an niemanden verschenken; er würde sie genießen. Er würde sie allein genießen. Nur: Wie soll man allein leben, ohne zugleich allein zu sein? Die Frage beantwortete die Person, von der er es am wenigsten erwartet hätte: sein ehemaliger Rivale Carlos.

Nach Carlos befragt, spricht Weniger immer von »einem meiner ältesten Freunde«. Das Datum ihrer ersten Begegnung kann präzise bestimmt werden: Memorial Day, 1987. Weniger erinnert sich sogar, was sie beide an diesem Tag anhatten: er, eine knappe grüne Badehose, Carlos ein entsprechendes Modell in leuchtendem Bananengelb. Jeder von ihnen hielt eine Weißweinschorle in der Hand wie eine Pistole, und beobachtete den anderen über den Rasen hinweg. Es lief ein Lied, Whitney Houston wollte mit jemandem tanzen. Der Schatten eines Mammutbaumes fiel zwischen sie. Mit jemandem, der sie liebte. Ach, hätte man doch eine Zeitmaschine und eine Videokamera! Könnte man doch den rosa-goldenen

Arthur Weniger und den muskulös nussbraunen Carlos Pelu in ihrer Jugend einfangen, als Ihr Erzähler noch ein Kind war! Doch wer braucht schon eine Kamera? Sicher wiederholt sich diese Szene in ihren Köpfen jedes Mal, wenn der Name des anderen fällt. Memorial Day, Schorle, Mammutbaum, mit jemandem tanzen. Und beide lächeln und sagen, der andere sei »einer meiner ältesten Freunde«. Dabei war es Hass auf den ersten Blick.

Lassen Sie uns nun doch einmal diese Zeitmaschine benutzen, allerdings mit einem Ziel, das fast zwanzig Jahre später liegt. Lassen Sie uns ins San Francisco Mitte der 2000er reisen, in ein Haus in den Hügeln, in der Saturn Street. Eine dieser Kreaturen auf Stelzen, eine Wand aus Glas, hinter der ein nie benutztes Piano zu sehen ist und eine hauptsächlich aus Männern bestehende Gruppe von Menschen, die einen von einem Dutzend vierzigster Geburtstage in jenem Jahr feiert. Unter ihnen: ein dickerer Carlos, dessen langjähriger Partner ihm nach seinem Tod ein wenig Grundbesitz hinterlassen hat, und der diese paar Baugrundstücke in ein Immobilienimperium verwandelt hat, inklusive einzelner Teilhaberschaften in Vietnam und Thailand, sogar an einer lächerlichen Ferienanlage in Indien, von der Weniger schon gehört hat. Carlos: dasselbe würdevolle Profil, doch keine Spur mehr von dem muskulösen jungen Mann in der Bananen-Badehose. Für Arthur Weniger ist es ein lockerer Spaziergang von seiner kleinen Hütte an den Vulcan Steps, in der er jetzt allein lebt. Eine Party – warum nicht? Er wählt ein typisches Weniger-Kostüm –

Jeans und Cowboyhemd, nur leicht unpassend – und macht sich auf den Weg, am Hügel entlang Richtung Süden.

Stellen Sie sich unterdessen Carlos vor, der auf einem Peacock-Stuhl thront und Hof hält. Neben ihm, fünfundzwanzig Jahre alt, in schwarzer Jeans, T-Shirt und runder Hornbrille, mit dunklem lockigem Haar: sein Sohn.

Das ist mein Sohn, hat er, wie ich mich erinnere, jedem erklärt, als der Junge erstmals auftauchte, damals gerade mal ein Teenager. Doch er war nicht sein Sohn – er war ein verwaister Neffe, den man zu seinem nächsten Verwandten nach San Francisco geschickt hatte. Wie soll ich ihn beschreiben? Große Augen, von der Sonne gesträhntes Haar und damals noch mit einer aufsässigen Art. Er weigerte sich, Gemüse zu essen oder Carlos anders anzusprechen als mit Carlos. Sein Name war Federico (mexikanische Mutter), doch alle nannten ihn Freddy.

Auf der Party starrt Freddy aus dem Fenster, wo der Nebel die Innenstadt auslöscht. Inzwischen isst er Gemüse, doch seinen gesetzlichen Vater nennt er noch immer Carlos. In seinem Anzug sieht er so dünn aus, dass es wehtut, mit einer eingefallenen Brust, und auch wenn ihm jugendlicher Elan völlig abgeht, teilt Freddy sämtliche Leidenschaft der Jugend; man kann sich mit einer Tüte Popcorn zurücklehnen und sich die Liebesfilme und Komödien ansehen, die seine Gedanken auf sein Gesicht projizieren, und beobachten, wie seine Phantasien die Gläser seiner Hornbrille zum Schimmern bringen wie die Membranen von Seifenblasen.

Freddy dreht sich um, als er seinen Namen hört; es ist eine Frau in einem weißen Seidenanzug und einer Bernsteinkette, mit dem coolen Auftreten einer Diana Ross: »Freddy, Schätzchen, ich habe gehört, du drückst wieder die Schulbank?« Was er denn nach dem Studium werden wolle?, fragt sie freundlich. Ein stolzes Lächeln: »Highschool-Englischlehrer.«

Das bringt sie zum Strahlen. »Gott, das freut mich ja! Ich treffe nie junge Leute, die Lehrer werden wollen.«

»Ehrlich gesagt liegt es vor allem daran, dass ich Leute in meinem Alter nicht ertrage.«

Sie pickt die Olive aus ihrem Martini. »Das könnte dein Liebesleben erschweren.«

»Kann sein. Aber eigentlich habe ich gar kein Liebesleben«, sagt Freddy und trinkt mit einem großen Schluck sein Champagnerglas leer.

»Wir müssen bloß den richtigen Mann für dich finden. Du kennst doch meinen Sohn, Tom –«

Von der Seite: »Eigentlich ist er Dichter!« Carlos steht mit einem schräg gehaltenen Glas Weißwein neben ihnen.

Die Frau (die Höflichkeit gebietet es, sie vorzustellen: Caroline Dennis, im Softwaregeschäft tätig; Freddy würde sie noch sehr gut kennenlernen) quietscht.

Freddy betrachtet sie genau und lächelt schüchtern. »Ich bin ein schrecklicher Dichter. Carlos erinnert sich nur daran, dass ich als Kind einer werden wollte.«

»Das war letztes Jahr«, sagt Carlos grinsend.

Freddy steht still da; seine dunklen Locken erzittern von dem, was ihm gerade durch den Kopf geht.

Mrs Dennis gibt ein paillettenbesetztes Lachen von sich. Sie sagt, sie liebe Lyrik. Sie habe immer schon auf Bukowski »und so Sachen« gestanden.

»Du magst Bukowski?«, fragt Freddy.

»Oh nein«, sagt Carlos.

»Tut mir leid, Caroline. Aber der ist noch schlechter als ich.«

Mrs Dennis' Dekolleté läuft rot an, Carlos lenkt ihre Aufmerksamkeit auf ein Gemälde, das ein alter Freund aus der Russian River School gemalt hat, und Freddy, der nicht einmal das Gemüse des Small Talks herunter bekommt, stakst zur Bar, um sich ein neues Glas Champagner zu holen.

Arthur Weniger hat das Haus erreicht. Er steht vor einem weißen Tor in einer dieser niedrigen Mauern, die das Haus verdeckt, das sich dahinter den Hang hinab erstreckt. Was werden die Leute wohl sagen? *Ach, gut siehst du aus. Hab schon gehört von dir und Robert. Wer behält das Haus?*

Wie sollte er wissen, dass hinter diesem Tor neun Jahre auf ihn warten?

»Hallo, Arthur! Was trägst du da?«

»Carlos.«

Zwanzig Jahre später und immer noch, an diesem Tag, in diesem Raum: alte Rivalen im Duell.

Neben ihm: ein junger Mann mit lockigem Haar und Brille, in Hab-acht-Stellung.

»Arthur, du erinnerst dich doch an meinen Sohn, Freddy …«

Es war so einfach. Freddy fand Carlos' Haus unerträglich, und so kam es oft vor, dass er freitags, nach einem anstrengenden Schultag und der Happy Hour mit ein paar seiner Collegefreunde bei Weniger auftauchte und nichts lieber wollte, als sich ein Wochenende lang im Bett zu verkriechen. Den nächsten Tag verbrachte Weniger dann damit, einen verkaterten Freddy mit Kaffee und alten Filmen wieder aufzupäppeln, um ihn am Montagmorgen aus dem Haus zu werfen. Das passierte ungefähr einmal im Monat, nachdem sie sich kennengelernt hatten, aber wurde schnell zu einer Gewohnheit, bis Weniger schließlich feststellte, wie enttäuscht er war, als es an einem Freitagabend nicht an der Tür klingelte. Wie seltsam, in seinen warmen, weißen Laken aufzuwachen, wenn das Sonnenlicht durch die Klettertrompete ins Zimmer schien, und zu spüren, dass etwas fehlte. Als er ihn das nächste Mal sah, sagte er Freddy, er solle nicht so viel trinken. Und so schlechte Gedichte rezitieren. Und hier war der Schlüssel zu seinem Haus. Freddy sagte nichts, aber er steckte den Schlüssel ein und benutzte ihn, wann immer er wollte (ohne ihn je zurückzugeben).

Ein Außenstehender würde vielleicht sagen: *Das ist alles wunderbar, aber der Trick ist doch, sich nicht zu verlieben.* Darüber hätten sie beide gelacht. Freddy Pelu und Arthur Weniger? Freddy war so wenig an einer Beziehung interessiert, wie es ein junger Mensch sein sollte; er hatte seine Bücher, seinen Unterricht, seine Freunde und sein Leben als Single. Der alte, unkomplizierte Arthur erwartete nichts. Freddy glaubte außerdem, dass es seinen Vater verrückt machte, dass er mit Carlos' altem Erzfeind schlief, und Freddy war noch jung genug, um Vergnügen daran zu finden, seinen Ziehvater zu quälen. Er kam nie auf den Gedanken, dass Carlos erleichtert sein könnte, ihn von der Backe zu haben. Was Weniger anging: Freddy war nicht einmal sein Typ. Arthur Weniger hatte sich immer nur in ältere Männer verliebt; sie waren die eigentliche Gefahr. Ein Jüngelchen, das nicht mal die Namen der Beatles kannte? Ein Zeitvertreib, eine Freizeitbeschäftigung, ein Hobby.

Weniger hatte in den Jahren, in denen er sich mit Freddy traf, natürlich noch andere, ernstere Liebhaber. Da war der Geschichtsprofessor der UC-Davis, der zwei Stunden Autofahrt auf sich nahm, um Weniger ins Theater auszuführen. Glatzköpfig, mit rotem Bart, einem Funkeln in den Augen und mit Witz; eine Zeitlang war es ein Vergnügen, ein Erwachsener zu sein, der mit einem anderen Erwachsenen zusammen war, diese Phase des Lebens – die frühen Vierziger – gemeinsam zu durchleben und über ihre Angst vor der Fünfzig zu lachen. Im Theater blickte Weniger zu ihm hinüber, sah Howards vom Bühnenlicht beschienenes Profil und dachte: *Das ist ein guter Gefährte, das ist eine gute Wahl.* Hätte er Howard lieben können? Sehr wahrscheinlich. Doch der Sex war merkwürdig, viel zu spezifisch (»Kneif mich da, gut, und jetzt berühr mich da; nein, höher; nein, *höher*; nein, HÖHER!«) und fühlte sich an wie das Vortanzen für eine Revue. Aber Howard war nett, und er konnte kochen; er brachte Zutaten mit und bereitete eine Sauerkrautsuppe, die so scharf war, dass Weniger ein wenig high davon wurde. Oft hielt er Wenigers Hand und lächelte ihn an. Und so harrte Weniger sechs Monate lang aus, um zu sehen, ob der Sex besser werden würde, doch das passierte nicht, und er verlor kein Wort darüber, also wusste er vermutlich, dass es doch keine Liebe war.

Es gab noch andere; viele, viele andere. Da war der chinesische Banker, der Geige spielte und im Bett lustige Geräusche von sich gab, doch der küsste, als wisse er nur aus dem Kino, wie man das macht. Da war der kolumbianische Barkeeper, dessen Charme sich nicht leugnen ließ, doch der ein unmögliches Englisch sprach (»Ich will deine Hand und deine Fuß dienen«); Wenigers Spanisch war noch schlechter. Da war der Architekt aus Long Island, der in Flannelpyjama und Mütze schlief, wie jemand in einem Stummfilm. Da war der Florist, der darauf bestand, Sex im Freien zu haben, was zu einem Arztbesuch führte, bei dem Weniger zugleich um einen Test auf Geschlechtskrankheiten und ein Mittel gegen Giftsumach bitten musste. Da waren die Nerds, die davon ausgingen, Weniger verfolge jede einzelne Nachricht aus der Tech-Industrie, sich aber ihrerseits nicht im Geringsten verpflichtet fühlten, sich mit Literatur zu beschäftigen. Da waren die Politiker, die ihn vermaßen, als wollten sie ihm einen Anzug schneidern. Da waren die Schauspieler, die ihn auf dem roten Teppich ausprobierten. Da waren die Fotografen, die ihn ins rechte Licht setzten. Viele von denen hätten es vielleicht getan. So viele Menschen würden es tun. Doch wenn man einmal wirklich verliebt war, ist einem das »tut's schon« nicht mehr genug; es ist schlimmer, als allein zu leben.

Kein Wunder, dass Weniger jedes Mal wieder zum verträumten, simplen, lüsternen, lesewütigen, harmlosen, jugendlichen Freddy zurückkehrte.

So hielten sie es neun Jahre lang. Und dann, eines Herbsttages, war es zu Ende. Natürlich hatte sich Freddy verändert, er war vom Fünfundzwanzigjährigen zu einem Mann Mitte dreißig geworden: Ein Highschoollehrer, der kurzärmelige blaue Button-Down-Hemden mit schwarzer Krawatte trug und den Weniger im Scherz Mr Pelu nannte (oft hob er dazu noch die Hand, als wolle er im Unterricht drangenommen werden). Seine Locken hatte Mr Pelu behalten, doch seine Brille war jetzt aus rotem Kunststoff. Er passte nicht mehr in seine alten Kleider; aus dem dürren Jungen war ein ausgewachsener Mann geworden, mit Schultern und Brust und dem Ansatz eines weichen Bauches. Er kam nicht mehr jedes Wochenende betrunken die Treppe zu Wenigers Haus hinaufgestolpert und rezitierte schlechte Lyrik. Doch an einem Wochenende tat er es. Er war auf der Hochzeit eines Freundes gewesen und als er kam, betrunken und mit rotem Gesicht, lehnte er sich gegen Weniger und torkelte lachend in seinen Windfang. Es folgte eine Nacht, in der er sich, Wärme ausstrahlend, an Weniger klammerte. Und ein Morgen, an dem Freddy mit einem Seufzer verkündete, dass er jetzt mit jemandem zusammen war, der wollte, dass er monogam werde. Das hatte er versprochen, gut einen Monat zuvor. Und er meinte, es sei langsam an der Zeit, sich an dieses Versprechen zu halten.

Freddy lag auf dem Bauch und hatte seinen Kopf auf Wenigers Arm abgelegt. Seine Bartstoppeln kratzten. Auf dem Nachttisch vergrößerte seine rote Brille ein Paar Manschettenknöpfe. Weniger fragte, »Weiß er von mir?«

Freddy hob den Kopf. »Was soll er von dir wissen?«

»Das hier.« Er deutete auf ihre nackten Körper.

Freddy sah ihm direkt in die Augen. »Ich kann nicht mehr herkommen.«

»Verstehe.«

»Es wäre schön. Es war schön. Aber du weißt, es geht nicht.«

»Verstehe.«

Freddy schien noch etwas sagen zu wollen, doch er unterbrach sich. Er schwieg, doch er sah ihn an wie jemand, der sich ein Foto einprägen wollte. Was sah er da? Er wandte den Blick von Weniger ab und griff nach seiner Brille. »Du solltest mich küssen, als wär's ein Abschiedskuss.«

»Mr Pelu«, sagte Weniger. »Das hier ist kein Abschied.«

Freddy setzte seine rote Brille auf, und in jedem Aquarium schwamm ein kleiner blauer Fisch.

»Willst du, dass ich für immer hier bei dir bleibe?«

Ein wenig Sonnenlicht fiel durch die Klettertrompete; es malte ein Muster auf das nackte Bein.

Weniger sah seinen Liebhaber an, und vielleicht gingen ihm da einige Bilder durch den Kopf – eine Smokingjacke, ein Hotelzimmer in Paris, eine Party auf einem Dach –, vielleicht war das, was er sah, auch nur die von Panik und Verlust verursachte Schneeblindheit. Sein Gehirn sandte eine aus drei Pünktchen bestehende Nachricht aus, die er zu ignorieren beschloss. Weniger beugte sich hinab und gab Freddy einen langen Kuss. Dann zog er den Kopf weg und sagte, »Ich merke doch, dass du mein Eau de Cologne benutzt hast«.

Die Brillengläser, die die Entschlossenheit des jungen Mannes so sehr vergrößert hatten, vergrößerten jetzt seine auch so schon großen Pupillen. Sie rasten auf Wenigers Gesicht hin und her, als würden sie darin lesen. Er schien all seine Kraft zusammenzunehmen, um zu lächeln, und schließlich tat er es.

»War das dein bester Abschiedskuss?«, fragte er.

Dann, einige Monate später, die Hochzeitseinladung im Briefkasten: *Wir möchten die Hochzeit von Federico Pelu und Thomas Dennis mit Ihnen feiern.* Wie unangenehm. Er konnte die Einladung unter keinen Umständen annehmen, wenn doch jeder wusste, dass er Freddys alter Liebhaber war; die Leute würden kichern und die Augenbrauen hochziehen, und obwohl es Weniger normalerweise egal gewesen wäre, ertrug er es nicht, sich das Lächeln auf Carlos' Gesicht vorzustellen. Sein mitleidiges Lächeln. Weniger war Carlos bereits auf einer weihnachtlichen Benefizveranstaltung begegnet (eine Feuerfalle aus Kiefernzweigen), und Carlos hatte Weniger zur Seite genommen und ihm dafür gedankt, Freddy so großzügig ziehen gelassen zu haben: »Arthur, du weißt, mein Sohn war nie der Richtige für dich.«

Und doch konnte Weniger die Einladung nicht einfach absagen. Zu Hause zu sitzen, während die alte Gang in Sonoma zusammenkam, um Carlos' Geld zu vertrinken – nun, sie würden auch so über ihn lachen. Der traurige junge Arthur Weniger war zum traurigen alten Arthur Weniger geworden. Sie würden alte Geschichten ausgraben, um sich über ihn lustig zu machen; auch neue würden ausprobiert werden. Der Gedanke war unerträglich; er durfte unter keinen Umständen absagen. Knifflig, knifflig, dieses Leben.

Zeitgleich mit der Hochzeitseinladung kam ein Brief, der ihn höflich an das Angebot erinnerte, an einer obskuren Universität in Berlin zu lehren, mit einem Hinweis auf das knappe Honorar sowie die knappe Zeit, die ihm zum Antworten blieb. Weniger saß an seinem Schreibtisch und starrte den Brief an; der sich aufbäumende Bär im Briefkopf erschien ihm eregiert. Durch das geöffnete Fenster drang die Melodie hämmernder Dachdecker und der Geruch geschmolzenen Teers ins Zimmer. Dann öffnete er eine Schublade und holte einen Stapel Briefe hervor, auch dies Einladungen, allesamt unbeantwortet; weitere waren in den Tiefen seines Computers versteckt, und nochmals weitere unter einem Haufen Voicemails begraben. Weniger saß da, während das Fenster vom Lärm der Arbeiter erzitterte, und sah sich die Briefe an. Ein Lehrauftrag, eine Konferenz, ein Schreibaufenthalt, ein Reiseartikel und so weiter. Und so wie bei diesen sizilianischen Nonnen, die einmal im Jahr singend hinter einem sich lüftenden Vorhang stehen, damit ihre Familien sie sehen können, hob sich für Arthur Weniger in seinem kleinen Arbeitszimmer, in seinem kleinen Haus, ein Vorhang, hinter dem ein einzigartiger Gedanke ans Licht kam.

Ich bedaure, schrieb er auf das beigefügte Antwortschreiben, aber ich werde außer Landes sein. Alles Liebe an Freddy und Tom.

Er würde sie alle annehmen.

Was hat er da für einen klapprigen Reiseplan zusammengeschustert!

Erstens: dieses Interview mit H.H.H. Mandern. Das verschafft ihm das Flugticket nach New York City, inklusive zweier Tage vor der Veranstaltung, in denen er die Stadt genießen kann, im leuchtenden Herbst. Und mindestens ein kostenloses Essen gehört auch noch dazu (das Glück des Schriftstellers): mit seinem Agenten, der ganz sicher Nachricht von seinem Verleger erhalten hat. Wenigers neuester Roman wohnt schon seit mehr als einem Monat bei seinem Verleger, so wie jedes moderne Pärchen vor der Hochzeit zusammenwohnt, doch bestimmt wird der Verleger im Laufe der nächsten Tage die entscheidende Frage stellen. Dann wird der Champagner fließen; und das Geld.

Zweitens: eine Konferenz in Mexico City. Es ist die Art Veranstaltung, die Weniger jahrelang abgelehnt hat: ein Symposium über Roberts Werk. Er und Robert sind seit anderthalb Jahrzehnten getrennt, doch als Robert krank wurde und nicht mehr reisen konnte, fingen die Leiter der Literaturfestivals an, sich an Weniger zu wenden. Nicht an ihn als Schriftsteller; eher als eine Art Zeitzeuge. Eine Bürgerkriegswitwe, so kommt es Weniger vor. Diese Festivals wollen einen allerletzten Blick auf die berühmte Russian River School von Schriftstellern und Künstlern werfen, eine 70er-Jahre-Boheme, die schon längst hinterm Horizont verschwunden ist, und da würden sie auch den Abglanz akzeptieren. Doch Weniger hat sich immer geweigert. Nicht, weil es seinen eigenen Ruhm schmälern würde – das wäre gar nicht möglich, weil Wenigers Status, seiner eigenen Einschätzung nach, unterirdisch ist –, sondern weil es ihm parasitär vorkommt, Geld mit einer Welt zu verdienen, die eigentlich Robert gehört. Und diesmal ist es nicht einmal genug Geld. Nicht mal annähernd genug. Doch es würde ihm hübsch die Lücke von fünf Tagen füllen, die sich zwischen New York und der Preisverleihung in Turin auftut.

Drittens: Turin. Weniger ist skeptisch. Angeblich soll er einen *prestigioso* Preis für ein Buch verliehen bekommen, das kürzlich ins Italienische übersetzt wurde. Welches Buch? Er muss lange suchen, bis er dahinter kommt, dass es *Dunkle Materie* ist. Liebe und Bedauern durchfährt ihn; der Name einer alten Liebschaft auf der Passagierliste eines Kreuzfahrtschiffes. *Ja, sehr gerne kommen wir für den Flug von Mexico City nach Turin auf; Ihr Fahrer erwartet Sie dort* – einen glamouröseren Satz hat Weniger nie gelesen. Er fragt sich, wer solche europäische Verschwendungslust finanziert, denkt sich, dass hier vermutlich illegal erzielte Gewinne gewaschen werden und findet schließlich, ganz unten auf die Einladung gedruckt, den Namen eines italienischen Seifenkonglomerats. Wäsche, fürwahr. Doch es bringt ihn nach Europa.

Viertens: die Wintersitzung der Befreiten Universität Berlin – ein fünfwöchiges Seminar »zu einem Thema Ihrer Wahl«. Der Brief ist auf Deutsch formuliert; die Universität glaubt, Arthur Weniger spreche fließend Deutsch, und auch Arthur Wenigers Verleger, der ihn empfohlen hat, teilt diese Überzeugung. Genau wie Arthur Weniger. *Mit Gottes Freude*, schreibt er zurück, *nehme ich dieses Podest der Macht an*, und schickt es freudig erregt ab.

Fünftens: ein Aufenthalt in Marokko, sein einziger Luxus auf dieser Reise. Er würde sich an die Geburtstagsfeier einer anderen anhängen, jemand namens Zohra, die er noch nie getroffen hat und die eine Expedition von Marrakesch in die Sahara plant, und dann Richtung Norden nach Fès. Sein Freund Lewis bestand darauf; sie hatten für ihre Reise noch einen Platz zu besetzen – perfekt! Der Wein würde reichlich vorhanden sein, die Konversation schillernd und die Annehmlichkeiten luxuriös. Wie konnte er da nein sagen? Die Antwort, wie immer: das Geld, das Geld, das Geld. Lewis nannte ihm die Kosten, alles inbegriffen, und obwohl die Summe enorm war (Weniger sah zweimal hin, um sicherzugehen, dass es sich nicht um marokkanische Dirham handelte), hatte er sich, wie immer, schon zu sehr verliebt. Beduinenmusik erklang bereits in seinen Ohren; Kamele grunzten bereits in der Dunkelheit; er erhob sich bereits aus bestickten Kissen und trat in die Wüstennacht hinaus, Champagner in der Hand, um den Sand der Sahara seine Zehen wärmen zu lassen, während über ihm die Milchstraße seine Geburtstagskerzen erstrahlen ließ.

Denn irgendwo in der Sahara würde Weniger fünfzig werden.

Er hatte sich geschworen, dann nicht allein zu sein. Erinnerungen an seinen Vierzigsten, als er durch die breiten Straßen von Las Vegas gewandert war, suchten ihn in dunkleren Momenten noch immer heim. Er würde nicht allein sein.

Sechstens: nach Indien. Wer hatte ihn auf diese Idee gebracht? Carlos, ausgerechnet Carlos. Es war auf derselben Weihnachtsparty gewesen, wo sein alter Rivale ihn erst in einem Feld entmutigte (»Mein Sohn war nie der Richtige für dich«), um ihn dann in einem anderen zu ermutigen (»Es gibt da übrigens dieses Besinnungszentrum in der Nähe einer Ferienanlage, die ich gerade aufbaue. Das sind Freunde, sehr schön alles, auf einem Hügel oberhalb des Arabischen Meers; das wäre ein toller Ort für dich zum schreiben.«) Indien: vielleicht würde er da endlich Ruhe finden; er könnte der finalen Fassung seines Romans den letzten Schliff geben, des Romans, den sein Agent ganz sicher in New York mit Champagner feiern wird. Wann war noch gleich die Monsunsaison?

Und schließlich: nach Japan. Er saß, so unwahrscheinlich es klingen mag, in San Francisco in einer Pokerrunde für Schriftsteller, als ihm das in den Schoß fiel. Die anderen waren selbstverständlich heterosexuelle Schriftsteller. Selbst mit seiner grünen Sonnenbrille war Weniger kein besonders überzeugender Spieler; in den ersten Runden verlor er jede einzelne Hand. Doch er war ein guter Verlierer. Es geschah während der dritten Runde – als Weniger dachte, er könne den Zigarettenrauch und das Gegrunze und das warme jamaikanische Bier keine einzige Minute mehr ertragen –, als ein Mann aufsah und sagte, seine Frau sei sauer, weil er so viel reise, er müsse zu Hause bleiben und einen Artikel absagen. Ob nicht einer der anderen für ihn nach Kyoto fahren könne? »Ich mach das!«, quiekte Weniger. Alle *Poker Faces* blickten auf, und Weniger erinnerte sich plötzlich daran, wie er sich in der Junior-Highschool freiwillig für das Schultheaterstück gemeldet hatte: denselben Gesichtsausdruck hatte er bei den Football-Spielern gesehen. Er räusperte sich und senkte seine Stimme: »Ich mach das.« Ein Text für ein Bordmagazin, über die traditionelle Kaiseki-Küche. Er hoffte, er würde nicht zu früh dran sein für die Kirschblüten.

Von dort wird er nach San Francisco zurückfliegen und wieder einmal in sein Haus an den Vulcan Steps zurückkehren. Fast alles bezahlt von Festivals, Preiskommitees, Universitäten, Residenzprogrammen und Medienkonglomeraten. Den Rest kann er, wie er festgestellt hat, mit Vielfliegerpunkten abdecken, die sich, jahrzehntelang unbeachtet, zu einem digitalen Vermögen multipliziert haben, wie in der magischen Truhe eines Zauberers. Nachdem er die marokkanische Ausschweifung im Voraus bezahlt hat, hat er jetzt gerade noch genug Geld auf dem Konto, um das Nötigste abzudecken, vorausgesetzt, er übt sich in der puritanischen Sparsamkeit, die ihm seine Mutter eingebläut hat. Keine Klamottenkäufe. Nicht ausgehen. Und, Gott stehe ihm bei, keine medizinischen Notfälle. Doch was soll schon passieren?

Arthur Weniger umkreist den Globus! Er kommt sich vor wie ein Kosmonaut. Am Morgen, als er in San Francisco aufbrach, zwei Tage vor der Veranstaltung mit H.H.H. Mandern, fiel Arthur Weniger auf, dass er nicht vom Osten zurückkehren würde, wie er es sein gesamtes Leben getan hatte, sondern vom mysteriösen Westen.

Und während dieser Odyssee würde er ganz sicher kein einziges Mal an Freddy Pelu denken.

New York ist eine Stadt mit acht Millionen Menschen, von denen ungefähr sieben Milllionen stinksauer sind, wenn sie erfahren, dass man in der Stadt war, ohne mit ihnen in ein teures Restaurant zu gehen, fünf Millionen stinksauer, weil man nicht zu einem Babybesuch vorbeigeschaut hat, drei Millionen stinksauer, weil man sich ihr neues Stück nicht angesehen hat, eine Million stinksauer, weil man sich nicht gemeldet hat, um Sex zu haben, aber nur fünf tatsächlich Zeit haben, einen zu treffen. Es ist absolut vertretbar, keinen dieser fünf anzurufen. Stattdessen könnte man sich in eine schreckliche, schmalzige Broadway-Show stehlen, für die man zweihundert Dollar Eintritt bezahlt – was man niemals zugeben würde. Genau das tut Weniger an seinem ersten Abend, und als Ausgleich für den Luxus gibt es zum Abendessen nur einen Hotdog. Man kann nicht von einem peinlichen Vergnügen sprechen, wenn das Licht ausgeht, der Vorhang sich hebt und das jugendliche Herz im Takt mit dem Orchester zu schlagen beginnt, wenn man es doch gar nicht als peinlich empfindet. Und er empfindet es nicht so; er spürt nur einen wohligen Schauer, weil niemand da ist, um ihn zu beurteilen. Es ist ein schlechtes Musical, doch genau wie ein schlechter Sexpartner kann auch ein schlechtes Musical seinen Zweck perfekt erfüllen. Am Ende ist Arthur Weniger in Tränen aufgelöst, sitzt schluchzend da, im Glauben, er habe still und leise geschluchzt, bis das Licht angeht, und die Dame neben ihm sich zu ihm umdreht und sagt, »Schätzchen, ich weiß ja nicht, was dir zugestoßen ist, aber es tut mir so schrecklich leid«, und dann schließt sie ihn in ihre nach Flieder duftenden Arme. *Mir ist nichts zugestoßen,* will er ihr sagen. *Mir ist nichts zugestoßen. Ich bin bloß ein Homosexueller in einer Broadway-Show.*

Am nächsten Morgen: Die Kaffeemaschine in seinem Hotelzimmer ist eine hungrige kleine Molluske, die das Maul aufklappt, um Pads zu verschlingen und anschließend Kaffee in einen Becher auszuscheiden. Die Hinweise zur Pflege und Fütterung sind eindeutig, und doch gelingt es Weniger irgendwie, beim ersten Versuch nichts als Dampf und beim zweiten eine aufgelöste Version des Pads selbst zu produzieren. Ein Seufzer Wenigers.

Es ist ein Herbstmorgen in New York, und dementsprechend herrlich; es ist der erste Tag seiner langen Reise, der Tag vor dem Bühnengespräch, und seine Kleider sind noch sauber und ordentlich, die Socken noch in Paaren, der blaue Anzug unverknittert, die Zahnpasta noch amerikanisch und keine merkwürdige ausländische Geschmacksrichtung. Zitronengelbes New Yorker Licht fällt von den Wolkenkratzern auf die zusammengenieteten Aluminiumdächer der Fresswagen, und von dort auf Arthur Weniger selbst. Selbst der fies-vergnügte Blick der Dame, die den Aufzug nicht für ihn aufhält, die humorbefreite junge Frau im Coffee Shop, die Touristen, die stocksteif auf der überfüllten Fifth Avenue herumstehen, die lästigen, überdrehten Kundenfänger (»Mister, mögen Sie Comedy? Comedy mag jeder!«), das Zahnschmerzen verursachende Geräusch von Presslufthämmern auf Asphalt – nichts davon kann ihm diesen Tag trüben. Hier gibt es ein Geschäft, das nichts als Reißverschlüsse verkauft. Es gibt zwanzig davon. Das Reißverschluss-Viertel. Was für eine großartige Stadt.

»Was werden Sie anziehen?«, fragt die Buchhändlerin, als Weniger vorbeischaut, um Hallo zu sagen. Er ist fast zwanzig wunderbare Blocks gelaufen, um hierher zu gelangen.

»Was ich anziehen werde? Ach, einfach meinen blauen Anzug.«

Die Buchhändlerin (in Bleistiftrock, Pullover und Brille: die Karikatur einer Bibliothekarin) lacht und lacht. Dann klingt ihre Heiterkeit zu einem Lächeln ab. »Nein, Spaß beiseite«, sagt sie, »was wollen Sie *anziehen*?«

»Das ist ein toller Anzug. Was meinen Sie denn?«

»Na ja, das ist H.H.H. Mandern! Und es ist fast Halloween! Ich habe einen NASA-Trainingsanzug gefunden. Janice geht als Königin des Mars.«

»Ich war davon ausgegangen, dass er ernst genommen werden möchte –«

»Aber das ist H.H.H. Mandern! Halloween! Wir müssen uns verkleiden!«

Sie weiß nicht, wie sorgsam er seinen Koffer gepackt hat. Es ist ein Clownauto voller sich widersprechender Gegenstände: Kaschmirpullover und leichte Leinenhosen, Thermounterwäsche und Sonnenmilch, Krawatte und Badehose, seine Stretchbänder und so weiter. Welche Schuhe nimmt man mit für die Universität und für den Strand? Welche Sonnenbrille für das trübe Licht

Nordeuropas und die Sonne Südasiens? Er würde Halloween, Día de los Muertos, Festa di San Martino, den Nikolaustag, Weihnachten, Silvester, Eid al-Mawlid, Vasant Pachami und Hina Matsuri miterleben. Die Hüte allein könnten ein gesamtes Schaufenster füllen. Und dann ist da der Anzug.

Es gibt keinen Arthur Weniger ohne diesen Anzug. Er hatte ihn aus einer Laune heraus gekauft, in jener kurzen Zeit der Launenhaftigkeit drei Jahre zuvor, als er die Vorsicht über Bord warf (und das Geld aus dem Fenster) und nach Ho-Chi-Minh-Stadt flog, um einen Freund zu besuchen, der dort arbeitete. Auf der Suche nach einem klimatisierten Raum in dieser schwülen, von Mopeds heimgesuchten Stadt fand er sich plötzlich in einer Schneiderei wieder und gab einen Anzug in Auftrag. Trunken von Autoabgasen und Zuckerrohr traf er eine Reihe voreiliger Entscheidungen, gab seine Privatadresse an, und hatte am nächsten Morgen schon wieder alles vergessen. Zwei Wochen später kam ein Paket in San Francisco an. Verdutzt öffnete er es und holte einen mittelblauen Anzug heraus, mit fuchsiafarbigem Futter, und mit seinen Initialen versehen: APW. Der Rosenwasserduft des Pakets beschwor sofort eine herrische Dame mit einem straffen Haarknoten herauf, die ihn mit Fragen bombardierte. Welcher Schnitt, Knöpfe, Taschen, Kragen? Aber vor allem: welches Blau? Hastig aus einer Wand aus Stoffen ausgewählt: kein gewöhnliches Blau. Pfauenblau? Lapislazuli? Das trifft es nicht annähernd. Mittelblau, aber strahlend, mäßig schimmernd, eindeutig kräftig. Irgendwo zwischen ultramarin und Cyanidsalz, zwischen Vishnu und Amon, Israel und Griechenland, den Logos von Pepsi und Ford. Mit einem Wort: leuchtend. Er liebte, welches Selbst auch immer den Anzug ausgewählt hatte und trug ihn seitdem immerzu. Selbst Freddy gefiel er: »Du siehst aus wie jemand Berühmtes!« Und das stimmt. Endlich hat er, in seinem fortgeschrittenen Alter, den richtigen Ton getroffen. Er sieht gut aus, und er sieht ganz aus wie er selbst. Ohne den Anzug ist das irgendwie nicht der Fall. Ohne den Anzug gibt es keinen Arthur Weniger.

Doch anscheinend ist der Anzug nicht genug. Jetzt muss er sich, trotz eines Terminkalenders, der mit Mittag- und Abendessen vollgestopft ist, auf die Suche machen nach … nach was? Einer *Star-Trek*-Uniform? Er spaziert von der Buchhandlung in seine alte Nachbarschaft, wo er nach dem College wohnte, und das verschafft ihm die Gelegenheit, sich an das alte West Village zurückzuerinnern. Alles nicht mehr da: das Soulfood-Restaurant, wo Wenigers Ersatzschlüssel unter dem Kokosnusskuchen deponiert war, die Reihe von Fetischläden, deren Schaufenster voller gummierter Gerätschaften dem jungen Weniger Angst und Schrecken einjagten, die Lesbenbars, in die Weniger gerne ging, der Theorie folgend, dass er dort bessere Chancen bei den Männern haben würde, die schäbige Bar, in der ein Freund einmal dachte, Kokain gekauft zu haben, nur um kurz darauf von der Toilette zurückzukommen und zu verkünden, dass er sich gerade pulverisierte Lutschbonbons in die Nase gezogen hatte, die Pianobars, die in einem Sommer vom »Karaoke Killer« heimgesucht wurden, wie die *New York Post* fälschlicherweise berichtete. Weg, ersetzt durch etwas Schöneres. Hübsche Geschäfte für Dinge aus Gold, und reizende kleine Restaurants, in denen es nur Burger gibt, und Schuhe, die präsentiert werden wie in einem Museum. Manchmal scheint es so, als wisse nur Arthur Weniger noch, wie schmutzig es hier einmal war.

Von hinten: »Arthur! Arthur Weniger?«

Er dreht sich um.

»Arthur Weniger! Ich glaub's ja nicht! Ich habe *gerade von dir gesprochen*!«

Er hat den Mann umarmt, bevor er sehen kann, wen er da umarmt. Stattdessen ist er jetzt in Flanell versunken, und hinter der Schulter des Mannes blickt ein junger Mann mit Dreadlocks sie aus traurigen Augen an. Der Mann lässt ihn los und sagt, was für ein unglaublicher Zufall das doch sei, und Weniger denkt die ganze Zeit: *Verdammt, wer ist das*? Ein fröhlicher, rundlicher, glatzköpfiger Mann mit einem ordentlichen grauen Bart, in einem karierten Flanellhemd und einem orangenen Schal, der grinsend vor einem Lebensmittelgeschäft-das-einmal-eine-Bank-war auf der Eighth Avenue steht. Panisch versucht Wenigers Verstand, den Mann vor einer ganzen Reihe von Hintergründen zu platzieren – blauer Himmel und Strand, großer Baum und Fluss, Hummer und Weinglas, Diskokugel und Drogen, Bettlaken und Sonnenaufgang – doch er erinnert sich einfach nicht.

»Ich kann's nicht glauben!«, sagt der Mann, Wenigers

Schulter noch immer nicht loslassend. »Arlo erzählte mir gerade von seiner Trennung, und ich sagte, weißt du was, gib dem Ganzen ein bisschen Zeit. Jetzt klingt es unmöglich, aber wart's ab. Manchmal dauert es Jahre. Und dann sah ich dich, Arthur! Und ich zeigte die Straße runter und sagte, *Guck*! Das ist der Mann, der mir das Herz gebrochen hat; ich dachte, ich würde nie darüber hinwegkommen, ich würde sein Gesicht nie wieder sehen wollen oder seinen Namen hören, und guck! Da ist er, wie aus dem Nichts, und ich verspüre keinen Hass. Wie lang ist es her, Arthur? Sechs Jahre? Überhaupt keinen Hass.«

Weniger steht da und betrachtet ihn: die Linien in seinem Gesicht wie bei Origami, das auseinandergefaltet und mit der Hand glattgestrichen wurde, die kleinen Sommersprossen auf der Stirn, die weißen Sprenkel von den Ohren bis zum Scheitel, die kupferfarbenen Augen, die alles andere als Hass versprühen. Wer zur Hölle ist dieser alte Kerl?

»Siehst du, Arlo?«, sagt der Mann zu dem jungen Mann. »Nichts. Überhaupt keine Gefühle! Man lässt sie einfach hinter sich. Arlo, machst du mal ein Foto?«

Und wieder findet sich Weniger in der Umarmung dieses Mannes wieder, dieses dicken Fremden, und lächelt für ein Foto, das der junge Arlo machen will, bis der Mann beginnt, ihn anzuweisen: »Mach's noch mal; nein, von da drüben, halt die Kamera höher; nein, *höher*; nein, HÖHER!«

»Howard«, sagt Weniger lächelnd zu seinem alten Liebhaber. »Du siehst toll aus.«

»Und du auch, Arthur! Wir wussten doch gar nicht, wie jung wir damals waren, oder? Und jetzt guck uns beide an, zwei alte Männer.«

Weniger tritt erschrocken einen Schritt zurück.

»Na, schön dich zu sehen!«, sagt Howard und schüttelt den Kopf. »Ist das nicht hübsch? Arthur Weniger, mitten auf der Eighth Avenue. Schön dich zu sehen, Arthur! Pass auf dich auf, wir müssen los!«

Sein Kuss auf die Wange ist schlecht gezielt und landet auf dem Mund des Geschichtsprofessors; er riecht nach Roggenbrot. Für einen Augenblick ist es sechs Jahre zuvor, er sieht seine Silhouette im Theater und denkt: *Das hier ist ein guter Gefährte*. Ein Mann, bei dem er beinahe geblieben wäre, den er beinahe liebte, und jetzt erkennt er ihn nicht einmal mehr auf der Straße. Entweder ist Weniger ein Arschloch, oder das Herz ist etwas Launenhaftes. Es kann nicht sein, dass beides zutrifft. Er winkt dem armen Arlo zu, dem all das nicht sehr angenehm ist. Die beiden wollen gerade die Straße überqueren, als Howard plötzlich stehen bleibt, sich umdreht und mit fröhlicher Miene sagt: »Ach! Du warst doch mit Carlos Pelu befreundet, oder? Die Welt ist doch wirklich klein! Vielleicht sehen wir uns auf der Hochzeit?«

Arthur Weniger veröffentlichte nichts, bis er über dreißig war. Bis dahin hatte er viele Jahre lang mit dem berühmten Dichter Robert Brownburn in einem kleinen Haus gelebt – sie nannten es Hütte –, auf halber Höhe einer öffentlichen Treppe in San Francisco. Die Treppe wird Vulcan Steps genannt und führt vom oberen Ende der Levant Street an Monterey-Kiefern, Farn, Efeu und Flaschenbürsten vorbei zu einem gemauerten Treppenabsatz, von dem aus man im Osten die Innenstadt sieht. Auf ihrer Veranda blühte Bougainvillea wie ein weggeworfenes Abschiedsballkleid. Die »Hütte« bestand aus nur vier Zimmern, von denen eines explizit Robert gehörte, doch sie strichen die Wände weiß und hängten Gemälde auf, die Robert von Freunden bekommen hatte (eines von ihnen zeigte einen beinahe erkennbaren Weniger, nackt, auf einem Felsen), und pflanzten den Setzling einer Klettertrompete unter das Schlafzimmerfenster. Es dauerte fünf Jahre, bis Weniger Roberts Rat befolgte und anfing zu schreiben. Zuerst nur bemühte Kurzgeschichten. Und dann, als ihre gemeinsame Zeit schon fast zu Ende war, einen Roman. *Kalipso*: eine Neuerzählung des Kalypso-Mythos aus der *Odyssee*, mit einem Soldaten des Zweiten Weltkriegs, der im Südpazifik an Land gespült und dort von einem Einheimischen wiederbelebt wird, der sich in ihn verliebt und ihm helfen muss, einen Weg zurück in seine eigene Welt zu finden, und zu seiner Frau, die zu Hause auf ihn wartet. »Arthur, dieses Buch«, sagte Robert und nahm die Brille ab, des Effekts wegen. »Es ist mir eine Ehre, dich zu lieben.«

Es war ein bescheidener Erfolg; niemand Geringeres als Richard Champion ließ sich dazu herab, es auf den Seiten der *New York Times* zu besprechen. Robert las die Rezension als erster und gab sie dann mit einem Lächeln an Weniger weiter, die Brille auf der Stirn das zweite Augenpaar des Dichters; er sagte, es sei eine gute Kritik. Doch jeder Autor spürt das Gift, das ein anderer in den Punsch gerührt hat, und Champion endete damit, dass er den Autor selbst einen »bombastischen *Spoony*« nannte. Weniger starrte diese Worte an wie ein Junge, der einen Test zu bestehen hatte. *Bombastisch* klang beinahe wie ein Lob (aber war keines). Aber ein Spoony? Was zur Hölle war ein Spoony?

»Das ist wie ein Code«, sagte Weniger. »Sendet er Botschaften an den Feind?«

Das tat er. »Arthur«, sagte Robert, seine Hand haltend, »er nennt dich einfach nur eine Schwuchtel.«

Und doch, wie diese unwahrscheinlichen Käfer, die jahrelang von nichts anderem als Wüstenregen in den Dünen überleben, verkaufte sich sein Roman aus irgendeinem Grund jahrelang immer weiter. Er verkaufte sich in England und Frankreich und Italien. Weniger schrieb einen zweiten Roman, *Der Gegenschein*, der weniger Aufmerksamkeit erhielt, und einen dritten, *Dunkle Materie*, für den sich der Verleger von Cormorant Publishing schwer ins Zeug legte, indem er ihm ein gewaltiges Marketingbudget einräumte und Weniger in mehr als ein Dutzend Städte schickte. Beim ersten Halt der Lesereise, in Chicago, stand er hinter der Bühne und hörte sich an, wie er vorgestellt wurde (*»Bitte begrüßen Sie mit mir den bombastischen Autor des von der Kritik gefeierten* Kalipso …«), und dann hörte er den flauen Applaus von vielleicht fünfzehn, zwanzig Leuten im Publikum – diese grässlichen Vorboten, wie die dunklen Regentropfen, die man auf dem Gehsteig sieht, bevor der Sturm einsetzt –, und er fühlte sich zu seinem Highschool-Klassentreffen zurückversetzt. Die Organisatoren hatten ihn damals zu einer Lesung überredet, die auf der per Post verschickten Einladung als »Ein Abend mit Arthur Weniger« beworben wurde. Niemand aus seiner Highschool hatte je einen Abend mit Arthur Weniger verbringen wollen, doch er vertraute ihnen. Als er an dem niedrigen, untersetzten Gebäude der Delmarva Highschool ankam (noch untersetzter, als er es in Erinnerung hatte), dachte er daran, wie weit er es gebracht hatte. Und jetzt dürfen Sie raten, wie viele Ehemalige zu diesem »Abend mit Arthur Weniger« kamen.

Als *Dunkle Materie* erschien, waren er und Robert bereits getrennt, und seitdem muss Weniger allein von Wüstenregen überleben. Er bekam die »Hütte«, als Robert nach Sonoma ging (die Hypothek war nach Roberts Pulitzer abbezahlt worden); den Rest hat er irgendwie zusammengeflickt, diese verrückte Patchworkdecke eines Schriftstellerlebens: gerade warm genug, aber nie so lang, dass sie die Zehen bedecken würde.

Aber dieses nächste Buch! Das ist es! Es heißt *Swift: ein peripatetischer Roman*. Ein Mann wandert durch San Francisco und durch seine Vergangenheit und kehrt nach einer Reihe von Tiefschlägen und Enttäuschungen zurück nachhaus (»Alles, was du schreibst, ist der schwule *Odysseus*«, sagte Freddy); ein schwermütiger, bitterer Roman über das harte Leben eines Mannes. Darüber, wie es ist, pleite und schwul und nicht mehr jung zu sein. Und heute, beim Abendessen, ganz sicher mit Champagner, wird Weniger die gute Nachricht erhalten.

In seinem Hotelzimmer zieht er den blauen Anzug an (frisch aus der Reinigung) und lächelt in den Spiegel.

Niemand kam zu »Ein Abend mit Arthur Weniger«.

Freddy sagte einmal im Scherz, Wenigers Agent sei seine »große Liebe«. Ja, Peter Hunt ist mit Weniger eng vertraut. Er handhabt die Kämpfe, die Höhen und Tiefen, die niemand sonst mitbekommt. Und doch weiß Weniger fast nichts über Peter Hunt. Er kann sich nicht einmal erinnern, woher er kommt. Minnesota? Ist er verheiratet? Wie viele Klienten hat er? Weniger weiß es nicht, und trotzdem lebt er wie ein Schulmädchen von Peters Anrufen und Nachrichten. Oder, genauer gesagt, wie eine Geliebte, die auf eine Botschaft ihres Liebhabers wartet.

Und da ist er, er kommt gerade durch die Tür des Restaurants: Peter Hunt. In Collegetagen war er ein Basketballstar, und noch immer beherrscht er mit seiner Größe jeden Raum, auch wenn er jetzt statt eines Bürstenschnitts langes weißes Haar trägt wie ein Dirigent in einem Zeichentrickfilm. Als er das Restaurant durchquert, schüttelt Peter telepathisch die Hände verschiedener Freunde auf allen Seiten, dann richtet er seinen Blick auf den armen, verknallten Weniger. Peter trägt einen beigen Kordanzug, der schnurrt, als er sich setzt. Hinter ihm betritt eine Broadway-Schauspielerin in schwarzer Spitze das Restaurant, während links und rechts von ihr zwei Hummer Thermidor in Wolken aus Dampf präsentiert werden. Wie jeder Diplomat in einer schwierigen Verhandlung spart sich Peter das Geschäftliche für den Schluss auf, daher führen sie das gesamte Essen hindurch literarische Gespräche über Autoren, von denen Weniger sich verpflichtet fühlt, so zu tun, als hätte er sie gelesen. Erst als der Kaffee serviert wird, sagt Peter: »Ich höre, du willst verreisen.« Weniger sagt ja, er sei auf einer Reise um die Welt. »Gut«, sagt Peter und bittet mit einem Handzeichen um die Rechnung. »Das wird dich ablenken. Ich hoffe, du hängst nicht zu sehr an Cormorant.« Weniger beginnt etwas zu erwidern, gerät ins Stottern, dann verstummt er. Peter: »Die haben *Swift* nämlich abgelehnt. Ich denke, du solltest ein bisschen daran schrauben, auf deiner Reise. Vielleicht kommen dir unterwegs neue Ideen.«

»Was ist ihr Angebot? Wollen sie Änderungen?«

»Keine Änderungen. Kein Angebot.«

»Peter, servieren die mich ab?«

»Arthur, es soll einfach nicht sein. Lass uns über Cormorant hinaus denken.«

Es ist, als habe sich unter seinem Restaurantstuhl eine Falltür aufgetan. »Ist es zu … *spoony*?«

»Zu schwermütig. Zu bitter. Diese Ein-Spaziergang-durch-die-Stadt-Bücher, diese Ein-Tag-im-Leben-Geschichten. Ich weiß schon, Autoren lieben so was. Aber mir fällt's schwer, Mitleid mit diesem Swift-Vogel zu haben. Ich meine, der hat ein besseres Leben als jeder, den ich kenne.«

»Zu *schwul*?«

»Nutze deine Reise, Arthur. Du bist so gut darin, Orte zu erfassen. Sag Bescheid, wenn du wieder zurück bist«, sagt Peter und umarmt ihn. Weniger begreift, dass er gehen will; es ist vorbei, die Rechnung ist schon gebracht und bezahlt worden, während Weniger noch in der dunklen, bodenlosen, glattwändigen Grube dieser schlechten Nachricht kämpfte. »Und viel Glück morgen mit Mandern. Ich hoffe, seine Agentin ist nicht dabei. Die ist ein Monster.«

Sein weißes Haar wippt hin und her wie der Schwanz eines Pferdes, als er durch den Raum schreitet. Weniger sieht zu, wie die Schauspielerin sich von Peter die Hand küssen lässt. Dann ist er weg, Wenigers große Liebe, gegangen, um einen anderen verknallten Schriftsteller zu umgarnen.

In seinem Hotelzimmer entdeckt er im lilliputanischen Badezimmer staunend eine brobdingnagische Badewanne. Also lässt er sich, obwohl es zehn Uhr ist, ein Bad einlaufen. Während sich die Wanne füllt, blickt er auf die Stadt hinaus: das Empire State Building, zwanzig Blocks entfernt, findet sein Echo weiter unten, im Empire Diner mit einem Schild davor: PASTRAMI. Durch das andere Fenster, das näher am Central Park ist, sieht er das Schild des Hotels New Yorker. Das meinen die nicht als Witz, nein, mein Herr. Genauso wenig wie die Herbergen in Neuengland, die sich Minuteman und Tricorner nennen, es als Witz meinen, mit ihren kolonialen Kuppeln, auf denen geschmiedete Wetterhähne sitzen, den Pyramiden aus Kanonenkugeln davor, oder wie die Hummerlokale in Maine, die sich Nor'easter nennen und die vollgehängt sind mit Fallen und Glasbojen, es als Witz meinen, oder die moosbehangenen Restaurants in Savannah, oder das Western Grizzly Dry Goods oder das Florida Gator dies und Gator das oder auch die Californian Surfboard Sandwiches und die Cable Car Cafés und das Fog City Inn es als Witz meinen. Niemand meint es als Witz. Sie alle meinen es todernst. Die Leute halten Amerikaner für locker, aber eigentlich meinen sie alles todernst, vor allem, wenn es um ihre Lokalkultur geht; sie nennen ihre Bars Saloons und ihre Geschäfte Ye Olde; sie kleiden sich in den Farben ihres örtlichen Highschoolteams; sie sind *Berühmt für ihre Kuchen*. Selbst in New York City.

Vielleicht ist Weniger der einzige, der es nicht ernst meint. Nehmen wir seine Kleider – schwarze Jeans für New York, Khaki für Mexiko, der blaue Anzug für Italien, Daunen für Deutschland, Leinen für Indien – Kostüm um Kostüm. Jedes von ihnen ist ein Witz, und zwar ein Witz auf seine Kosten: Weniger der Gentleman, Weniger der Autor, Weniger der Tourist, Weniger der Hipster, Weniger der Kolonialist. Wo ist der wahre Weniger? Weniger der junge Mann, der schreckliche Angst vor der Liebe hat? Der todernste Weniger von vor fünfundzwanzig Jahren? Nun, den hat er gar nicht eingepackt. Nach all diesen Jahren weiß Weniger nicht mehr, wo er ihn hingetan hat.

Er dreht das Wasser ab und steigt in die Wanne. Heiß heiß heiß heiß heiß! Er steigt aus, rot bis zur Hüfte, und lässt kaltes Wasser einlaufen. Dunst liegt auf der Oberfläche und der Reflexion der weißen Fliesen, mit ihrem schmalen schwarzen Streifen. Er lässt sich wieder ins

Wasser gleiten, das jetzt nur noch ein wenig zu heiß ist. Sein Körper kräuselt sich unter der spiegelnden Wasseroberfläche.

Arthur Weniger ist der erste Homosexuelle, der alt wird. So zumindest kommt es ihm in Momenten wie diesem vor. Hier, in dieser Wanne, sollte er fünfundzwanzig oder dreißig sein, ein schöner junger Mann, nackt in einer Badewanne. Und die Freuden des Lebens genießen. Wie schrecklich, wenn jemand Weniger jetzt so sehen würde: rosa bis zur Mitte, grau bis zum Scheitel, wie eines dieser alten Doppelradiergummis für Bleistift und Tinte. Er hat noch nie gesehen, dass ein schwuler Mann älter als fünfzig wurde, mit einer Ausnahme: Robert. Er hat sie alle getroffen, als sie um die vierzig waren, aber keiner von ihnen hat es viel weiter geschafft; jene Generation starb an AIDS. Wenigers Generation kommt sich oft wie die erste vor, die das Land jenseits der fünfzig erkundet. Wie sollen sie das tun? Bleibt man für immer jung, färbt sich das Haar und hält Diät, um schlank zu bleiben, trägt man enge Hemden und Jeans und geht Tanzen, bis man mit achtzig tot umfällt? Oder macht man das Gegenteil – schwört man alldem ab, lässt das Haar grau werden und trägt elegante Pullover, die den Bauch kaschieren, und lächelt über die Freuden der Vergangenheit, die nie wieder kommen werden? Heiratet man und adoptiert ein Kind? Wenn man in einer Beziehung ist, nehmen sich dann beide einen Liebhaber, wie aufeinander abgestimmte Nachttische neben dem Bett, um den Sex nicht komplett aufzugeben? Oder gibt man den Sex komplett auf, so wie es die Heterosexuellen tun? Genießt man die Erleichterung, alle Eitelkeit, Sorgen, Gelüste und allen Schmerz hinter sich zu lassen? Wird man Buddhist? Eines tut man ganz sicher nicht. Man nimmt sich nicht für neun Jahre einen Liebhaber, hält das alles für locker und zwanglos, und verschwindet dann, sobald er einen verlässt, um allein in einer Hotelbadewanne zu landen und sich zu fragen, was nun?

Aus dem Nirgendwo, Roberts Stimme:

Irgendwann werde ich zu alt für dich sein. Wenn du fünfunddreißig bist, bin ich sechzig. Wenn du fünfzig bist, bin ich fünfundsiebzig. Und was machen wir dann?

Es war in ihrer Anfangszeit; er war so jung, vielleicht zweiundzwanzig. Sie führten eine ihrer ernsten Unterhaltungen nach dem Sex. *Irgendwann werde ich zu alt für dich sein.* Natürlich sagte Weniger, das sei lächerlich, der Altersunterschied sei ihm völlig egal. Robert sei viel heißer als diese blöden Jungs, das wisse er doch. Männer in ihren Vierzigern seien so sexy: die ruhige Gewissheit, was ein Mann mochte und was nicht, wo er Grenzen setzte und wo keine, die Erfahrung und dazu ein Sinn für Abenteuer. Das mache den Sex so viel besser. Robert steckte sich eine neue Zigarette an und lächelte. *Und was machen wir dann?*

Und dann steht plötzlich, zwanzig Jahre später, Freddy in Wenigers Schlafzimmer: »Für mich bist du nicht alt.«

»Aber das bin ich«, sagt Weniger vom Bett aus. »Ich werde es sein.« Unser Held ruht auf der Seite, auf die Ellbogen gestützt. Das fleckige Sonnenlicht zeigt, wie sehr die Klettertrompete im Laufe der Jahre gewachsen ist.

Sie bildet jetzt ein Gatter vor dem Fenster. Weniger ist vierundvierzig. Freddy neunundzwanzig. Er trägt seine rote Brille, Wenigers Smokingjacke und sonst nichts. Auf seiner dicht behaarten Brust, die früher so eingefallen war, ist kaum eine Delle zu sehen.

Freddy betrachtet sich selbst im Spiegel. »Ich finde, mir steht dein Smoking besser als dir.«

»Ich will sicher sein«, sagte Weniger, seine Stimme senkend, »dass ich dich nicht davon abhalte, jemanden kennenzulernen.«

Freddy begegnet Arthur Wenigers Blick im Spiegel. Das Gesicht des jungen Mannes zieht sich ganz leicht zusammen, so als hätte er Zahnschmerzen. Schließlich sagt er, »Mach dir darüber keine Sorgen.«

»Du bist jetzt in einem Alter –«

»Ich weiß.« Freddys Gesichtsausdruck ist der eines Menschen, der jedes einzelne Wort ganz genau abwägt. »Mir ist klar, wo wir stehen. Mach dir darüber keine Sorgen.«

Weniger lässt sich aufs Bett zurückfallen, und einen Augenblick lang sehen die beiden einander schweigend an. Der Wind lässt die Klettertrompete gegen die Scheibe klopfen und die Schatten verhuschen. »Ich wollte nur besprechen« – setzte er an.

Freddy dreht sich um. »Wir müssen das nicht groß besprechen, Arthur. Du brauchst dir keine Sorgen zu machen. Ich finde bloß, du solltest mir deinen Smoking schenken.«

»Auf keinen Fall. Und hör auf, mein Eau de Cologne zu benutzen.«

»Das mach ich, sobald ich reich bin.« Freddy steigt ins Bett. »Lass uns noch mal *The Paper Wall* gucken.«

»Mr Pelu, ich will bloß sicher gehen«, sagt Weniger, nicht imstande, lockerzulassen, bevor er gesagt hat, was er sagen will, »dass du dich nicht an mich bindest.« Er fragt sich, wann ihre Unterhaltungen angefangen haben, wie eine Romanübersetzung zu klingen.

Freddy setzt sich wieder auf, jetzt ganz ernst. Ein kräftiges Kinn, wie ein Künstler eines zeichnen würde, ein Kinn, das den Mann erkennen lässt, der er jetzt ist. Sein Kinn, und der Adler aus dunklem Haar auf seiner Brust – Attribute eines Mannes. Ein paar Details – die kleine Nase und dieses Streifenhörnchen-Lächeln und die blauen Augen, in denen man seine Gedanken so leicht ablesen kann – sind alles, was noch von dem Fünfundzwanzigjährigen geblieben ist, der den Nebel betrachtete. Dann lächelt er.

»Unglaublich, wie eitel du bist«, sagt Freddy.

»Sag mir einfach, dass du meine Falten sexy findest.«

Er kriecht näher heran: »Arthur, an dir gibt es nichts, was nicht sexy ist.«

Das Wasser ist jetzt kalt und der geflieste, fensterlose Raum fühlt sich an wie ein Iglu. Er sieht sein Spiegelbild in den Fliesen, ein zitternder Geist auf der glänzend weißen Oberfläche. Er kann nicht hier bleiben. Er kann nicht ins Bett gehen. Er muss etwas tun, das nicht traurig ist.

Wenn du fünfzig bist, bin ich fünfundsiebzig. Und was machen wir dann?

Was soll man schon machen – außer lachen? Das gilt für alles.

Ich erinnere mich an den jungen Arthur Weniger. Ich war ungefähr zwölf und schwer gelangweilt auf einer Erwachsenenparty. Die Wohnung war komplett weiß, genau wie die Kleider der Gäste, und man hatte mir eine Art farblose Limonade gegeben und gesagt, ich dürfe mich nirgendwo hinsetzen. Die silberweiße Tapete hatte ein Jasmin-Muster, das mich lang genug faszinierte, um zu bemerken, dass nach jedem Meter eine Biene von der erstarrten Natur der Kunst darin gehindert wurde, auf einer Blume zu landen. Dann spürte ich eine Hand auf meiner Schulter – »Hast du Lust, was zu malen?« Ich drehte mich um, und da stand ein blonder junger Mann und lächelte mich an. Groß, dünn, oben langes Haar, das idealisierte Gesicht einer römischen Statue, und mit leichten Glubschaugen, wie er mich so angrinste: der lebhafte Gesichtsausdruck, den Kinder so mögen. Ich muss ihn für einen Teenager gehalten haben. Er führte mich in die Küche, wo Papier und Stifte lagen, und sagte, wir könnten den Blick aus dem Fenster malen. Ich fragte, ob ich auch ihn malen dürfe. Darüber lachte er, aber er sagte, klar, und setzte sich auf einen Hocker und hörte sich die Musik an, die aus dem Nachbarraum kam. Ich kannte die Band. Ich kam nie auf den Gedanken, dass er sich vor der Party versteckte.

Niemand konnte es mit Arthur Weniger aufnehmen, wenn es darum ging, in einem Raum zu bleiben und ihn gleichzeitig zu verlassen. Er saß da und seine Gedanken ließen mich auf der Stelle allein zurück. Sein schlanker Körper in einer eng zulaufenden Jeans und einem bunt gesprenkelten weißen Zopfmusterpullover, sein langer, erröteter Hals, gereckt, während er lauschte – »So *lonely*, so *lonely*« –, der Kopf irgendwie zu groß für seinen Körper, zu lang und zu quadratisch, die Lippen zu rot, die Wangen zu rosig, und ein dicker, glänzender Schopf von blondem Haar, das an den Seiten kurzgeschoren war und oben in einer Welle über seine Stirn fiel. Er starrte auf den Nebel, die Hände im Schoß, und bewegte die Lippen zum Text – »So *lonely*, so *lonely*« –, ich schäme mich, wenn ich an das Gewirr aus Strichen denke, zu dem ich ihn gemacht habe. Ich bewunderte einfach zu sehr seine *Selbstgenügsamkeit*, seine *Freiheit*. Für zehn oder fünfzehn Minuten in sich selbst zu verschwinden, während ich ihn zeichnete und kaum stillsitzen und den Stift halten konnte. Nach einer Weile sah er mich mit leuchtenden Augen an und sagte, »Wie weit bist du?«, und ich zeigte es ihm. Er lächelte und nickte, gab mir ein paar Tips und fragte, ob ich noch eine Limo trinken wolle.

»Wie alt bist du?«, fragte ich ihn.

Sein Mund verzog sich zu einem Lächeln. Er strich sich das Haar aus dem Gesicht. »Ich bin siebenundzwanzig.«

Aus irgendeinem Grund empfand ich das als einen schrecklichen Verrat. »Du bist gar kein Junge!«, ließ ich ihn wissen. »Du bist ein Mann!«

Ich verstand nicht, wieso ihn das so traf, dass er rot wurde. Wer weiß, wieso ihn verletzte, was ich gesagt hatte;

ich nehme an, er sah sich selbst noch immer als Jungen. Ich hatte ihn als selbstbewusst wahrgenommen, obwohl er eigentlich voller Ängste und Sorgen war. Nicht, dass ich all das schon damals verstanden hätte, als er errötete und den Blick senkte. Ich wusste nichts von Ängsten und anderen sinnlosen menschlichen Leiden. Ich wusste nur, dass ich das Falsche gesagt hatte.

Jetzt stand ein alter Mann in der Tür. Jedenfalls kam er mir alt vor: weißes Oxfordhemd, schwarze Brille, wie ein Apotheker. »Arthur, lass uns gehen.« Arthur lächelte mich an und dankte mir für den schönen Nachmittag. Der alte Mann sah mich an und nickte mir zu. Ich verspürte das Bedürfnis, geradezurücken, was ich falsch gemacht hatte. Dann gingen sie zusammen. Natürlich wusste ich nicht, dass es der Dichter und Pulitzerpreisträger Robert Brownburn war. Mit seinem jungen Liebhaber, Arthur Weniger.

»Noch einen Manhattan, bitte.«

Es ist derselbe Abend, etwas später; Arthur Weniger sollte am nächsten Tag besser nicht verkatert zum Gespräch mit Mandern erscheinen. Und er muss unbedingt etwas Weltraumoperetten-mäßiges zum Anziehen finden.

Er redet: »Ich reise um die Welt.«

Diese Unterhaltung findet in einer Bar in Midtown statt, in der Nähe des Hotels. Weniger war als sehr junger Mann häufig hier. Nichts hat sich in diesem Lokal verändert: nicht der Türsteher, der jedem mit Misstrauen begegnet, der hinein möchte; nicht das gerahmte Porträt eines älteren Charlie Chaplin; nicht die Lounge, an deren geschwungener Bar die Jungen schnell und die Alten träge versorgt werden; nicht der schwarze Flügel und der Klavierspieler (wie in einem Saloon im Wilden Westen), der pflichtbewusst alles spielt, was man ihm ansagt (hauptsächlich Cole Porter); nicht die gestreifte Tapete, nicht die Wandleuchter in Muschelform, nicht das Publikum. Die Bar ist als Ort bekannt, wo ältere Männer jüngere kennenlernen können; zwei Antiquitäten befragen gerade auf einer Couch einen Mann mit gegeltem Haar. Weniger stellt amüsiert fest, dass er sich jetzt auf der anderen Seite der Gleichung befindet. Er redet mit einem bereits kahl werdenden, aber hübschen jungen Mann aus Ohio, der ihm aus irgendeinem Grund gebannt zuhört. Weniger hat noch nicht gesehen, dass am Kopf der Bar ein russischer Kosmonautenhelm hängt.

»Und wohin geht's als Nächstes?«, fragt der Mann gut gelaunt. Er hat die unsichtbaren Wimpern eines Rothaarigen und Sommersprossen auf der Nase.

»Mexiko. Und dann bin ich in Italien für einen Preis nominiert«, sagt Weniger. Er ist schon bei Manhattan Nummer zwei, und der hat seine Aufgabe erledigt. »Ich werde ihn nicht gewinnen. Aber ich musste von zu Hause weg.«

Der Rothaarige legt den Kopf in seine Hand. »Und wo ist zu Hause, mein Hübscher?«

»San Francisco.« Weniger erinnert sich an eine Szene, die beinahe dreißig Jahre zurückliegt: wie er mit einem Freund, stoned, von einem Erasure-Konzert kam, erfuhr, dass die Demokraten den Senat zurückerobert hatten, und in diese Bar hineinging und verkündete: »Wir wollen mit einem Republikaner schlafen! Wer ist hier Republikaner?« Und jeder einzelne Mann im Lokal hob die Hand.

»San Francisco ist nicht so schlecht«, sagt der junge Mann mit einem Lächeln. »Vielleicht ein bisschen selbstgefällig. Wieso wolltest du weg?«

Weniger lehnt sich gegen den Tresen und sieht seinem neuen Freund direkt in die Augen. Cole Porter ist in diesem Flügel noch immer lebendig, und Wenigers Kirsche ist in seinem Manhattan noch immer lebendig; er pickt sie aus dem Drink. Charlie Chaplin starrt auf sie herab (wieso Charlie Chaplin?). »Wie nennt man einen Typen, mit dem man schläft – sagen wir mal, das läuft neun Jahre lang so, man macht ihm Frühstück und schmeißt Geburtstagsparties für ihn und streitet sich und zieht an, was er einem sagt, neun Jahre lang, und man ist nett zu seinen Freunden, und er ist immer bei einem zu Hause, aber man weiß die ganze Zeit, dass es nirgendwo hinführen kann. Er wird jemanden kennenlernen, jemand anderen, das ist beiden von Anfang an klar, er wird jemanden kennenlernen und heiraten – wie nennt man so einen Typen?«

Der Flügel geht über zu »Night and Day«, mit einem furiosen Tomtom-Beat.

Sein Tresennachbar hebt eine Augenbraue. »Keine Ahnung, wie nennst du ihn denn?«

»Freddy.« Weniger nimmt den Stängel der Kirsche in den Mund und zieht ihn, wenige Sekunden später, mit einem Knoten versehen wieder heraus. Er legt den Knoten auf die Serviette vor sich. »Er hat jemanden kennengelernt und heiratet ihn.«

Der junge Mann nickt und fragt, »Was trinkst du, Hübscher?«

»Manhattan, aber ich zahle. Entschuldigung, Barkeeper«, sagt er und zeigt auf den Weltraumhelm über der Bar, »was ist das da oben?«

»Tut mir leid, mein Herr, aber heute nicht«, sagt der rothaarige Mann und legt seine Hand auf Wenigers. »Ich übernehme das. Und der Kosmonautenhelm gehört mir.«

Weniger: »Dir?«

»Ich arbeite hier.«

Unser Held lächelt, blickt auf seine Hand hinab, dann auf den Rothaarigen. »Du wirst mich für verrückt halten«, sagt er. »Ich muss dich um einen komischen Gefallen bitten. Ich werde morgen eine Lesung mit H.H.H. Mandern moderieren, und ich brauche –«

»Außerdem wohne ich in der Nähe. Wie heißt du noch mal?«

»Arthur Weniger?«, fragt die weißhaarige Frau im Aufenthaltsraum des Theaters, während H.H.H. Mandern in einen Eimer kotzt. »Wer zur Hölle ist Arthur Weniger?«

Weniger steht in der Tür, den Kosmonautenhelm unterm Arm, ein Lächeln fest ins Gesicht gestanzt. Wie oft ist ihm diese Frage schon gestellt worden? Jedenfalls oft genug, dass sie nicht mehr wehtut; sie ist ihm gestellt worden, als er sehr jung war, damals, zu Carlos-Zeiten, als er jemanden sagen hörte, Arthur Weniger sei der junge Typ in der grünen Badehose, der Dünne beim Pool, oder später, als man erklärte, er sei der Liebhaber von Robert Brownburn, der Schüchterne an der Bar, oder noch später, als man bemerkte, er sei sein Ex und sollte vielleicht nicht mehr eingeladen werden, oder als man ihn als Autor eines Debütromans vorstellte, und dann als Autor eines zweiten Romans, und dann als diesen Typen, den jemand von irgendwoher kannte, schon lange her. Und schließlich: als den Mann, mit dem Freddy Pelu neun Jahre lang geschlafen hatte, bis Freddy Tom Dennis heiratete. Er war all diese Dinge, für all diese Leute, die nicht wussten, wer er war.

»Ich sagte, wer zur Hölle sind Sie?«

Niemand da draußen im Theatersaal wird wissen, wer er ist; wenn er H.H.H. Mandern, der seine Fans trotz seiner Lebensmittelvergiftung nicht enttäuschen will, auf die Bühne helfen wird, wird man ihn bloß als »Riesenfan« vorstellen. Wenn er diese anderthalbstündige Lesung moderiert, sie mit ausführlichen Beschreibungen füllt, wenn er sieht, dass es dem Schriftsteller schlecht geht, wenn er Fragen aus dem Publikum beantwortet, weil Mandern ihn mit müden Augen ansieht, wenn er die Veranstaltung rettet, die Karriere dieses armen Mannes rettet, wird noch immer niemand wissen, wer er ist. Sie alle sind wegen H.H.H. Mandern hier. Sie sind wegen seines Roboters Peabody hier. Sie haben sich als Roboter oder Weltallgöttinnen oder Außerirdische verkleidet, weil ein Schriftsteller ihr Leben verändert hat. Dieser andere Schriftsteller, der neben Mandern sitzt und dessen Gesicht durch das offene Visier des Kosmonautenhelmes nur teilweise zu sehen ist, spielt keine Rolle; an ihn wird man sich nicht erinnern; niemand wird wissen oder sich auch nur fragen, wer er ist. Und später am Abend, wenn er ein Flugzeug nach Mexiko-Stadt besteigt, und der junge japanische Tourist, als er hört, dass er Schriftsteller ist, aufgeregt fragt, wer er denn sei, wird Weniger, noch immer im freien Fall von der zerbrochenen Brücke seiner letzten Hoffnung, antworten, wie er es schon so oft getan hat.

Ein bombastischer Spoony.

Kein Hass. Überhaupt keine Gefühle.

Arthur, du weißt, mein Sohn war nie der Richtige für dich.

»Niemand«, sagt unser Held zur Stadt New York.

WENIGER MEXIKANISCH

Freddy Pelu ist ein Mann, dem man vor dem Start nicht zu sagen braucht, dass er erst seine eigene Sauerstoffmaske aufsetzen und dann den anderen helfen soll.

Es war bloß ein Spiel, mit dem sie sich die Zeit vertrieben, während sie in einer Bar auf Freunde warteten. Eine dieser San-Francisco-Bars, die weder schwul noch nicht-schwul sind, bloß seltsam, und Freddy trug noch immer sein blaues Hemd und die Krawatte vom Unterricht, und sie tranken irgendein neues Bier, das nach Aspirin schmeckte und nach Magnolie roch und mehr kostete als ein Burger. Weniger trug einen Strickpullover mit Zopfmuster. Sie versuchten, einander in einem einzigen Satz zu beschreiben. Weniger hatte angefangen.

Freddy zog die Stirn in Falten. »Arthur«, sagte er. Dann blickte er auf den Tisch hinab.

Weniger nahm sich ein paar kandierte Pekannüsse aus der Schale vor sich. Er fragte, wo das Problem liege. Er dachte, ihm sei ein guter Satz eingefallen.

Freddy schüttelte den Kopf, so dass seine Locken hüpften, und seufzte. »Ich finde nicht, dass das stimmt. Vielleicht, als du mich kennengelernt hast. Aber das ist schon lange her. Weißt du, was ich sagen wollte?«

Weniger sagte, er wisse es nicht.

Der junge Mann starrte seinen Geliebten an und sagte, bevor er einen Schluck von seinem Bier nahm: »›Arthur Weniger ist der mutigste Mensch, den ich kenne.‹«

Daran muss Arthur bei jedem Flug denken. Es macht immer alles kaputt. Es hat auch diesen Flug von New York nach Mexiko-Stadt kaputt gemacht, der seinerseits kurz davor ist, sich selbst kaputt zu machen.

Arthur Weniger hat gehört, in lateinamerikanischen Ländern sei es Tradition zu applaudieren, wenn ein Flugzeug sicher gelandet ist. Im Kopf assoziiert er das mit den Wundertaten der Jungfrau von Guadalupe, und tatsächlich ertappt sich Weniger, als das Flugzeug von Turbulenzen geschüttelt wird, dabei, dass er nach dem passenden Gebet sucht. Leider wurde er unitarisch erzogen; er kann nur auf Joan Baez zurückgreifen, und »Diamonds and Rust« spendet ihm hier keinen Trost. Wieder und wieder wirft sich das Flugzeug im Mondschein hin und her, wie ein Mann, der sich in einen Werwolf verwandelt. Doch Arthur Weniger weiß die abgedroschenen Metaphern des Lebens zu schätzen; eine Verwandlung, ja. Arthur Weniger lässt Amerika endlich hinter sich; vielleicht wird er sich, jenseits seiner Grenzen, verändern, so wie das alte Weib, das von einem Ritter gerettet wird und sich, als er sie über den Fluss trägt, in eine Prinzessin verwandelt. Nicht mehr Arthur Weniger, der Niemand, sondern Arthur Weniger, der renommierte Hauptredner der Konferenz. Oder verwandelte sich die Prinzessin in ein altes Weib? Der junge japanische Tourist, der neben Weniger sitzt und in seinem neongelben Trainingsanzug und den dicken Mondlandungsturnschuhen unglaublich hip aussieht, schwitzt und atmet mit offenem Mund; einmal dreht er sich zu Weniger um und fragt, ob das normal sei, und Weniger sagt, »Nein, nein, das ist nicht normal«. Das Flugzeug wirft sich wieder hin und her, und der junge Mann greift nach seiner Hand. Gemeinsam überstehen sie den Sturm. Sie sind vielleicht die einzigen Passagiere ohne ein Gebet. Und als das Flugzeug endlich landet – durch die Fenster ist die riesige nächtliche Schaltplatte von Mexiko-Stadt zu sehen – ist Weniger der einzige, der ihr Überleben beklatscht.

Was hat Freddy damit gemeint, »der mutigste Mensch, den ich kenne«? Weniger ist es ein Rätsel. Nennen Sie mir einen Tag, eine Stunde, in der Arthur Weniger keine Angst hatte. Davor, einen Cocktail zu bestellen, ein Taxi anzuhalten, ein Seminar zu geben, ein Buch zu schreiben. Vor alldem hat er Angst, und vor fast allem anderen auf der Welt. Aber komisch; weil er sich vor allem fürchtet, ist nichts schwieriger als etwas anderes. Um die Welt zu reisen jagt ihm keine größere Angst ein als Kaugummi zu kaufen. Die tägliche Dosis Mut.

Was für eine Erleichterung, den Zoll hinter sich zu lassen und zu hören, wie jemand seinen Namen ruft: »Señor Weniger!« Da steht ein bärtiger Mann um die dreißig, gekleidet wie ein Rockmusiker: schwarze Jeans, T-Shirt und Lederjacke.

»Ich bin Arturo«, sagt Arturo und streckt ihm eine haarige Hand entgegen. Dies ist der »örtliche Schriftsteller«, der für die nächsten drei Tage sein Begleiter sein wird. »Es ist mir eine Ehre, einen Mann kennenzulernen, der die Russian River School persönlich kannte.«

»Ich bin auch Arturo«, sagt Weniger und schüttelt ihm freudig die Hand.

»Ja. Sie waren schnell durch den Zoll.«

»Ich habe einen Mann bestochen, mein Gepäck zu tragen.« Er deutet auf einen kleinen Mann mit Zapata-Schnurrbart, der die Arme in die Hüften seiner blauen Uniform gestemmt hinter ihm steht.

»Ja, aber das ist keine Bestechung«, sagt Arturo kopfschüttelnd. »Das ist *propina*. Ein Trinkgeld. Das ist der Kofferträger.«

»Ah«, sagt Weniger, und der Mann mit dem Schnurrbart lächelt ihn an.

»Sind Sie zum ersten Mal in Mexiko?«

»Ja«, antwortet Weniger schnell. »Ja, zum ersten Mal.«

»Willkommen in Mexiko.« Arturo überreicht ihm ein Konferenzpaket und sieht ihn mit müden Augen an; unter seinen Augen sind violette Ränder zu sehen, und in seine noch junge Stirn haben sich Falten eingegraben. Jetzt fällt Weniger auf, dass das, was er für glänzende Pomade in seinem Haar gehalten hat, in Wirklichkeit graue Strähnen sind. Arturo sagt, »Es folgt, ich sage es nicht gerne, eine sehr lange Fahrt auf einer sehr langsamen Straße … bis Sie sich endlich ausruhen können.«

Er seufzt, denn er hat gerade eine Wahrheit ausgesprochen, die für alle Menschen gilt.

Weniger begreift: Man hat ihm einen Dichter zugeteilt.

Was die Russian River School angeht, hat Weniger die lustigen Zeiten verpasst. Diese berühmten Männer und Frauen gingen mit Hämmern auf die Statuen ihrer Götter los, diese Bongo spielenden und Action-Painting betreibenden Künstler, und kraxelten aus den Sechzigern auf den Gipfel der Siebziger, jene Ära der schnellen Liebe und der Quaaludes (ließe sich eine noch perfektere Schreibweise finden als mit diesem faulen, überflüssigen Vokal?), wo sie in ihrem Ruhm schwelgten und sich in Hütten am Russian River stritten, nördlich von San Francisco, wo sie tranken und rauchten und bumsten bis in ihre Vierziger hinein. Und dann wurden sie – einige jedenfalls – ihrerseits zum Modell für neue Statuen. Doch Weniger stieß erst spät dazu; was er vorfand, waren keine jungen Rebellen, sondern stolze, aufgeblasene Künstler im mittleren Alter, die sich wie Seelöwen im Fluss herumwälzten. Er hatte den Eindruck, dass sie ihre beste Zeit schon hinter sich hatten; er verstand nicht, dass sie auf der Höhe ihrer geistigen Leistungsfähigkeit waren: Leonard Ross und Otto Handler, selbst Franklin Woodhouse, der diesen Akt von Weniger gezeichnet hatte. Weniger besitzt außerdem ein gerahmtes Collagen-Gedicht, das Stella Barry zu seinem Geburtstag für ihn gemacht hatte, aus einer abgegriffenen Ausgabe von *Alice im Wunderland*. Er hat Teile von Handlers *Patty Hearst* auf einem alten Klavier gehört, während es draußen stürmte. Er hat einen Entwurf von Ross' *Gewonnene Liebesmüh* gesehen und war dabei, als er eine komplette Szene daraus strich. Und sie waren immer nett zu Weniger, vor allem in Anbetracht des Skandals (oder gerade deswegen?): Weniger hatte Robert Brownburn seiner Frau weggenommen.

Doch vielleicht ist es passend, dass jemand sie zum Abschluss preist und begräbt, jetzt, da fast alle von ihnen tot sind (Robert lebt noch, in einer Einrichtung in Sonoma, aber ihm fällt schon das Atmen schwer – zu viele Zigaretten, mein Schatz; sie plaudern einmal im Monat per Videotelefonat). Wieso soll das nicht Arthur Weniger tun? Er lächelt, während er im Taxi sitzt und das Paket in den Händen wiegt: Wie ein gelbes Schoßhündchen, mit einer Leine aus rotem Band. Der kleine Arthur Weniger, der bei den Frauen in der Küche saß und den Gin verdünnte, während die Männer am Feuer hockten und herumbrüllten. *Und ich allein habe überlebt, um davon zu berichten.* Morgen auf der Bühne der Universität: der berühmte amerikanische Schriftsteller Arthur Weniger.

Es dauert anderthalb Stunden, bis sie im dichten Verkehr das Hotel erreichen; die Flüsse aus roten Heckleuchten erinnern an die Lavaströme, die antike Dörfer zerstörten. Irgendwann dringt der Geruch nach Vegetation ins Auto; sie haben den Parque México erreicht, der früher einmal so weitläufig war, dass Charles Lindbergh dort angeblich mit seinem Flugzeug gelandet ist. Jetzt spazieren dort schicke junge mexikanische Pärchen und auf einer Wiesenfläche werden zehn Hunde verschiedener Rassen darauf trainiert, absolut regungslos auf einem langen, roten Tuch zu liegen. Arturo streicht sich über den Bart und sagt, »Ja, das Stadion in der Mitte des Parks ist nach Lindbergh benannt, der natürlich ein berühmter Vater und ein berühmter Faschist war. Wir sind da.«

Zu Wenigers großer Freude lautet der Name des Hotels Monkey House, und es ist voller Kunst und Musik: im Eingangsbereich hängt ein riesiges Porträt von Frida Kahlo, die in jeder Hand ein Herz hält. Unter ihr arbeitet sich ein mechanisches Klavier durch eine Rolle Scott Joplin. Arturo spricht in schnellem Spanisch mit einem beleibten älteren Mann, mit Haar so glatt wie Silber, der sich dann an Weniger wendet und sagt, »Willkommen in unserem kleinen Haus! Wie ich höre, sind Sie ein berühmter Dichter!«

»Nein«, sagt Weniger. »Aber ich kannte einen berühmten Dichter. Das scheint schon zu reichen, heutzutage.«

»Ja, er kannte Robert Brownburn«, erklärt Arturo ernst und mit gefalteten Händen.

»Brownburn«, brüllt der Hotelbesitzer. »Der ist für mich besser als Ross! Wann haben Sie ihn getroffen?«

»Ach, das ist lange her. Ich war einundzwanzig.«

»Sind Sie zum ersten Mal in Mexiko?«

»Ja, zum ersten Mal.«

»Willkommen in Mexiko!«

Welche anderen verzweifelten Figuren haben sie noch zu dieser Sause eingeladen? Er hat Angst, auf Bekannte zu treffen; er kann die Demütigung nur für sich allein ertragen.

Arturo sieht Weniger mit dem gequälten Gesichtsausdruck von jemandem an, der gerade etwas zerbrochen hat, was man sehr liebt. »Señor Weniger, es tut mir so leid«, setzt er an. »Ich glaube, Sie sprechen kein Spanisch, habe ich recht?«

»Da haben Sie recht«, sagt Weniger. Er ist so erschöpft, und das Konferenzpaket ist so schwer. »Das ist eine lange Geschichte. Ich habe mich für Deutsch entschieden. Ein schrecklicher Fehler in jungen Jahren, aber ich mache meine Eltern dafür verantwortlich.«

»Ja. Die Jugend. Und das Festival morgen wird komplett auf Spanisch stattfinden. Ja, ich kann Sie morgens zum Festival fahren. Aber Sie werden erst am dritten Tag sprechen.«

»Ich bin vor dem dritten Tag gar nicht dran?« Seine Miene ist die eines Bronzemedaillengewinners bei einem Rennen mit drei Teilnehmern.

»Vielleicht« – Arturo holt tief Luft – »kann ich Sie in die Stadt fahren, damit Sie sich dort umsehen können? Mit einem Landsmann?«

Weniger seufzt und lächelt. »Arturo, das ist eine wunderbare Idee.«

Um zehn am nächsten Morgen steht Arthur Weniger vor dem Hotel. Die Sonne scheint, und über ihm sitzen drei schwarze Vögel mit Fächerschwänzen in den Jacarandas und geben merkwürdige, fröhliche Geräusche von sich. Es dauert einen Augenblick, bis Weniger versteht, dass die Mainas gelernt haben, das mechanische Klavier nachzuahmen. Weniger sucht ein Café; der Kaffee im Hotel ist überraschend dünn und schmeckt amerikanisch, und weil er schlecht geschlafen hat (ihn quälte die

Erinnerung an einen Abschiedskuss), ist er jetzt übermüdet.

»Sind Sie Arthur Weniger?«

Ein nordamerikanischer Akzent, aus dem Mund eines Löwen von einem Mann, Mitte sechzig, mit grauer Zottelmähne und golden starrenden Augen. Er stellt sich als Organisator des Festivals vor. »Ich bin der Leiter«, sagt er und hält ihm eine überraschend zarte Pfote zum Schütteln hin. Er nennt die Universität im Mittleren Westen, an der er Professor ist. »Harold Van Dervander. Ich habe dem Direktor geholfen, die diesjährige Konferenz zu gestalten und habe die Gesprächsrunden zusammengestellt.«

»Das ist wunderbar, Professor Vander … van …«

»Van Dervander. Deutsch-Niederländisch. Wir hatten eine Liste mit ganz großen Namen. Wir hatten Fairborn und Gessup und McManahan. Wir hatten O'Byrne und Tyson und Plum.«

Weniger verarbeitet diese Informationen. »Aber Harold Plum ist tot.«

»Die Liste wurde geändert«, räumt der Leiter ein. »Aber die ursprüngliche Liste war wunderbar. Wir hatten Hemingway. Wir hatten Faulkner und Woolf.«

»Also haben Sie Plum nicht bekommen«, wirft Weniger ein. »Und Woolf vermutlich auch nicht.«

»Wir haben niemanden bekommen«, sagt der Leiter und hebt sein riesiges Kinn. »Aber ich habe die ursprüngliche Liste ausdrucken lassen; die müssten Sie in Ihrem Paket gefunden haben.«

»Wunderbar«, sagt Weniger und blinzelt verdutzt.

»Das Paket enthält außerdem einen Spendenumschlag für das Haines Stipendium. Ich weiß, Sie sind gerade erst angekommen, aber nach einem Wochenende in dem Land, das er so liebte, sehen Sie sich vielleicht dazu veranlasst.«

»Leider –«, sagt Arthur.

»Und da«, unterbricht ihn der Leiter und zeigt in westliche Richtung, »sind die Gipfel von Ajusco, die Sie ja aus seinem Gedicht ›Ertrinkende Frau‹ kennen.'« Weniger sieht nichts als Smog. Er hat weder von diesem Gedicht gehört, noch von Haines. Der Leiter fängt an, auswendig zu zitieren: »Sagen wir, du fällst eines Sonntagnachmittags die Kohlenrutsche hinunter …' Erinnern Sie sich?«

»Leider –«, sagt Arthur.

»Und waren Sie schon in einer der *farmacias*?«

»Leider –«

»Ah, da müssen Sie hin. Hier um die Ecke ist eine. Farmicias Similares. Generika. Das ist der eigentliche Grund, warum ich dieses Festival in Mexiko mache. Haben Sie Ihre Rezepte dabei? Die kriegen Sie hier viel billiger.« Der Leiter zeigt nach vorne, und Weniger kann ein Apotheken-Schild erkennen; er beobachtet, wie eine kleine, rundliche Frau in einem weißen Kittel die Ladentür aufzieht. »Clonazepam, Escitalopram, Lorazepam«, gurrt der Leiter. »Aber eigentlich komme ich wegen des Viagras her.«

»Leider –«

Der Leiter grinst wie die Grinsekatze. »In Ihrem Alter muss man Vorräte anlegen! Ich probier heute Nachmittag ein Päckchen und sage Ihnen, ob es echt ist.« Er hält sich die Faust vor den Schritt und lässt seinen erektilen Daumen nach vorne schnellen.

Über ihnen verhöhnen die Mainas sie im Ragtime-Rhythmus.

»Señor Weniger, Señor Banderbander.« Es ist Arturo; er scheint seit dem Abend zuvor weder seine Kleider, noch seine Haltung geändert zu haben. »Sind Sie bereit?«

Weniger wendet sich, noch immer verwirrt, dem Leiter zu. »Sie kommen mit uns? Müssen Sie nicht bei den Diskussionsrunden dabei sein?«

»Ich habe da wirklich ein paar wunderbare Runden zusammengestellt! Aber ich geh nie hin«, erklärt er und breitet die Hände auf seiner Brust aus. »Ich kann kein Spanisch.«

Ist er zum ersten Mal in Mexiko? Nein.

Arthur Weniger war vor fast dreißig Jahren schon in Mexiko, in einem verbeulten weißen BMW, mit einem Achtspurkassettenspieler und nur zwei Kassetten, zwei hastig gepackten Koffern, einer Tüte Marijuana und Meskalin, die mit Klebeband unter dem Ersatzrad befestigt war, und einem Fahrer, der der Länge nach durch den gesamten Staat Kalifornien raste, als wäre die Polizei hinter ihm her. Dieser Fahrer: der Dichter Robert Brownburn. Er weckte den jungen Arthur Weniger am Morgen mit einem Anruf und sagte ihm, er solle für drei Tage packen. Dann fuhr er eine Stunde später vor und gab ihm zu verstehen, sofort einzusteigen. Was war das für eine Schnapsidee? Einfach nur eine von Roberts

Flausen. Weniger würde sich irgendwann daran gewöhnen, doch damals kannte er Robert erst einen Monat; aus ihren Verabredungen, etwas trinken zu gehen, waren angemietete Hotelzimmer geworden, und jetzt auf einmal das. Er wurde nach Mexiko entführt: es war das Spannendste, was er in seinem jungen Leben erlebt hatte. Robert brüllte über den Lärm des Motors hinweg, während sie durch die Mandelhaine von Zentralkalifornien rauschten. Dann folgten lange Abschnitte der Stille, in denen sie die Kassetten wieder und wieder umdrehten, und Pausen, in denen Robert den jungen Arthur Weniger hinter die Eichen führte und ihn küsste, bis ihm die Tränen kamen. All das erschreckte Weniger. Aus heutiger Sicht ist ihm klar, dass Robert irgendetwas genommen hatte; wahrscheinlich irgendein Amphetamin, das ihm einer seiner Künstlerfreunde oben am Russian River gegeben hatte. Robert war aufgeregt und glücklich und lustig. Er bot Weniger nie an, was auch immer er da genommen hatte; er gab ihm bloß einen Joint. Doch er fuhr weiter, mit kaum einer Pause, bis sie bei San Ysidro die mexikanische Grenze erreichten, dann zwei weitere Stunden durch Tijuana bis Rosarito, wo sie schließlich an einem Ozean entlang rollten, der in Flammen getaucht wurde, bis der Sonnenuntergang sich zu einem neonfarbenen Pink abkühlte, und sie schließlich in Ensenada ankamen, an einem Hotel am Meer, wo Robert mit einem Schlag auf den Rücken und zwei Gläsern Tequila begrüßt wurde. Sie rauchten und liebten sich das ganze Wochenende lang, verließen kaum einmal ihr überhitztes Zimmer, außer um zu essen und für einen Meskalinspaziergang am Strand. Unten spielte eine Mariachi-Band immer wieder dasselbe Lied, das sich Weniger nur durch die endlose Wiederholung einprägen konnte, und er sang die *llorars* mit, während Robert rauchte und lachte:

Yo sé bien que estoy afuera
Pero el día que yo me muera
Sé que tendrás que llorar
(Llorar y llorar, llorar y llorar)

Ich weiß, ich bin nicht mehr dein,
Doch an dem Tag, an dem ich sterbe,
Weiß ich, du wirst weinen
(Weinen und weinen, weinen und weinen)

Am Sonntagmorgen verabschiedeten sie sich von den Hotelangestellten und brachen zu einer weiteren rasenden Fahrt auf, zurück nach Hause; diesmal schafften sie die Strecke in elf Stunden. Müde und benommen wurde der junge Arthur Weniger vor seinem Apartment-Gebäude abgesetzt, wo er in seine Wohnung stolperte, um vor der Arbeit noch ein paar Stunden zu schlafen. Er war überglücklich und verliebt. Erst später fiel ihm auf, dass er während des gesamten Ausflugs nicht einmal die entscheidende Frage gestellt hatte – Wo ist deine Frau? –, und deshalb entschied er, das Wochenende Roberts Freunden gegenüber niemals zu erwähnen, aus Angst, er könnte etwas verraten. Er gewöhnte sich so sehr daran, ihren skandalösen Ausflug geheimzuhalten, dass Arthur Weniger noch Jahre später, als es wirklich keine Rolle mehr spielt, auf die Frage, ob er schon einmal in Mexiko gewesen sei, immer die gleiche Antwort gibt: nein.

Die Tour durch Mexiko-Stadt beginnt mit einer U-Bahn-Fahrt. Wieso hat Weniger Tunnel erwartet, die mit aztekischen Mosaiken geschmückt sind? Stattdessen steigt er staunend in eine Replik seiner Grundschule in Delaware hinab: die bunten Geländer und gefliesten Böden, die Primärfarben, das Gelb und Blau und Orange, die Heiterkeit der 1960er-Jahre, von der Geschichte als Schwindel entlarvt, aber hier noch immer fortbestehend, genau wie in den Erinnerungen von Lehrers Liebling Arthur Weniger. Welchen pensionierten Schuldirektor hatte man da engagiert, um die U-Bahn aus Wenigers Träumen zu gestalten? Arturo hält ihm eine Fahrkarte hin und Weniger ahmt Arturos Bewegungen nach und steckt sie in einen Automaten, während Polizisten mit roten Baretten zusehen, in Gruppen, die groß genug sind, um als *futbol*-Mannschaften durchzugehen.

»Señor Weniger, das ist unser Zug.« Eine orangefarbene Lego-Einschienenbahn fährt auf Gummirädern ein und kommt zum Halt. Er steigt ein und hält sich an einer kalten Metallstange fest. Er fragt, wohin sie fahren, und als Arturo antwortet »zur Blüte«, hat Weniger tatsächlich das Gefühl, er befinde sich in einem Traum – bis er über sich eine Karte entdeckt, auf der jeder Halt durch ein Piktogramm gekennzeichnet ist. Sie sind wirklich zur »Blüte« unterwegs. Von dort steigen sie um, in Richtung »Grab«. Von der Blüte zum Grab; so ist es seit jeher. Als sie ankommen, spürt Weniger einen leichten

Druck durch die Frau hinter sich und wird sanft auf den Bahnsteig geschoben. Diese Station: eine rivalisierende Grundschule, diesmal in leuchtenden Blautönen. Er folgt Arturo und dem Leiter dicht auf den Fersen durch geflieste Gänge und Menschenmengen und findet sich plötzlich auf einer Rolltreppe wieder, die auf ein quadratisches Stück pfauenblauen Himmel zugleitet … und dann steht er auf einem riesigen Platz. Auf allen Seiten Gebäude aus behauenen Steinen, die sich in dem uralten Schlamm ganz leicht nach vorne neigen, und eine gewaltige Kathedrale. Wieso hat er immer gedacht, Mexiko-Stadt würde aussehen wie Phoenix im Smog? Wieso hat ihm niemand gesagt, dass es Madrid sein würde?

Sie werden von einer Frau in einem langen schwarzen Kleid mit Hibiskusblütenmuster begrüßt, ihrer Führerin, die sie zu einem der zahlreichen Märkte von Mexiko-Stadt bringt, einer Arena aus blauem Wellblech, wo vier junge hispanisch aussehende Männer auf sie warten, offensichtlich Freunde von Arturo. Ihre Führerin bleibt vor einem Tisch mit kandierten Früchten stehen und fragt, ob jemand Allergiker sei oder bestimmte Dinge auf keinen Fall essen wolle. Schweigen. Weniger fragt sich, ob er Phantasiespeisen wie Käfer und schleimige, Lovecraft-mäßige Meeresungeheuer erwähnen sollte, doch sie führt sie bereits zwischen den Ständen hindurch. Tempeltürme aus in Papier eingeschlagener Bitterschokolade neben einem Korb voll aztekischer Schneebesen, die wie Holzkeulen geformt sind, und

Gläser mit vielfarbigem Salz, wie es buddhistische Mönche vielleicht benutzen würden, um Mandalas zu malen, neben Plastikbehältern voll rost- und kakaofarbener Samen, die, wie ihre Führerin erklärt, gar keine Samen sind, sondern Grillen; Krebse und Würmer, lebendig oder geröstet, neben dem Fleischstand, wo Kaninchen und junge Ziegen noch immer ihre flauschigen, schwarzweißen »Socken« tragen, um zu beweisen, dass sie keine Katzen sind, eine lange Fleischtheke, deren Schrecken für Arthur Weniger immer mehr zunimmt, je länger er daran entlanggeht, so dass es ihm wie ein Test seiner Willenskraft vorkommt, ein Test, den er ganz sicher nicht bestehen wird, doch zum Glück biegen sie in den Fischgang ab, wo sein Herz aus irgendeinem Grund erkaltet, inmitten all der graugesprenkelten Oktopuskörper, die zu Et-Zeichen zusammengerollt sind, der namenlosen orangefarbenen Fische mit den großen, starren Augen und den scharfen Zähnen, und den Papageienfischen mit ihren Schnäbeln, deren Fleisch, erklärt man Weniger, blau ist und nach Hummer schmeckt (er wittert eine Lüge); und wie ähnlich all das den Geisterbahnen seiner Jugend ist, mit ihren Gläsern voller Augäpfel, den Tellern mit Hirnmasse und glibbrigen Fingern, und dem grauenhaften Vergnügen, das er dort als Junge verspürte.

»Arthur«, sagt der Leiter, als ihre Führerin sie zwischen den mit Eis ausgelegten Theken vorbeiführt. »Wie war es so, mit einem Genie zusammenzuleben? Ich habe es so verstanden, dass Sie Brownburn getroffen haben, als Sie noch jung waren.«

Niemand darf »als man noch jung war« sagen außer

man selbst, weiß das nicht jeder? Doch Weniger sagt bloß, »Ja, das stimmt«.

»Er war ein bemerkenswerter Mann, verspielt, heiter, er hat mit seinen Kritikern Katz und Maus gespielt. Und wie er sich bewegt hat – grandios. So voller Freude. Er und Ross machten sich einen Spaß daraus, den anderen immer zu übertreffen. Ross und Barry und Jacks. Das waren vielleicht Spaßvögel. Und es gibt niemand Ernsteres als einen Spaßvogel.«

»Sie kannten sie?«

»Ich *kenne* sie. Ich behandle sie alle in meinem Seminar zur mittelamerikanischen Lyrik, und damit meine ich nicht das Mittelamerika der Engstirnigkeit und der Diners oder das Amerika der Jahrhundertmitte, sondern das Mittendrin, das Kuddelmuddel, die *Lücke* von Amerika.«

»Das klingt –«

»Betrachten Sie sich selbst als Genie, Arthur?«

»Wer? Ich?«

Offenbar versteht der Leiter das als nein. »Sie und ich, wir sind Genies begegnet. Und wir wissen, dass wir nicht wie sie sind, richtig? Wie ist es, so weiterzumachen, im Wissen, dass man kein Genie ist, dass man nur Mittelmaß ist? Ich finde, das ist die größte Hölle, die es gibt.«

»Na ja«, sagt Weniger. »Ich denke, es gibt da noch etwas zwischen Genie und Mittelmaß –«

»Das ist es, was Vergil Dante nie gezeigt hat. Er hat ihm Platon und Aristoteles in einem heidnischen Paradies gezeigt. Aber was ist mit den weniger klugen Köpfen? Sind wir dazu verdammt, in der Hölle zu schmoren?«

»Nein, das nicht«, erwidert Weniger, »nur zu Konferenzen wie dieser.«

»Wie alt waren Sie, als Sie Brownburn kennenlernten?«

Weniger blickt in das Fass mit Stockfisch hinab. »Ich war einundzwanzig Jahre alt.«

»Ich war vierzig, als ich Brownburn begegnet bin. Das war schon sehr spät, für uns beide. Doch meine erste Ehe war zu Ende, und plötzlich gab es da wieder Humor und Erfindungsgeist. Er war ein toller Mann.«

»Er lebt ja noch.«

»Ah, ja. Wir haben ihn zum Festival eingeladen.«

»Aber er ist in Sonoma und kann das Bett nicht mehr verlassen«, sagt Weniger, dessen Stimme jetzt die Kühle des Fischmarktes angenommen hat.

»Das war eine frühe Gästeliste. Arthur, ich muss Ihnen was sagen, wir haben da eine wunderbare Überraschung für Sie –«

Die Führerin bleibt stehen und wendet sich an die Gruppe:

»Diese Chilis sind das Herz der mexikanischen Küche, die von der UNESCO zum immateriellen Weltkulturerbe erklärt wurde.« Sie steht neben einer Reihe von Körben, die mit getrockneten Chilis in den verschiedensten Formen gefüllt sind. »Mexiko ist das lateinamerikanische Land, in dem Peperoni die wichtigste Rolle spielen. Sie«, sie zeigt auf Weniger, »essen vermutlich mehr Chilis als ein Chilene.« Einer von Arturos Freunden, der sie heute begleitet, kommt aus Chile und nickt bestätigend. Als sie gefragt wird, welche Sorte die schärfste ist, wendet sich die Führerin an den Verkäufer und sagt, die winzigen pinkfarbenen in einem Glas, aus Veracruz. Es sind zugleich die teuersten. »Möchten Sie ein paar Würzsaucen probieren?« Ein Chor von *Sí*! Es folgt ein Wettstreit mit ansteigendem Schwierigkeitsgrad, wie bei einem Buchstabierwettbewerb. Der Reihe nach probieren sie die Saucen, die immer schärfer werden, um zu sehen, wer als erster aufgibt. Weniger merkt, wie sein Gesicht nach jedem Bissen heiß wird, doch bei Runde drei hat er es bereits länger ausgehalten als der Leiter. Als man ihm einen Löffel einer Sauce mit fünf Chilis gibt, verkündet er, an die Gruppe gewandt:

»Das schmeckt genau wie das Chow-Chow meiner Großmutter.«

Alle sehen ihn schockiert an.

Der Chilene: »Was haben Sie gesagt?«

»Chow-Chow. Fragen Sie Professor Van Dervander. Das ist eine Sauce aus dem amerikanischen Süden.« Doch der Leiter sagt gar nichts. »Das schmeckt wie das Chow-Chow meiner Großmutter.«

Ganz langsam beginnt der Chilene zu wiehern, mit der Hand auf dem Mund. Die anderen scheinen sich zurückzuhalten.

Weniger zuckt mit den Schultern und sieht in die Gesichter der anderen. »Natürlich war ihr Chow-Chow nicht so scharf.«

Und damit brechen alle Dämme; alle jungen Männer heulen vor Lachen, sie stehen johlend und Tränen lachend neben den Chilibehältern. Der Verkäufer betrachtet sie mit gerunzelter Stirn. Und als es nachlässt, heizen die Männer es von Neuem an. Sie fragen Weniger, wie häufig er das Chow-Chow seiner Großmutter probiert. Und schmeckt es an Weihnachten anders? Und so weiter. Es dauert nicht lange, bis Weniger begreift – unter den mitleidvollen Blicken des Leiters, während die Sauce an seinem Rachen von Neuem zu brennen beginnt –, dass es im Spanischen einen Fauxami geben muss, einen weiteren falschen Freund …

Wie war es, mit einem Genie zusammenzuleben? Nun, einmal passierte es, dass er seinen Ring im Pilzeimer des Happy-Produce-Marktes verlor.

Weniger trug einen Ring, den Robert ihm zu ihrem fünften Jahrestag geschenkt hatte, und obwohl dies weit vor den Zeiten der gleichgeschlechtlichen Ehe passierte, wussten sie beide, dass es für eine Art von Ehe stand: es war ein dünner Cartier-Goldring, den Robert auf einem Flohmarkt in Paris gefunden hatte. Und so trug der junge Arthur Weniger ihn immerzu. Während Robert schrieb, eingeschlossen in sein Zimmer mit Blick auf das Eureka Valley, ging Weniger oft Lebensmittel einkaufen. An diesem Tag kaufte er Pilze. Er hatte eine Plastiktüte genommen und gerade angefangen, Pilze auszuwählen, als er etwas von seinem Finger rutschen spürte. Er wusste sofort, was es war.

In jenen Tagen war Arthur Weniger alles andere als treu. So war es üblich unter den Männern, die sie kannten, und es war etwas, über das er und Robert nie sprachen. Wenn er bei seinen Besorgungen einem gutaussehenden Mann begegnete, der eine Wohnung hatte, war Weniger gern bereit, eine halbe Stunde zu vertrödeln, bevor er nach Hause zurückkehrte. Und einmal nahm er sich einen richtigen Liebhaber. Jemanden, der reden wollte, der beinahe so weit ging, Versprechungen von ihm einzufordern. Zuerst war es eine wunderbare, zwanglose Beziehung, nicht weit von zu Hause, etwas, das an einem freien Nachmittag schnell zu haben war, oder wenn Robert verreist war. Es gab dort ein weißes Bett neben einem Fenster. Es gab einen zwitschernden Sittich. Es gab wunderbaren Sex, und anschließend keine Sätze wie *Ich hab ganz vergessen, dir zu sagen, dass Janet angerufen hat* oder *Hast du die Parkerlaubnis ins Auto gelegt?* oder *Denk dran, ich bin morgen in L.A.* Bloß Sex und ein Lächeln: *Ist es nicht toll, wenn man bekommt, was man will, und nichts dafür zahlt?* Jemand, der ganz anders war als Robert, fröhlich und gut gelaunt, zärtlich und, möglicherweise, nicht wahnsinnig intelligent. Es dauerte lange, bis es traurig wurde. Es kam zu Streits und Telefonaten und langen Spaziergängen, auf denen wenig gesprochen wurde. Und dann war es zu Ende; Weniger beendete es. Er wusste, er hatte jemandem schrecklich, unverzeihlich weh getan. Das alles geschah kurz bevor er seinen Ring in dem Pilzeimer verlor.

»Scheiße«, sagte er.

»Alles in Ordnung?«, fragte ein bärtiger Mann, der beim Gemüse stand. Groß, Brille, mit einem Baby-Pak-Choi in der Hand.

»Scheiße, ich habe gerade meinen Ehering verloren.«

»Scheiße«, sagte der Mann und sah auf den Eimer. Er enthielt vielleicht sechzig weiße Champignons – aber der Ring konnte natürlich überall hingefallen sein! Er konnte in die braunen Champignons gefallen sein! In die Shiitake-Pilze! Er konnte in die Pepperoni geflogen sein! Wie sollte man sich durch die Pepperoni wühlen? Der bärtige Mann kam auf ihn zu. »Okay, Kumpel. Wir machen das jetzt«, sagte er, als wolle er einen gebrochenen Arm richten. »Einen nach dem anderen.«

Langsam und systematisch legten sie jeden Champignon einzeln in Wenigers Tüte.

»Ich habe meinen auch mal verloren«, erzählte der Mann, während er die Tüte aufhielt. »Meine Frau war stinksauer. Eigentlich habe ich ihn schon zweimal verloren.«

»Die wird sich so aufregen«, sagte Arthur. Wieso hatte er Robert zu einer Frau gemacht? Wieso spielte er so bereitwillig mit? »Der darf nicht weg sein. Sie hat ihn auf einem Flohmarkt in Paris gekauft.«

Ein anderer Mann schaltete sich ein. »Nimm Bienenwachs. Damit hält er, bis du ihn anpassen lassen kannst.« Die Sorte Mann, die beim Einkaufen den Fahrradhelm aufbehält.

»Wo kann man sich den anpassen lassen?«, wollte der Bärtige wissen.

»Beim Juwelier«, sagte der Fahrradfahrer. »Überall.«

»Ah, danke«, sagte Arthur. »Falls ich ihn finde.«

Die betrübliche Aussicht des Verlustes veranlasste den Fahrradfahrer, ihnen bei der Suche zu helfen. Von hinter ihnen kam eine Männerstimme. »Ring verloren?«

»Jepp«, sagte der Bärtige.

»Wenn du ihn wiederfindest, nimm Kaugummi, bis er angepasst ist.«

»Ich hab Bienenwachs gesagt.«

»Bienenwachs ist auch gut.«

Fühlte es sich so an, ein Mann zu sein? Ein heterosexueller Mann? Oft allein, aber wenn man in der Patsche saß – wenn man seinen Ehering verloren hatte! –, kam dann die gesamte Mannschaft zusammen, um das Problem zu lösen? Das Leben war nicht schwer; man ertrug es tapfer, im Wissen, wenn man danach rief, würde Hilfe kommen. Wie wunderbar es wäre, Teil eines solchen Clubs zu sein. Ein halbes Dutzend Männer war zusammengekommen und half mit. Zur Rettung seiner Ehe und seines Stolzes. Also hatten sie doch ein Herz. Sie waren nicht bloß kaltblütige, grausame Tyrannen; sie waren keine Highschool-Schläger, denen man auf dem Flur aus dem Weg gehen musste. Sie hatten einen guten Kern; sie waren freundlich; sie waren hilfsbereit. Und heute war Weniger einer von ihnen.

Sie waren am Boden des Eimer angekommen. Nichts.

»Ooh, das tut mir leid, Kumpel«, sagte der Fahrradfahrer und verzog das Gesicht. Der Bärtige: »Sag ihr, du hast ihn beim Schwimmen verloren.« Einer nach dem anderen reichten sie ihm die Hand und gingen kopfschüttelnd davon.

Weniger wollte heulen.

Was war er doch für eine lächerliche Person. Und was für ein mieser Schriftsteller, in eine so billige Metapher wie diese hineinzugeraten. Als ob es Robert irgendetwas verraten würde, irgendetwas über ihre Liebe aussagen würde. Es war bloß ein Ring, der in einem Eimer verloren gegangen war. Doch er konnte nicht anders; ihn zog das Poesiealbumhafte des Ganzen zu sehr an, dass das eine Gute, was er hatte, sein Leben mit Robert, seiner eigenen Achtlosigkeit zum Opfer fiel. Es gab keine Erklärung, durch die es nicht wie ein Verrat klingen würde. Alles würde seiner Stimme anzuhören sein. Und Robert, der Dichter, würde in seinem Sessel den Blick heben und es sehen. Dass ihre Zeit zu Ende war.

Weniger ließ sich gegen die Vidalia-Zwiebeln sinken und seufzte. Er nahm die Tüte, in der jetzt keine Pilze mehr waren, um sie zusammenzuknüllen und in den Müll zu werfen. Ein goldenes Funkeln.

Und da war er. In der Tüte. Ah, was war das Leben doch wunderbar.

Er lachte, er zeigte ihn dem Ladenbesitzer. Er kaufte alle fünf Pfund Pilze, die die Männer in den Händen gehabt hatten, und ging nach Hause, um aus Schweinerippchen und braunem Senf und sämtlichen Pilzen eine Suppe zu kochen. Er erzählte Robert, was passiert war, vom Ring über die Männer bis zum Wiederfinden, und wie lustig das alles gewesen war.

Und während er erzählte und über sich selbst lachte, sah er, wie Robert in seinem Sessel den Blick hob und alles sah.

So war es, mit einem Genie zusammenzuleben.

Die U-Bahn-Fahrt zurück zum Hotel ist nur halb so schön, weil in der U-Bahn doppelt so viele Menschen sind, und durch die Hitze des Nachmittags hat Weniger das Gefühl, nach Fisch und Erdnüssen zu riechen. Als sie an den Farmacias Similares vorbeikommen, verkündet der Leiter, er werde in einer Minute nachkommen. Sie gehen weiter zum Monkey House (jetzt ohne die Mainas), und obwohl Weniger sich mit einer kleinen Verbeugung verabschiedet, lässt Arturo ihn nicht gehen. Er besteht darauf, dass der Amerikaner Meskal probiert, behauptet, es könnte sein Schreiben verändern, vielleicht sogar sein Leben. Ein paar andere Schriftsteller warten auf sie. Weniger sagt, er habe Kopfschmerzen, doch der Lärm einer nahen Baustelle übertönt ihn und Arturo versteht ihn nicht. Der Leiter kommt dazu, strahlend im Licht des Spätnachmittags, mit einer weißen Tüte in der Hand. Also geht Arthur Weniger mit. Meskal stellt sich als Getränk heraus, das schmeckt, als hätte jemand seine Zigarette darin ausgedrückt. Man trinkt es, erklärt man ihm, mit einer Orangenscheibe, die mit gerösteten Würmern bestrichen wurde. »Das ist nicht euer Ernst«, sagt Weniger, aber es ist ihr Ernst. Wieder einmal: alle meinen es ernst. Sie trinken sechs Runden. Weniger fragt Arturo nach seiner Veranstaltung beim Festival, die jetzt nur noch zwei Tage entfernt ist. Arturo, der nach diesem Bad in Meskal unverändert verdrießlich gestimmt ist, sagt, »Ja. Es tut mir leid, aber auch morgen wird das Festival komplett auf Spanisch sein; soll ich Ihnen Teotihuacán zeigen?« Weniger hat keine Ahnung, was das ist, willigt ein und fragt erneut nach seiner eigenen Veranstaltung. Wird er allein auf der Bühne sein, oder soll es ein Gespräch geben?

»Ich hoffe, es gibt ein Gespräch«, erwidert Arturo. »Sie werden mit einer Freundin auf der Bühne sein.«

Weniger fragt, ob es sich bei dieser Gesprächspartnerin um eine Professorin oder ebenfalls um eine Schriftstellerin handelt.

»Nein, nein, *Freundin*«, wiederholt Arturo. »Sie werden mit Marian Brownburn sprechen.«

»Marian? *Seiner Frau?* Sie ist hier?!«

»*Sí*. Sie kommt morgen Abend an.«

Weniger versucht, diesen abwegigen Kongress im Kopf zusammenzusetzen. Marian. Die letzten Worte, die sie je zu ihm sagte, waren *Pass auf meinen Robert auf*. Doch damals hatte sie noch nicht gewusst, dass er ihn ihr wegnehmen würde. Robert hielt Weniger aus der Scheidung heraus, fand die Hütte an den Vulcan Steps, und Weniger traf sie nie wieder. Würde sie jetzt siebzig sein? Würde sie die Bühne nutzen, um endlich zu sagen, was sie von Arthur Weniger hielt? »Moment, Moment, Moment, wir können das nicht zusammen machen. Wir haben uns seit fast dreißig Jahren nicht gesehen.«

»Señor Banderbander findet es eine schöne Überraschung für Sie.«

Weniger erinnert sich nicht, was er darauf erwidert. Alles, was er weiß, ist, dass man ihn getäuscht hat, so dass er nach Mexiko zurückgekehrt ist, zum Ort des Verbrechens, wo man ihn vor aller Welt mit der Frau auf eine Bühne sperren wird, der er Unrecht angetan hat. Marian Brownburn, mit einem Mikrophon. Genau so wird in der Hölle über schwule Männer gerichtet. Als er ins Hotel zurückkehrt, ist er betrunken und stinkt nach Rauch und Würmern.

Am nächsten Morgen wird Weniger, wie geplant, um sechs Uhr geweckt, man präsentiert ihm eine Tasse Kaffee und führt ihn zu einem schwarzen Transporter mit getönten Scheiben; Arturo ist da, mit zwei neuen Freunden, die kein Englisch zu sprechen scheinen. Weniger sieht sich nach dem Leiter um, um eine Katastrophe zu verhindern, doch der Leiter ist nirgendwo zu sehen. All das in der Dunkelheit vor der Dämmerung in Mexiko-Stadt, begleitet vom Klang der erwachenden Vögel und Handwagen. Arturo hat einen neuen Führer engagiert (vermutlich auf Kosten des Festivals): einen kleinen, athletischen Mann mit grauem Haar und Drahtgestellbrille. Er heißt Fernando und stellt sich als Geschichtsprofessor der Universität vor. Er versucht, Arthur in eine Diskussion über die Sehenswürdigkeiten von Mexiko-Stadt zu verwickeln und fragt, ob Weniger Lust habe, sie sich anzusehen, vielleicht im Anschluss an Teotihuacán (das noch immer nicht näher beschrieben wird). Es gebe da, zum Beispiel, die Zwillingshäuser von Diego Rivera und Frida Kahlo, umgeben von einem Zaun aus Feigenkaktus. Arthur Weniger nickt und sagt, er fühle sich heute Morgen selbst wie ein feiger Kaktus. »Verzeihung?«, fragt der Führer. Ja, sagt Weniger, ja, das würde er sich gerne ansehen.

»Ich fürchte, sie haben geschlossen, weil gerade eine neue Ausstellung gehängt wird.«

Und dann gibt es natürlich das Haus des Architekten Luis Barragán, das für ein Leben in mönchhafter Abgeschiedenheit entworfen wurde, in dem niedrige Decken sich mit Gewölben abwechseln und Madonnen das Gästebett im Auge haben, und über dessen privates Ankleidezimmer ein ohne Kreuz gekreuzigter Christus wacht. Weniger sagt, das klinge recht einsam, aber er würde sich auch das gerne ansehen.

»Ja, ach, leider hat auch das geschlossen.«

»Sie machen mir wohl gerne den Mund wässrig, Fernando«, sagt Weniger, doch der Mann scheint nicht zu wissen, was das bedeutet, und beschreibt nun das Anthropologische Nationalmuseum, das beste Museum der Stadt, für das man Tage oder gar Wochen brauche, um alles zu sehen, was aber, unter seiner Führung, auch in wenigen Stunden zu schaffen sei. Inzwischen hat der Transporter sie eindeutig aus dem Zentrum von Mexiko-Stadt herausgebracht. Die Parks und Herrenhäuser sind Baracken aus Beton gewichen, die in Bonbonfarben gestrichen sind, die, vermutet Weniger, über ihre Tristesse hinwegtäuschen sollen. Auf einem Schild steht TEOTIHUACÁN Y PIRÁMIDES. Das Anthropologische Museum, betont Fernando, dürfe man keinesfalls verpassen.

»Aber es hat geschlossen«, rät Weniger.

»Montags, ja, tut mir leid.«

Als der Transporter hinter einem kleinen Agavenwald abbiegt, nimmt Weniger ein riesiges Bauwerk wahr. Dahinter pulsiert die Sonne und überzieht es mit Streifen in grün und indigoblau: die Sonnenpyramide. »Das ist nicht die Sonnenpyramide«, informiert ihn Fernando. »Die Azteken dachten, dass es das wäre. Es ist sehr wahrscheinlich die Regenpyramide. Aber wir wissen so gut wie nichts über die Leute, die sie erbaut haben. Der Ort war längst verlassen, als die Azteken hierher kamen.

Wir glauben, dass sie ihre eigene Stadt niedergebrannt haben.« Eine kalte, blaue Silhouette einer längst untergegangenen Zivilisation. Sie verbringen den Morgen damit, die beiden gewaltigen Pyramiden zu besteigen, die Sonnenpyramide und die Mondpyramide, über die Straße der Toten zu spazieren (»Eigentlich ist das nicht die Straße der Toten«, informiert ihn Fernando, »und das da nicht die Mondpyramide.«), und sich das alles mit bemaltem Stuck vorzustellen, Kilometer um Kilometer, sämtliche Wände und Böden und Dächer dieser uralten Stadt, in der einmal Hunderttausende Menschen lebten, über die man absolut nichts weiß. Nicht einmal ihren Namen. Weniger stellt sich einen mit Pfauenfedern geschmückten Priester vor, der die Stufen hinabsteigt wie in einem MGM-Musical, oder einer Drag-Show, mit weit ausgestreckten Armen, während um ihn herum Musik aus Muschelhörnern ertönt und Marian Brownburn, ganz oben stehend, das noch schlagende Herz von Arthur Weniger in der Hand hält. »Wir glauben, dass sie sich diese Stelle ausgesucht haben, weil sie weit weg von dem Vulkan gelegen ist, der früher die Dörfer zerstört hat. Dieser Vulkan da«, sagt Fernando und zeigt auf einen Gipfel, der im morgendlichen Dunst kaum zu erkennen ist.

»Ist er noch aktiv, dieser Vulkan?«

»Nein«, sagt Fernando und schüttelt bedauernd den Kopf. »Der hat geschlossen.«

Wie war es, mit einem Genie zusammenzuleben?

So, als würde man allein leben.

So, als würde man mit einem Tiger leben.

Alles musste der Arbeit geopfert werden. Pläne mussten verworfen werden, Mahlzeiten mussten aufgeschoben werden; Alkohol musste so schnell wie möglich gekauft oder aber komplett in den Abguss gekippt werden. Geld musste rationiert oder großzügig ausgegeben werden, jeden Tag anders. Den Schlafrhythmus bestimmte der Dichter, und es wurde genauso oft abends spät wie morgens sehr früh. Die Sucht war ihr dämonisches Haustier; die Sucht, die Sucht, die Sucht; am Morgen Kaffee und Bücher und Lyrik, Schweigen bis zum Mittag. Würde er sich zu einem Morgenspaziergang verlocken lassen? Ja, das ging immer; es war die einzige Abhängigkeit, bei der der Süchtige sich nach allem *anderen* als dem Ersehnten sehnte; doch ein Morgenspaziergang bedeutete unerledigte Arbeit, und Leiden, Leiden, Leiden. Pflege die Sucht, unterstütze die Sucht; stelle den Kaffee und die Lyrik bereit; bewahre die Stille; lächle, wenn er verdrossen aus dem Arbeitszimmer kommt und im Bad verschwindet. Nichts persönlich nehmen. Und hast du manchmal einen Kunstband herumliegen lassen, in der Hoffnung, dass es ein Schlüssel zu seinen Gedanken sein könnte? Und hast du manchmal Musik aufgelegt, die die Zweifel und Ängste lösen könnte? Hast du diesen alltäglichen Regentanz geliebt? Nur wenn es regnete.

Woher kam das Genie? Wohin verschwand es?

Als würde man einem anderen Liebhaber erlauben, ins Haus miteinzuziehen, jemandem, den man nie getroffen hat, aber von dem man wusste, dass er ihn mehr liebte als einen selbst.

Lyrik jeden Tag. Einen Roman alle paar Jahre. Etwas geschah in diesem Raum, trotz allem; etwas Schönes geschah. Es war der einzige Ort auf der Welt, an dem die Zeit die Dinge besser machte.

Leben mit Zweifeln. Zweifel am Morgen, mit dem Ölfilm auf einer Tasse Kaffee. Zweifel in der Pinkelpause, wenn er seinem Blick auswich. Zweifel im Geräusch der Haustür, die auf- und zuging – eine ruhelose Runde, keine Verabschiedung – und in der Rückkehr. Zweifel im langsamen Klackern der Schreibmaschinentasten. Zweifel beim Mittagessen, das er in seinem Zimmer zu sich nahm. Zweifel, der sich am Nachmittag auflöste wie Nebel. Vertriebener Zweifel. Vergessener Zweifel. Um vier Uhr morgens spüren, dass er wach wird, wissen, dass er in die Dunkelheit starrt, die Zweifel anstarrt. *Leben mit Zweifeln: Ein Memoir*.

Was löste sie aus? Was nicht?

Sich ein Heilmittel überlegen, eine Woche Urlaub von der Stadt, eine Dinnerparty mit anderen Genies, ein neuer Teppich, ein neues Hemd, eine neue Art, ihn im Bett zu halten, und scheitern und scheitern und irgendwie, durch Zufall, erfolgreich sein.

War es das wert?

Glück in den Tagen endloser goldener Worte. Glück in den Schecks in der Post. Glück in Preisverleihungen und Reisen nach Rom und London. Glück in Smokings und heimlich gehaltenen Händen, neben dem Oberbürgermeister oder dem Gouverneur oder, einmal, dem Präsidenten.

Sich im Zimmer umsehen, wenn er nicht da war. Den

Abfalleimer durchsuchen. Die Decke betrachten, die auf der Schlafcouch lag, die Bücher daneben. Und, mit Sorge, das, was halbgeschrieben im Zahnlückenmaul der Schreibmaschine steckte. Denn zu Beginn wusste man nie, über was er schreiben würde. War man es selbst?

Vor dem Spiegel, hinter ihm stehend, ihm für eine Lesung die Krawatte umbindend, während er lächelte, denn er wusste ganz genau, wie man eine Krawatte bindet.

Marian, war es das für dich wert?

Das Festival findet in der Universitätsstadt statt, in einem Betongebäude mit niedrigen Decken, das zum Fachbereich Globale Linguistik und Literatur gehört, dessen berühmte Mosaiken aus irgendeinem Grund zur Restaurierung entfernt wurden, so dass es so karg wirkt wie eine alte Frau ohne Zähne. Wieder lässt der Leiter sich nicht blicken. Wenigers Jüngster Tag ist gekommen; er zittert vor Angst. Farbkodierte Teppiche führen in verschiedene Unterabteilungen, und hinter jeder Ecke könnte Marian Brownburn stehen, braungebrannt und sehnig, wie er sie vom Strand erinnert, doch als man Weniger in einen Aufenthaltsraum führt (pastelgrün gestrichen, mit einer Etagere voll Obst), stellt man ihm dort nur einen freundlichen Mann mit einer Harlekinkrawatte vor. »Señor Weniger!«, sagt der Mann und verbeugt sich zweimal. »Welche Ehre, dass Sie an diesem Festival teilnehmen!«

Weniger sieht sich nach seiner ganz persönlichen Rachegöttin um; es ist niemand im Raum außer ihm, diesem Mann und Arturo. »Ist Marian Brownburn hier?«

Der Mann verbeugt sich. »Es tut mir leid, dass so vieles auf Spanisch war.«

Weniger hört, wie jemand von der Tür aus seinen Namen ruft, und zuckt zusammen. Es ist der Leiter, dessen weiße Locken durcheinander sind und dessen Gesicht einen grotesken Rotton angenommen hat. Er winkt Weniger zu sich; Weniger geht schnell zu ihm. »Tut mir leid, dass ich Sie gestern verpasst habe«, sagt der Leiter. »Ich hatte etwas zu erledigen, aber dieses Gespräch wollte ich um nichts in der Welt verpassen.«

»Ist Marian hier?«, fragt Weniger leise.

»Alles wird gut, keine Sorge.«

»Ich würde sie nur gerne sehen, bevor wir –«

»Sie kommt nicht.« Der Leiter legt seine Hand auf Wenigers Schulter. »Gestern Abend kam die Nachricht. Sie hat sich die Hüfte gebrochen; sie ist ja fast achtzig. Wirklich schade, wir hatten so viele Fragen an Sie beide.«

Weniger empfindet nicht so sehr heliumgefüllte Erleichterung, sondern eher eine schreckliche, entleerte Traurigkeit. »Geht es ihr gut?«

»Sie lässt Sie herzlich grüßen.«

»Aber geht es ihr gut?«

»Klar. Wir mussten unseren Plan ändern. Ich werde mit Ihnen da oben sitzen! Ich werde vielleicht fünfundzwanzig Minuten über meine Arbeit reden. Dann werde ich Sie fragen, wie Sie Brownburn kennengelernt haben, als Sie einundzwanzig waren. Ist das richtig so? Sie waren einundzwanzig?«

»Ich bin fünfundzwanzig«, lügt Weniger die Frau am Strand an.

Der junge Arthur Weniger sitzt auf einem Strandtuch, gemeinsam mit drei weiteren Männern oberhalb der Flutgrenze. Es ist Oktober 1987 in San Francisco, es ist vierundzwanzig Grad warm, und alle freuen sich darüber wie Kinder über Schneefrei. Niemand geht zur Arbeit. Alle ernten ihre Pflanzen ab. Das Sonnenlicht fließt so süß und gelblich dahin wie der billige Sekt, der halbleer und jetzt zu warm neben dem jungen Arthur Weniger im Sand steht. Die Anomalie, die zu der plötzlichen Wärme geführt hat, sorgt außerdem für ungewöhnlich hohe Wellen, die die Männer aus dem felsigeren Schwulenbereich zum Heterobereich von Baker Beach treibt, und da hocken sie alle dicht beieinander, vereint in den Dünen. Vor ihnen ringt der Ozean in Silberblau mit sich selbst. Arthur Weniger ist ein wenig betrunken und ein wenig high. Er ist nackt. Er ist einundzwanzig.

Die Frau neben ihm, braun wie Erlenholz, oben ohne, hat ihn angesprochen. Sie trägt eine Sonnenbrille; sie raucht; sie ist irgendwas über vierzig. Sie sagt, »Na ja, ich hoffe, du nutzt deine Jugend.«

Weniger, im Schneidersitz auf seinem Handtuch und pink wie eine gekochte Krabbe: »Ich weiß nicht.«

Sie nickt. »Du musst sie verschwenden.«

»Wie bitte?«

»Du musst am Strand sein, so wie heute. Du musst kiffen und saufen und ohne Ende Sex haben.« Sie zieht an ihrer Zigarette. »Für mich ist das Traurigste überhaupt ein Fünfundzwanzigjähriger, der über den Aktienmarkt redet. Oder über *Steuern*. Oder über Immobilien, verdammt! Man redet über nichts anderes, wenn man vierzig ist. Immobilien! Jeden Fünfundzwanzigjährigen, der das Wort *rückfinanzieren* benutzt, sollte man abführen und erschießen. Rede über Liebe und Musik und Lyrik. Dinge, bei denen jeder vergisst, dass sie einmal wichtig für ihn waren. Verschwende jeden einzelnen Tag, das ist meine Meinung.«

Er lacht dümmlich und dreht sich zu seinen Freunden um. »Ich glaube, das kann ich schon ganz gut.«

»Bist du schwul, Schätzchen?«

»O«, sagt er lächelnd. »Ja.«

Der Mann neben ihm, ein italienisch aussehender Mittdreißiger mit breiter Brust, fragt Arthur Weniger, ob er ihm »den Rücken machen« könne. Die Dame scheint das zu amüsieren, und Weniger fängt an, Sonnencreme auf den Rücken des Mannes aufzutragen, dessen Farbe erkennen lässt, dass es längst zu spät ist. Pflichtbewusst erledigt er seine Aufgabe und erhält dafür einen Klaps auf den Hintern. Weniger nimmt einen Schluck von dem warmen Sekt. Die Wellen werden immer größer; Leute stürzen sich hinein, lachend, brüllend vor Ausgelassenheit. Arthur Weniger mit einundzwanzig: dünn und jungenhaft, komplett ohne Muskeln, das blonde Haar weiß gebleicht, die Zehennägel rot lackiert, sitzt er an diesem wunderbaren Tag am Strand von San Francisco, im schrecklichen Jahr 1987, und hat Angst, Angst, Angst. AIDS ist unaufhaltsam.

Als er sich zu ihr umdreht, starrt ihn die Dame noch immer rauchend an.

»Ist das deiner?«, fragt sie.

Er sieht zu dem Italiener hinüber, dreht sich wieder zu ihr um und nickt.

»Und der hübsche Kerl dahinter?«

»Mein Freund Carlos.« Nackt, muskulös und von der Sonne gebräunt wie eine polierte Redwood-Wurzel: der junge Carlos hebt den Kopf vom Handtuch.

»Ihr Jungs seht alle so gut aus. Der Mann, der euch abbekommen hat, hat wirklich Glück. Ich hoffe, er vögelt euch das Hirn raus.« Sie lacht. »So wie meiner früher.«

»Da bin ich mir nicht so sicher«, sagt Weniger leise, damit der Italiener es nicht hört.

»Vielleicht müsste dir in deinem Alter mal jemand das Herz brechen.«

Er lacht und fährt sich mit der Hand durch das gebleichte Haar. »Da bin ich mir auch nicht so sicher!«

»Schon mal passiert?«

»Nein!«, ruft er, noch immer lachend, und zieht die Knie an die Brust.

Hinter der Frau steht ein Mann auf; durch ihre Haltung war er die ganze Zeit über verdeckt gewesen. Der schlanke Körper eines Läufers, Sonnenbrille, ein Rock-Hudson-Kinn. Auch er nackt. Er blickt erst auf sie herab, dann auf den jungen Arthur Weniger, dann lässt er alle wissen, dass er jetzt ins Wasser gehen wird.

»Du Idiot!«, sagt die Dame und setzt sich auf. »Das ist ein Orkan da draußen.«

Er sagt, er sei schon in Orkanen geschwommen. Er hat einen leichten britischen Akzent, vielleicht kommt er aber auch aus Neuengland.

Die Dame wendet sich Weniger zu und schiebt ihre Sonnenbrille ein Stück nach unten. Ihr Lidschatten ist kolibriblau. »Junger Mann, ich heiße Marian. Tust du mir einen Gefallen? Begleite meinen lächerlichen Ehemann ins Wasser. Er ist vielleicht ein großer Dichter, aber ein grauenhafter Schwimmer, und ich ertrage es nicht, ihn sterben zu sehen. Gehst du mit ihm?«

Der junge Arthur Weniger nickt und steht auf, mit dem Lächeln, das er sich für Erwachsene aufspart. Der Mann nickt ihm zu.

Marian Brownburn greift nach einem großen, schwarzen Strohut, setzt ihn sich auf den Kopf und winkt ihnen zu. »Los, Jungs. Pass auf meinen Robert auf!«

Der Himmel beginnt zu schimmern, so blau wie ihr Lidschatten, und als die Männer sich den Wellen nähern, scheint sich deren Gewalt zu verdoppeln, wie bei einem Feuer, in das man ein Bündel Zündholz wirft. Gemeinsam stehen sie vor jenen schrecklichen Wellen in der Sonne, im Herbst jenes schrecklichen Jahres.

Im Frühling werden sie gemeinsam an den Vulcan Steps wohnen.

»Wir mussten das Programm kurzfristig ändern. Wie Sie sehen, haben wir einen neuen Titel gefunden.« Doch Weniger, der außer Englisch nur Deutsch versteht, sagen die Worte auf dem Papier, das man ihm gerade gegeben hat, nichts. Menschen kommen und gehen, klemmen ihm ein Mikro ans Revers, bieten ihm Wasser an. Doch Arthur Weniger steht noch immer halb im Strandsonnenlicht, halb im Wasser der Golden Gate im Jahre 1987.

Pass auf meinen Robert auf. Und jetzt, eine alte Frau, die stürzt und sich die Hüfte bricht.

Herzliche Grüße. Kein Hass, überhaupt keine Gefühle.

Der Leiter beugt sich vor und flüstert ihm mit einem kumpelhaften Augenzwinkern zu: »Übrigens, was ich noch sagen wollte. Die Pillen funktionieren super!«

Weniger blickt den Mann an. Sind es die Pillen, die ihn so errötet und grotesk aussehen lassen? Was wird hier sonst noch für Männer mittleren Alters angeboten? Gibt es eine Pille für den Moment, wenn einem das Bild einer Klettertrompete nicht mehr aus dem Kopf will? Löscht sie es aus? Löscht sie die Stimme aus, die sagt, *Du solltest mich küssen, als wär's ein Abschiedskuss*? Löscht sie die Smokingjacke aus, oder zumindest das Gesicht darüber? Löscht sie die gesamten neun Jahre aus? Robert würde sagen, *Die Arbeit wird es richten*. Die Arbeit, die Sucht, die Worte werden es richten. Auf nichts anderes kann man sich verlassen, und Weniger hat ein Genie gekannt, er weiß, was das Genie erreichen kann. Aber was, wenn man kein Genie ist? Was macht die Arbeit dann?

»Wie lautet der neue Titel?«, fragt Weniger. Der Leiter reicht das Programm an Arturo weiter. Weniger tröstet sich damit, dass er morgen schon in einem Flugzeug nach Italien sitzen wird. Die Sprache setzt ihm zu. Der noch immer nachklingende Geschmack des Meskal setzt ihm zu. Das tragikomische Geschäft des Lebendigseins setzt ihm zu.

Arturo betrachtet das Programm, dann blickt er mit ernster Miene auf:

»Una Noche con Arthur Weniger.«

WENIGER ITALIENISCH

Neben den anderen Medikamenten, die Arthur Weniger in der Flughafen-farmacia von Mexiko-Stadt kauft, nimmt er auch eine neue Art von Schlaftablette mit. Er erinnert sich an den Rat, den ihm Freddy vor Jahren erteilt hat: »Das ist ein Hypnotikum, kein Narkotikum. Die servieren das Abendessen, du schläfst sieben Stunden, sie servieren Frühstück, und du bist da.« So bewaffnet besteigt Weniger die Lufthansa-Maschine (er wird in Frankfurt ziemlich wenig Zeit zum Umsteigen haben), nimmt seinen Fensterplatz ein, wählt das Hähnchen nach toskanischer Art (hinter dessen hinreißendem Namen sich, wie bei einer Internetbekanntschaft, bloß Hähnchen mit Kartoffelbrei versteckt) und nimmt, mit Hilfe einer Däumelinchenflasche Rotwein, eine einzelne weiße Tablette ein. Seine Restnervosität von »Una Noche con Arthur Weniger« wirkt seiner Erschöpfung entgegen; der Klang der verstärkten Stimme des Leiters läuft als Dauerschleife in seinem Gehirn, sie sagt wieder und wieder, *Wir haben uns gerade hinter der Bühne über Mittelmäßigkeit unterhalten*; er hofft, dass die Tablette ihre Arbeit erledigt. Das tut sie: Er erinnert sich nicht, die Bayrischcreme in ihrem kleinen Eierbecher gegessen zu haben, nicht an das Abräumen des Abendessens, nicht daran, seine Uhr auf die neue Zeitzone gestellt zu haben, und auch nicht an eine halbdösende Unterhaltung mit seiner Sitznachbarin: einem Mädchen aus Jalisco. Stattdessen wacht Weniger in einem Flugzeug voller schlafender Mitbürger unter blauen Gefängnisdecken auf. Verträumt und glücklich sieht er auf seine Uhr und gerät in Panik: es sind erst zwei Stunden vergangen! Ihm stehen noch neun weitere bevor. Auf den Monitoren läuft tonlos eine aktuelle amerikanische Polizei-Komödie. Wie bei jedem Stummfilm braucht er keinen Ton, um sich den Plot vorzustellen. Ein Coup, durchgeführt von Amateuren. Er versucht, wieder einzuschlafen, nimmt seine Jacke als Kopfkissen; in seinem Kopf läuft der Film seines derzeitigen Lebens ab. Ein Coup, durchgeführt von Amateuren. Weniger holt tief Luft und greift in seine Tasche. Er findet eine weitere Tablette und steckt sie sich in den Mund. Sie ohne Flüssigkeit zu schlucken dauert endlos und erinnert ihn an die Vitamintabletten seiner Kindheit. Dann ist es geschafft, und er zieht sich die dünne Satinmaske über die Augen, um wieder in die Dunkelheit einzutauchen –

»Ihr Frühstück, mein Herr. Kaffee oder Tee?«

»Was? Äh, Kaffee.«

Die Fensterblenden werden hochgeschoben und lassen das grelle Sonnenlicht über der dichten Wolkendecke hinein. Decken werden weggeräumt. Hat er etwas verpasst? Er erinnert sich nicht, geschlafen zu haben. Er sieht auf seine Uhr – welcher Wahnsinnige hat die gestellt? Und auf welche Zeitzone: Singapur? Frühstück; gleich wird der Landeanflug auf Frankfurt beginnen. Und er hat gerade ein Hypnotikum genommen. Ein Tablett wird vor ihn gestellt: ein Mikrowellencroissant mit gefrorener Butter und Marmelade. Eine Tasse Kaffee. Nun, er wird sich durchbeißen müssen. Vielleicht wird der Kaffee dem Beruhigungsmittel entgegenwirken. Gegen den Downer hilft der Upper, richtig? *Genau so*, überlegt Weniger, während er versucht, das Croissant mit dem mitgelieferten Eisblock zu bestreichen, *denken Drogenabhängige*.

Er ist unterwegs zu einer Preisverleihung in Turin, und in den Tagen vor der Veranstaltung wird es Interviews geben, eine »Konfrontation« mit Gymnasiasten, und verschiedene Mittag- und Abendessen. Er freut sich darauf, für kurze Zeit in den Straßen von Turin zu verschwinden, einer Stadt, die er noch nicht kennt. Irgendwo in den Tiefen der Einladung war die Information versteckt, dass der Hauptpreis bereits an den berühmten britischen Autor Fosters Lancett vergeben wurde, den Sohn des berühmten britischen Autors Reginald Lancett. Er fragt sich, ob der arme Mann tatsächlich anreisen wird. Weil er sich vor Jetlag fürchtet, hat Weniger darum gebeten, einen Tag vor dem Beginn der Veranstaltungen anreisen zu dürfen, und aus irgendeinem Grund hat man seiner Bitte stattgegeben. Man hat ihm gesagt, dass in Turin ein Wagen auf ihn warten werde. Sofern er es dorthin schafft.

Er schwebt durch den Frankfurter Flughafen wie durch einen Traum, immerzu denkend: *Pass, Brieftasche, Telefon, Pass, Brieftasche, Telefon*. Auf einem großen blauen Monitor sieht er, dass sein Flug nach Turin von einem anderen Terminal aus starten wird. Wieso, fragt er sich, gibt es in Flughafengebäuden keine Uhren? Er kommt an Kilometern von Lederhandtaschen und Parfüms und Whiskeyflaschen vorbei, an Kilometern hübscher türkischer Verkaufsdamen, und in seinem Traum unterhält er sich mit ihnen über Eau de Cologne und lässt sich von ihnen kichernd mit dem Duft von Leder und Moschus bespritzen; er sieht sich Brieftaschen an und betastet das Straußenleder, als handelte es sich um eine in Blindenschrift geschriebene Botschaft; er stellt sich vor, wie er am Eingang der VIP-Lounge steht und mit der Empfangsdame, einer Frau mit Seeigel-Frisur, über seine Kindheit in Delaware spricht und sich so Zugang zu der Lounge erschleicht, in der Geschäftsleute aller Nationalitäten den exakt gleichen Anzug tragen, und wie er dort in einem beigen Ledersessel sitzt, Champagner trinkt, Austern isst, und dann verblasst der Traum …

Er wacht in einem fahrenden Bus auf. Aber wohin fährt er? Wieso hat er so viele Taschen bei sich? Wieso spürt er das Kitzeln von Champagner in der Kehle? Weniger versucht herauszuhören, ob die um ihn herum stehenden Fahrgäste Italienisch sprechen. Er muss diesen Flug nach Turin erwischen. Um ihn herum scheinen nur amerikanische Geschäftsreisende zu sein, die sich über Sport unterhalten. Weniger kennt die Worte, aber nicht die Namen. Er fühlt sich unamerikanisch. Er fühlt sich homosexuell. Weniger fällt auf, dass in diesem Bus mindestens fünf Männer größer sind als er, was ihm wie ein Weltrekord vorkommt. Sein Verstand, ein Faultier, das sich langsam über den Waldboden der Notwendigkeit schleppt, verarbeitet den Umstand, dass er sich noch immer in Deutschland befindet. Weniger wird schon in einer Woche wieder in Deutschland sein, um ein fünfwöchiges Seminar an der Befreiten Universität zu geben. Und während seiner Zeit in Deutschland wird die Hochzeit stattfinden. Freddy wird Tom irgendwo in Sonoma heiraten. Der Bus kreuzt die Rollbahn und lässt sie an einem identischen Terminal aussteigen. Alptraumhaft: die Passkontrolle. Ja, seiner ist noch in seiner linken Tasche. »Geschäftlich«, erwidert er dem muskulösen Beamten (rotes Haar, so kurz geschoren, dass es aufgemalt aussieht), und denkt bei sich: *Was ich tue, hat mit Geschäften wenig zu tun. Oder mit Vergnügen.* Die nächste Sicherheitskontrolle. Schuhe aus, Gürtel aus, schon wieder. Welche Logik steckt dahinter? Pass, Zoll, Sicherheitskontrolle – schon wieder? Wieso wollen die jungen Männer von heute unbedingt heiraten? Haben wir deshalb Steine auf die Polizei geschmissen, für die Ehe? Endlich kommt Weniger dem Drängen seiner Blase nach, betritt eine weißgeflieste Toilette und sieht im Spiegel: einen alten, schütteren *Onkel* in zerknitterten, zu großen Kleidern. Wie sich herausstellt, gibt es hier gar keinen Spiegel: es ist der Geschäftsmann am Waschbecken gegenüber. Ein Marx-Brothers-Gag. Weniger wäscht sein Gesicht – sein eigenes, nicht das des Geschäftsmannes, findet sein Gate und besteigt das Flugzeug. *Pass, Brieftasche, Telefon.*

Er lässt sich mit einem Seufzer auf seinem Fensterplatz nieder und wird sein zweites Frühstück verpassen: Er ist auf der Stelle eingeschlafen.

Weniger erwacht mit einem Gefühl von Frieden und Triumph: »Stiamo iniziando la discesa verso Torino. Wir beginnen den Landeanflug auf Turin.« Seine Sitznachbarin scheint sich umgesetzt zu haben. Er nimmt seine Schlafmaske ab und lächelt die Alpen unter sich an, eine optische Täuschung lässt sie wie Krater erscheinen, nicht wie Berge, und dann sieht er die Stadt selbst. Sie landen unaufgeregt, und eine Frau im hinteren Teil applaudiert – er muss an seine Landung in Mexiko denken. Er erinnert sich, wie er einmal als junger Mann im Flugzeug geraucht hat, sieht sich die Armlehne genauer an und stellt fest, dass sie noch immer einen Aschenbecher enthält. Soll er das nett oder besorgniserregend finden? Ein Signal ertönt, die Passagiere stehen auf. *Pass, Brieftasche, Telefon*. Weniger hat die Krise überstanden; er fühlt sich nicht mehr bedröhnt oder benommen. Sein Koffer ist der erste, der auf dem Gepäckband erscheint: ein Hund, der es nicht erwarten kann, sein Herrchen wiederzusehen. Keine Passkontrolle. Nur ein Ausgang, und dort, wunderbar, ein junger Mann mit dem Schnurrbart eines alten Mannes, der ein Schild mit der Aufschrift *SR. ENGER* hochhält. Weniger hebt die Hand und der Mann nimmt sein Gepäck. Als er in dem eleganten schwarzen Auto Platz genommen hat, wird Weniger klar, dass sein Fahrer kein Englisch versteht. *Fantastico*, denkt er und macht die Augen wieder zu.

Ist er schon einmal in Italien gewesen? Ja, schon zweimal. Einmal mit zwölf Jahren, in einem Familienurlaub, der den Verlauf einer Pachinkopartie nahm, in Rom begann, sie nach London katapultierte und anschließend zwischen verschiedenen Ländern hin und her schoss, bis sie schließlich im Schlitz Italien landeten. Alles, was er von Rom in Erinnerung hat (in seiner kindlichen Erschöpfung) sind die Steinhäuser, die so fleckig waren, als hätte man sie aus dem Ozean gezogen, der Herzinfarkt auslösende Verkehr, sein Vater, der ihr altmodisches Gepäck (darunter auch der mysteriöse Schminkkoffer seiner Mutter) über das Kopfsteinpflaster schleppte und das nächtliche Klick-klick-klick der gelben Jalousie, die mit dem römischen Wind flirtete. Seine Mutter versuchte in ihren letzten Jahren oft, Weniger (der an ihrem Bett saß) noch andere Erinnerungen zu entlocken: »Weißt du nicht mehr, die Vermieterin, der immer die Perücke vom Kopf gerutscht ist? Und der hübsche Kellner, der uns mit zu seiner Mutter nehmen wollte, damit wir ihre Lasagne probieren? Der Mann im Vatikan, der uns den Erwachsenenpreis für dich berechnen wollte, weil du so groß warst?« Um ihren Kopf war ein mit weißen Muscheln bedruckter Schal gewickelt. »Stimmt«, sagte er jedes Mal, genau wie er seinem Agenten gegenüber so tat, als habe er Bücher gelesen, von denen er nie gehört hat. Die Perücke! Die Lasagne! Der Vatikan!

Das zweite Mal war er mit Robert dort. Es war zur Halbzeit ihrer Beziehung, als Weniger endlich weltgewandt genug war, um beim Reisen von Nutzen zu sein, und Robert noch nicht so verbittert, dass er zur Last wurde, die Zeit, in der jedes Paar die richtige Balance gefunden hat, die Leidenschaft nach dem anfänglichen Lärm abgeklungen ist, aber Dankbarkeit noch immer reichlich vorhanden ist; die goldenen Jahre, die niemand als solche erkennt. Robert hatte, was selten vorkam, Lust zu reisen und hatte die Einladung angenommen, bei einem Literaturfestival in Rom zu lesen. Rom selbst war schon genug, doch Weniger Rom zu zeigen war, wie jemandem die geliebte Tante vorzustellen. Was auch immer geschah würde unvergesslich sein. Was sie nicht wussten, bis sie dort waren, war, dass die Veranstaltung im antiken Forum stattfinden würde, wo sich Tausende im sommerlichen Wind versammeln würden, um einem Dichter zuzuhören, der vor einem bröckelnden Torbogen las; er würde auf einem Podium stehen, das von pinken Spotlights beleuchtet wurde, während ein Orchester nach jedem Gedicht Philip Glass spielte. »Ich werde nie wieder vor so einer Kulisse lesen«, flüsterte Robert Weniger zu, als sie hinter der Bühne standen und ein kurzer biografischer Film für das Publikum auf einer gewaltigen Leinwand abgespielt wurde – Robert als Junge im Cowboykostüm; als ernster Harvard-Student mit seinem Kumpel Ross; dann er und Ross in einem Café in San Francisco, eine Waldlandschaft – nach und nach kamen immer mehr befreundete Künstler hinzu, bis Robert schließlich das Gesicht hatte, das man von seinem *Newsweek*-Foto kannte: graues, unbändiges Haar, und noch immer dieser schalkhafte Ausdruck eines übermütigen Verstandes (er würde nie für ein Foto streng gucken). Die Musik wurde lauter, sein Name wurde aufgerufen. Viertausend Menschen applaudierten und Robert, in seinem grauen Seidenanzug, machte sich bereit, auf die pink beleuchtete Bühne zu treten, inmitten der Ruinen aus Jahrhunderten, und er ließ die Hand seines Geliebten los wie jemand, der sich von einer Klippe fallen lässt …

Weniger macht die Augen auf und sieht eine Landschaft mit herbstlichen Weinbergen vor sich, endlose Reihen gekreuzigter Pflanzen, an deren Ende jeweils eine pinke Rose gepflanzt ist. Er fragt sich, wieso. Die Hügel erstrecken sich bis zum Horizont, und auf jedem Hügel sitzt ein kleines Dorf, das mit seinem Kirchturm als Silhouette zu sehen ist und das auf keinem sichtbaren Weg zu erreichen ist, außer mit Seil und Spitzhacke. Weniger erkennt an der Wanderung der Sonne, dass mindestens eine Stunde vergangen sein muss. Es geht also nicht nach Turin; er wird irgendwo anders hingebracht. In die Schweiz?

Endlich wird Weniger klar, was geschehen ist: Er sitzt im falschen Auto.

SR. ENGER – er stellt im Kopf Anagramme dessen her, was er in seiner nachklingenden Hypnose und seinem Stolz für *signor* und eine kindliche Falschschreibung von *Weniger* gehalten hatte. Sriramathan Enger? Srovinka Engerovic? SRENGER – Società di la Repubblica Europea per la Natura en GERmania. Fast alles leuchtet Weniger in dieser Höhe ein. Doch es ist offensichtlich: Sobald er die Schwierigkeiten der Reise gemeistert hatte, ließ seine Konzentration nach, er ging gleich auf das erste Schild zu, dessen Aufschrift eine gewisse Ähnlichkeit mit seinem Namen aufwies, und schon wurde er zu einem unbekannten Ort abtransportiert. Er kennt die commedia dell'arte des Lebens – und weiß, welche Rolle darin für ihn vorgesehen ist. Er seufzt. Starrt auf den Schrein für einen Autounfall, an einer besonders heiklen Stelle dieser Kurvenstrecke. Einen Augenblick lang spürt er, wie die Plastikaugen der Madonna ihm in die Augen sehen.

Und jetzt häufen sich die Hinweisschilder auf einen bestimmten Ort, und ein bestimmtes Hotel: etwas namens Mondolce Golf Resort. Weniger erstarrt vor Angst. Sein Erzählergeist spielt die Möglichkeiten durch: Er hat den Wagen von Dr. Ludwig Enger genommen, einem österreichischen Arzt, der mit seiner Frau in diesem Golfhotel in Piemont Urlaub machen möchte. Er: mit braunem Schädel und weißen Haarflusen über den Ohren, einer kleinen Metallbrille, roter kurzer Hose und Hosenträgern. Frau Enger: klein, blondes Haar mit pinken Strähnchen, in einer Tunika aus grobem Leinen und Leggings mit Chilimuster. Sie haben Gehstöcke dabei, für Ausflüge ins Dorf. Sie hat sich für italienische Kochkurse angemeldet, während er von neun Löchern und neun Flaschen Moretti träumt. Und jetzt stehen sie in einer Hotellobby in Turin und brüllen sich mit dem Inhaber an, während der Hotelpage wartet und den Aufzug anhält. Wieso bloß ist Weniger einen Tag früher angereist? Es wird niemand vom Komitee dort sein, um das Missverständnis aufzuklären; die Stimmen der armen Engers werden am Kronleuchter der Lobby einsam verhallen. BENVENUTO, steht auf einem Schild, als sie in eine Einfahrt einbiegen, A MONDOLCE GOLF RE-

SORT. Ein Glaskasten auf einem Hügel, ein Pool und ringsum der Golfplatz. »Ecco«, sagt der Fahrer, als sie vor dem Hotel halten; das letzte Sonnenlicht funkelt auf dem Pool. Zwei schöne junge Frauen treten mit verschränkten Händen aus dem verspiegelten Eingang heraus. Weniger wappnet sich für die vollkommene Demütigung.

Doch wie sich herausstellt, hat das Leben ihn auf den Stufen zum Schaffott begnadigt:

»Willkommen in Italia«, sagt die größere der beiden Frauen, die ein mit Seepferdchen bedrucktes Kleid trägt, »und in Ihr Hotel! Mr Weniger, wir Sie begrüßen im Namen von Preiskomitee …«

Die anderen Finalisten reisen erst am nächsten Tag an, so dass Weniger das Golfhotel beinahe vierundzwanzig Stunden lang für sich allein hat. Wie ein neugieriges Kind probiert er zuerst den Pool aus, dann die Sauna, das Eisbecken, das Dampfbad, noch einmal das Eisbecken, bis er schließlich so puterrot wie ein Fieberkranker ist. Weil er die Speisekarte des Restaurants nicht entziffern kann (wo er ganz allein in einem schillernden Gewächshaus speist), bestellt er bei allen drei Mahlzeiten etwas, das er bereits aus einem Roman kennt: Steak Tartare vom heimischen Fassona-Rind. Zu allen drei Mahlzeiten bestellt er dazu denselben Nebbiolo. Er sitzt in dem sonnendurchfluteten Glasraum wie der letzte Mensch auf Erden, mit einem Weinkeller, der für ein ganzes Leben reichen würde. Auf seinem Privattisch steht eine Amphora voll petunienartiger Blumen, die Tag und Nacht von kleinen Bienen bedrängt werden. Bei genauerer Betrachtung entdeckt Weniger, dass sie keine Stacheln, sondern lange Rüssel haben, die sie in die violetten Blüten tauchen. Das sind keine Bienen: es sind winzige Taubenschwänzchen. Die Erkenntnis erfreut ihn zutiefst. Wenigers Vergnügen wird erst am nächsten Nachmittag ein wenig getrübt, als eine gemischte Gruppe Teenager am Beckenrand des Pools auftaucht und ihn anstarrt, während er seine Runden schwimmt. Er kehrt auf sein Zimmer zurück, sehr schwedisch in weiß lasiertem Holz, mit einem Kamin an der Wand. »Im Zimmer ist Holz«, sagte die Seepferdchendame. »Sie wissen, wie man Feuer macht, ja?« Weniger nickte; er war früher häufig mit seinem Vater campen. Er schichtet das Holz zu einem kleinen Pfadfinder-Tipi auf, stopft die *Corriere della Sera* darunter und steckt das Ganze an. Zeit für seine Stretchbänder.

Weniger reist schon seit Jahren mit einem Set Stretchbänder, das er als sein tragbares Fitnessstudio betrachtet. Das Set besteht aus Bändern in verschiedenen Farben, mit austauschbaren Griffen, und wenn er es zu Hause in den Koffer legt, stellt er sich jedes Mal vor, wie straff und fit er sein wird, wenn er zurückkehrt. Am ersten Abend beginnt er mit seiner ehrgeizigen Routine, mit Dutzenden spezieller Übungen, die in der Anleitung empfohlen wurden (die er vor langer Zeit in Los Angeles verloren, sich jedoch in Teilen eingeprägt hat), und Weniger knotet die Bänder um die Beine des Betts, um Säulen oder Deckenbalken und absolviert das, was die Anleitung »Holzhacker«, »Pokal« und »Actionheld« nennt. Er beendet sein Training schweißgebadet und mit dem Gefühl, den Angriff der Zeit einen weiteren Tag zurückgeschlagen zu haben. Die Fünfzig ist weiter weg denn je. Am zweiten Abend befolgt er seinen eigenen Rat und lässt seinen Muskeln Zeit zum Heilen. Am dritten erinnert er sich wieder an die Bänder und beginnt seine Routine halbherzig von Neuem; dann erzittern vielleicht die dünnen Zimmerwände vom Fernseher eines Nachbarn, oder das kaputte Badezimmerlicht stört ihn, oder der Gedanke an einen unfertigen Artikel. Weniger verspricht sich selbst, in zwei Tagen ein besseres Training abzuliefern. Die Gegenleistung für dieses Versprechen: ein Puppenhauswhiskey aus der Puppenhausbar seines Hotelzimmers. Und dann sind die Bänder vergessen und liegen einsam und verlassen auf irgendeinem Beistelltisch: ein erschlagener Drache.

Weniger ist kein Sportler. Er hatte nur einen einzigen großen Moment, an einem Frühlingsnachmittag, als er zwölf war. In den Vororten von Delaware stand Frühling nicht für frische Liebe und taufeuchte Blüten, sondern für die unschöne Scheidung vom Winter und eine zweite Ehe mit dem vollbusigen Sommer. In diesem Jahr schaltete sich das Dampfbad des Augusts schon im Mai automatisch ein, die Kirsch- und Pflaumenblüten verwandelten schon die kleinste Brise in eine Konfettiparade und die Luft war voller Pollen. Lehrerinnen hörten, wie sich die Jungs über den Schweißfilm auf ihren Brüsten unterhielten; junge Rollschuhfahrer blieben im weichgewordenen Asphalt stecken. Es war das Jahr, in dem die Zikaden zurückkehrten; Weniger war noch nicht geboren gewesen, als sie sich in die Erde eingruben. Doch jetzt waren sie wieder da: Zehntausende von ihnen, erschreckend, aber harmlos, wie betrunken durch die Luft kurvend, so dass sie gegen Köpfe und Ohren stießen und Telefonmasten und geparkte Autos mit ihren zarten, bernsteingelben, beinahe ägyptischen leeren Hüllen überzogen. Mädchen trugen sie als Ohrringe. Jungs (die Nachfahren von Tom Sawyer) steckten die Lebenden in Papiertüten und ließen sie im Unterricht frei. Nachts surrten die Wesen in riesigen Chören, und der Klang pulsierte durch die gesamte Nachbarschaft. Und das Schuljahr würde erst im Juni zu Ende sein. Falls es je dazu kommen würde.

Jetzt stellen Sie sich den jungen Weniger vor: zwölf Jahre alt, das erste Jahr mit der Goldrandbrille, die ihm dreißig Jahre später wiederbegegnen wird, wenn ein Verkäufer in Paris ihm so ein Modell empfehlen und Weniger die traurige Erinnerung und die Scham durch den Körper schießen wird – der kleine Junge mit Brille im rechten Außenfeld, das Haar so weißgolden wie altes Elfenbein, das jetzt von einer schwarzgelben Baseballkappe verdeckt ist, wie er mit verträumter Miene durch den Klee spaziert. Im rechten Außenfeld ist die gesamte Saison hindurch noch nichts passiert, was auch der Grund dafür ist, dass man ihn dorthin gestellt hat: eine Art Kanada des Baseballspielfeldes. Sein Vater (auch wenn Weniger das erst zehn Jahre später erfahren wird) musste zu einem Treffen des Verbandes für öffentlichen Breitensport gehen und dort für das Recht seines Sohnes kämpfen, in der Liga mitzuspielen, obwohl ihm eindeutig jedes Baseballtalent abging und er auf dem Spielfeld nichts mitbekam. Sein Vater musste den Coach (der empfohlen hatte, Weniger aus der Mannschaft zu nehmen) daran erinnern, dass es sich um eine Liga für öffentlichen Breitensport handelte und dass sie somit, wie eine öffentliche Bibliothek, allen offen stand. Selbst den ungeschickten Trampeln unter uns. Und seine Mutter, die mit ihrem Softballteam Titel gewonnen hatte, musste so tun, als wäre ihr das alles ganz egal, wenn sie Weniger zu den Spielen fuhr und Reden über Sportsgeist hielt, die eher ihre eigenen Überzeugungen Lügen straften, als dass sie dem Jungen eine Erleichterung wären. Stellen Sie sich Weniger mit dem Lederhandschuh vor, der seine linke Hand nach unten zieht, wie er in der Frühlingshitze schwitzt, wie er in die verrückten Träume seiner Kindheit eingetaucht ist, die später den verrückten Träumen seiner Jugend Platz machen werden – als plötzlich ein Gegenstand am Himmel erscheint. Dem Kollektivgedächtnis seiner Gattung folgend, rennt er los und hält den Handschuh vor sich. Die helle Sonne lässt ihn Sterne sehen. Und – zack! Die Zuschauer jubeln. Er blickt in seinen Handschuh und sieht, mit herrlichen Grasflecken und roter Doppelnaht versehen, den einen Catch seines Lebens.

Aus der Richtung der Tribüne: der ekstatische Schrei seiner Mutter.

Aus seiner Tasche in Piemont: die berühmten Stretchbänder, die für den berühmten Kindersporthelden ausgerollt werden.

Aus der Tür des Zimmers: die Seepferdchendame, die hereinstürmt und die Fenster aufreißt, um den Qualm von Wenigers verbocktem Versuch eines Feuers zu vertreiben.

Arthur Weniger ist nur einmal zuvor für einen Preis nominiert gewesen: etwas, das Wilde and Stein Literary Laurels genannt wurde. Er erfuhr durch seinen Agenten, Peter Hunt, von dieser rätselhaften Ehre. Weniger, der vielleicht »Wildenstein« verstanden hatte, erwiderte, er sei gar kein Jude. Peter hustete und sagte: »Ich glaube, das ist was Schwules.« Das war es auch, und doch war Weniger überrascht; er hatte sein halbes Leben mit einem Dichter verbracht, dessen sexuelle Orientierung niemals Thema war, geschweige denn sein halbes Leben als verheirateter Mann. Ein schwuler Schriftsteller genannt zu werden! Robert lehnte diese Bezeichnung ab; es war, als würde man die Bedeutung seiner Kindheit in Westchester, Connecticut, herausstreichen. »Ich schreibe nicht über Westchester«, sagte er. »Ich denke nie an Westchester. Ich bin nicht der Dichter von Westchester« – was wiederum für Erstaunen in Westchester gesorgt hätte, dessen Stadtrat an der Schule, die Robert besucht hatte, eine Plakette angebracht hatte. Schwul, schwarz, jüdisch; Robert und seine Freunde glaubten, all das hinter sich gelassen zu haben. Deshalb war Weniger überrascht, dass es überhaupt einen solchen Preis gab. Seine erste Reaktion Peter gegenüber war zu fragen: »Woher wissen die überhaupt, dass ich schwul bin?« Das fragte er, als er in einem Kimono auf seiner Veranda stand. Doch Peter überredete ihn hinzugehen. Weniger und Robert hatten sich inzwischen getrennt, und weil er Angst hatte, wie er dieser mysteriösen schwulen Literaturwelt gegenüber erscheinen würde, und weil er unbedingt ein Date wollte, geriet er in Panik und fragte Freddy Pelu.

Wer hätte gedacht, dass Freddy, der damals erst sechsundzwanzig war, sich als ein solcher Segen herausstellen würde? Sie betraten die Aula eines Colleges (überall Banner: *Hoffnung ist die Leiter zu den Träumen!*), auf dessen Bühne sechs Holzstühle wie für eine Gerichtsverhandlung aufgestellt waren. Weniger und Freddy nahmen ihre Plätze ein. (»Wilde and Stein«, sagte Freddy. »Klingt wie eine Nummer im Varieté.«) Um sie herum begrüßten die Leute sich gröhlend, fielen sich in die Arme und begannen sofort, intensive Gespräche zu führen. Weniger kannte nicht einen von ihnen. Es kam ihm so seltsam vor; hier waren seine Zeitgenossen, seinesgleichen, und es waren Fremde für ihn. Aber nicht für den belesenen Freddy, der in der literarischen Runde plötzlich lebendig wurde – »Guck, da ist Meredith Castle. Sie ist eine der *Language Poets*, Arthur, die solltest du kennen, und das da ist Harold Frickes«, und so weiter. Freddy blickte durch seine rote Brille auf diese Seltsamkeiten und nannte vergnügt jeden einzelnen beim Namen. Es war, als würde man einem Vogelbeobachter zusehen. Das Licht ging aus und sechs Männer und Frauen betraten die Bühne, einige von ihnen so alt, dass sie wie Roboter wirkten, und setzten sich auf die Stühle. Ein kleiner, glatzköpfiger Mann mit getönter Brille trat ans Mikrophon. »Das ist Finley Dwyer«, flüsterte Freddy. Wer immer das sein mochte.

Der Mann begann, alle Anwesenden zu begrüßen, und dann funkelten seine Augen: »Ich gebe zu, ich werde enttäuscht sein, wenn wir heute Abend die Anpasser auszeichnen sollten, die, die so schreiben, wie die nicht-Schwulen schreiben, die Heterosexuelle als

Kriegshelden hochhalten, die schwule Charaktere leiden lassen, die ihre Figuren in einer nostalgischen Vergangenheit aussetzen, die unsere derzeitige Unterdrückung außen vor lässt. Ich sage, wir sollten uns von diesen Leuten befreien, die wollen, dass wir in der Buchhandlung verschwinden, diesen Angepassten, die sich im Grunde ihres Herzen dafür schämen, wer sie sind, wer wir sind, wer *Ihr* seid!« Das Publikum applaudierte frenetisch. Kriegshelden, leidende Charaktere, ausgesetzt in einer nostalgischen Vergangenheit – Weniger erkannte diese Elemente, wie eine Mutter die polizeiliche Beschreibung eines Serienmörders erkennen würde. Es ging um *Kalipso*! Finley Dwyer meinte *ihn*. Ihn, den harmlosen Arthur Weniger: Er war der *Feind*! Das Publikum gröhlte weiter, und Weniger wandte den Kopf zur Seite und flüsterte mit zitternder Stimme, »Freddy, ich muss hier weg.« Freddy sah ihn erstaunt an. »Hoffnung ist die Leiter zu den Träumen, Arthur.« Doch dann sah er, dass Weniger es ernst meinte. Als der Preis für das Buch des Jahres an der Reihe war, hörte Weniger die Verkündung nicht; er lag auf seinem Bett, während Freddy ihm versicherte, er brauche sich keine Sorgen zu machen. Den Sex hatte das Bücherregal im Schlafzimmer ruiniert, von dem aus ihn tote Schriftsteller anstarrten wie Hunde am Fuße des Bettes. Vielleicht schämte sich Weniger *tatsächlich*, so wie Finley Dwyer es behauptet hatte. Vor dem Fenster saß ein Vogel, der ihn zu verhöhnen schien. Kurz gesagt, er hat nicht gewonnen.

Weniger hat gelesen (in dem Paket, das die schönen Frauen ihm gegeben hatten, bevor sie im Glaspalast verschwunden waren), dass zwar die fünf Finalisten von einem betagteren Komitee ausgewählt worden waren, die entscheidende Jury jedoch aus fünf Schülern besteht. Am zweiten Abend stehen sie plötzlich in der Lobby, in eleganten Kleidern mit Blumenmuster (die Mädchen) oder den zu großen Blazern ihrer Väter (die Jungs). Wieso merkt Weniger nicht, dass dies die Teenager vom Pool sind? Die Teenager ziehen wie eine Reisegruppe ins Gewächshaus ein, das einmal Wenigers privates Esszimmer war, jetzt jedoch vor Caterern und Unbekannten wimmelt. Die schönen Italienerinnen sind wieder da und stellen ihn seinen Mitfinalisten vor. Weniger spürt, wie seine Zuversicht schwindet. Der erste ist Riccardo, ein junger, unrasierter Italiener, unglaublich groß und dünn, mit Sonnenbrille, Jeans und einem T-Shirt, das die Tattoos japanischer Karpfen an beiden Armen sichtbar macht. Die anderen drei sind allesamt deutlich älter: Luisa, mit glamourös weißen Haaren und in eine weiße Baumwolltunika gehüllt, mit außerirdischen Goldarmringen, mit denen sie ihre Kritiker abwehrt; Alessandro, ein Comicschurke, mit weißen Strähnen an den Schläfen, einem dünnen Schnurrbart und einer schwarzen Kunststoffbrille, die seinen abschätzigen Blick einengen; und ein kleiner, rosa-goldener Gnom aus Finnland, der darum bittet, Harry genannt zu werden, obwohl der Name auf seinen Büchern ein völlig anderer ist. Ihre Werke, erklärt man Weniger, sind ein in Sizilien spielender historischer Roman, eine Nacherzählung von Rapunzel im heutigen

Russland, ein achthunderseitiger Roman über die letzte Minute im Leben eines Mannes, der in Paris auf dem Sterbebett liegt, und eine fiktive Lebensgeschichte von Margery Kempe. Weniger gelingt es nicht, die einzelnen Bücher den Autoren zuzuordnen; hat der junge Mann die Sterbebettgeschichte oder Rapunzel geschrieben? Beides erscheint ihm wahrscheinlich. Sie sind alle so intellektuell. Weniger ist sofort klar, dass er keine Chance hat.

»Ich habe Ihr Buch gelesen«, sagt Luisa, deren linkes Auge ein Bröckchen Maskara wegblinzelt, während ihr rechtes direkt in sein Herz hineinstarrt. »Es hat mich an ganz neue Orte transportiert. Ich musste an Joyce im Weltall denken.« Der Finne scheint vor Vergnügen fast zu platzen.

Der Comicschurke fügt hinzu: »Der würde nicht lange überleben, glaube ich.«

»Porträt des Künstlers als Astronaut!«, sagt der Finne endlich und hält sich die Hand vors Gebiss, während er von lautlosem Lachen geschüttelt wird.

»Ich habe es nicht gelesen, aber …«, sagt der tätowierte Autor, der die Hände in die Taschen geschoben hat und nicht still stehen zu können scheint. Die anderen warten darauf, was noch kommt. Doch das ist schon alles. Hinter ihnen entdeckt Weniger Fosters Lancett, der allein den Raum betritt. Er ist klein, mit schwerem Kopf, und wirkt so in Elend getränkt wie ein Trifle-Pudding in Rum getränkt ist. Möglicherweise ist er auch in Rum getränkt.

»Ich glaube nicht, dass ich eine Chance habe, zu gewinnen«, ist alles, was Weniger sagen kann. Der Preis besteht aus einer großzügigen Eurosumme und einem Maßanzug, der in Turin angefertigt wird.

Luisa wirft eine Hand in die Luft. »Ach, wer weiß? Entscheiden werden die Schüler! Wer weiß schon, was die mögen? Liebesgeschichten? Mord? Falls es Mord ist, hat Alessandro schon gewonnen.«

Der Schurke hebt erst eine Augenbraue, dann die andere. »Als ich jung war, wollte ich nichts anderes lesen als prätentiöse kleine Bücher. Camus und Tournier und Calvino. Wenn es einen Plot gab, habe ich es gehasst.«

»So bist du immer noch«, rügt ihn Luisa, und er zuckt mit den Schultern. Weniger spürt, dass es da einmal eine Affäre gegeben hat. Die beiden wechseln ins Italienische und beginnen ein Gespräch, das ein Streit sein könnte, aber genausogut irgendetwas anderes.

»Spricht zufällig einer von euch Englisch oder hat eine Zigarette dabei?« Es ist Lancett, der sie unter seinen Augenbrauen finster ansieht. Der junge Schriftsteller holt sofort ein Päckchen aus seiner Jeanstasche und hält ihm eine hin, leicht plattgedrückt. Lancett betrachtet sie zögerlich, dann greift er zu. »Ihr seid die Finalisten?«, fragt er.

»Ja«, sagt Weniger und Lancett, der den amerikanischen Akzent erkennt, dreht sich zu ihm um.

Seine Augenlider klappen angewidert herunter. »Diese Preisverleihungen sind *nicht cool.*«

»Ich vermute, Sie waren schon auf vielen solchen Veranstaltungen.« Weniger hört sich selbst zu, wie er diesen dümmlichen Satz ausspricht.

»Nicht auf vielen. Und ich habe nie gewonnen. Das ist

bloß ein trauriger kleiner Hahnenkampf, den sie arrangieren, weil sie selbst kein Talent haben.«

»Sie haben gewonnen. Sie haben doch den Hauptpreis gewonnen.«

Fosters Lancett starrt Weniger einen Augenblick lang an, dann verdreht er die Augen und stolziert davon, um zu rauchen.

In den nächsten zwei Tagen bewegt sich die Menge in Rudeln – die Teenager, die Finalisten, das betagte Preiskomitee –, man lächelt sich von Sälen und Restaurants aus zu, begegnet sich friedlich am Büfett, aber sitzt nie zusammen, unterhält sich nie miteinander. Allein Fosters Lancett bewegt sich frei zwischen den Rudeln, als der einsame, herumstreunende Wolf. Jetzt ist es Weniger unangenehm, dass die Teenager ihn fast nackt gesehen haben, und er meidet den Pool, wenn sie da sind; im Kopf sieht er, wie schrecklich sein mittelalter Körper aussehen muss, und er kann ihr Urteil nicht ertragen (obwohl gerade diese Angst dafür gesorgt hat, dass er noch immer beinahe so schlank ist wie zu Collegezeiten). Auch den Wellnessbereich scheut er. Und so werden die alten Stretchbänder wieder herausgeholt, und jeden Morgen gibt Weniger sein Bestes bei den »Pokalen« und »Actionhelden« aus der längst verlorenen Anleitung (die ihrerseits schlecht aus dem Italienischen übersetzt worden war), jeden Tag macht er weniger und weniger und nähert sich so asymptotisch, ohne sie je zu erreichen, der Null.

Die Tage sind natürlich gefüllt. Da ist das sonnige Restaurant auf dem Marktplatz des Ortes, wo Weniger nicht einmal, nicht zweimal, sondern *zehn Mal* von verschiedenen Italienern darauf hingewiesen wird, doch vielleicht Sonnencreme auf das immer roter werdende Gesicht aufzutragen (selbstverständlich hat er längst Sonnencreme aufgetragen, und was zur Hölle verstehen die überhaupt davon, mit ihrer wunderbaren Mahagonihaut?). Da ist der Vortrag, den Fosters Lancett über Ezra Pound hält und bei dem der verbitterte alte Mann mittendrin eine elektrische Zigarette herausholt und zu paffen beginnt; das kleine grüne Lämpchen, das den Piemontesen noch unbekannt ist, veranlasst einige anwesende Journalisten zu der Mutmaßung, er rauche ihr örtliches *Marihuana*. Da sind verschiedene rätselhafte Interviews – »Tut mir leid, ich brauche den *interprete*, ich verstehe Ihren amerikanischen Akzent nicht« –, in denen plumpe Matronen in lavendelfarbenem Leinen ihm hochintellektuelle Fragen zu Homer, Joyce und Quantenphysik stellen. Weniger, der in Amerika von Journalisten überhaupt nicht wahrgenommen wird und es nicht gewohnt ist, substantielle Fragen zu beantworten, achtet darauf, stets gut gelaunt zu bleiben und nicht über Themen zu philosophieren, über die er ja gerade deshalb geschrieben hat, weil er sie *nicht* versteht. Die Damen ziehen amüsiert, aber mit zu wenig Stoff ab, um eine Spalte damit zu füllen. Auf der anderen Seite der Lobby hört Weniger Journalisten über etwas lachen, was Alessandro gesagt hat; er weiß offensichtlich, wie man so etwas macht. Und da ist die zweistündige Busfahrt den Berg hinauf, auf der Weniger sich mit einer Frage an Luisa wendet und sie ihm erklärt, dass die Rosen am Ende jeder Reihe Weinreben dazu da sind, Krankheiten erkennbar zu machen. Sie wackelt mit dem Finger und sagt, »Die Rosen sind als erstes dran. Wie dieser Vogel … welcher Vogel war das?«

»Ein Kanarienvogel in der Kohlegrube.«

»Sì. Esatto.«

»Oder wie ein Dichter in einem lateinamerikanischen Land«, fügt Weniger hinzu. »Die tötet das neue Regime immer als erste.« Die komplexe Dreistufigkeit ihrer Reaktion: erst Erstaunen, dann böse Komplizenschaft und zuletzt Scham, entweder über die toten Dichter, sich selbst – oder beide.

Und dann ist da noch die Preisverleihungszeremonie selbst.

Weniger war gerade in der Wohnung, als Robert den Anruf bekam, damals, 1992. »Ja, verdammte Scheiße!«, dröhnte es aus dem Schlafzimmer, und Weniger rannte hinein, weil er dachte, Robert habe sich verletzt (er hatte ein so intimes wie gefährliches Verhältnis mit der materiellen Welt. Stühle, Tische, Schuhe, alles warf sich ihm in den Weg, wie von einem Elektromagneten angezogen), doch er fand Robert mit dem Gesichtsausdruck eines Bassets vor, wie er, das Telefon im Schoß, geradeaus auf Woodhouses Porträt von Weniger starrte. In seinem T-Shirt, mit der Hornbrille auf der Stirn, der Zeitung um sich herum ausgebreitet, und einer Zigarette, die gefährlich nah dran war, diese zu entzünden, richtete Robert seinen Blick auf Weniger. »Das war das Pulitzer-Komitee«, sagte er mit monotomer Stimme. »Offensichtlich habe ich es die ganzen Jahre lang falsch ausgesprochen.«

»Du hast gewonnen?«

»Es heißt nicht *Piu-lit-sir*. Sondern *Pull-it-sir*.« Roberts Augen inspizierten den Raum ein weiteres Mal. »Verdammte Scheiße, Arthur. Ich hab gewonnen.«

Natürlich musste das gefeiert werden, und die alte Gang kam zusammen – Leonard Ross, Otto Handler, Franklin Woodhouse, Stella Barry –, drängte sich in die Hütte an den Vulcan Steps und klopfte Robert auf den Rücken; Weniger hatte ihn mit seinen Freunden noch nie so verlegen erlebt, so sichtbar erfreut und stolz. Ross kam direkt auf ihn zu und Robert verbeugte sich, lehnte sich gegen den großgewachsenen, lincolnhaften Schriftsteller, und Ross rieb ihm den Schädel, als brächte das Glück oder, was wahrscheinlicher war, als hätten sie das schon gemacht, als sie jung waren. Sie lachten und redeten endlos darüber – wie sie waren, als sie jung waren –, was Weniger verblüffte, denn sie kamen ihm ungefähr genauso alt vor wie damals, als er sie kennengelernt hatte. Ein paar von ihnen hatten das Trinken aufgegeben, inzwischen auch Robert, so dass sie nur Kaffee tranken, aus einer verbeulten Metallkanne, und einige ließen einen Joint herumgehen. Weniger nahm wieder seine alte Rolle ein, hielt sich am Rand und bewunderte sie. Irgendwann sah Stella ihn vom anderen Ende des Raumes aus und kam mit ihren Storchenbeinen auf ihn zu; sie bestand nur aus Knochen und scharfen Kanten, eine zu große, nicht hübsche Frau, die ihre Makel mit Selbstvertrauen und Anmut zelebrierte, so dass sie, auf

Weniger, schön wirkten. »Ich habe gehört, du hast auch zu Schreiben angefangen, Arthur«, sagte sie mit ihrer kratzigen Stimme. Sie nahm sein Glas Wein und nippte daran, dann gab sie es ihm, mit teuflisch funkelnden Augen, zurück. »Hier ist mein einziger Rat an dich. Gewinn nie einen von diesen Preisen.« Sie selbst hatte natürlich mehrere gewonnen. Sie war in der *Wharton Anthology of Poetry* und war somit unsterblich. Sie war wie Athene, die herabstieg, um dem jungen Telemachos einen Rat mitzugeben. »Du gewinnst einen Preis und alles ist vorbei. Du hältst für den Rest deines Lebens Vorträge. Aber du schreibst nie wieder.« Sie tippte mit einem Fingernagel gegen seine Brust. »Gewinne keinen Preis.« Dann küsste sie ihn auf die Wange.

Das war das letzte Mal, dass sie komplett versammelt war – die Russian River School.

Die Verleihung findet nicht in dem uralten Kloster selbst statt, in dem man Honig von Klosterbienen kaufen kann, sondern in einem öffentlichen Saal, den man unterhalb des Klosters in den Fels gehauen hat. Als Gotteshaus hat das Kloster kein Verlies, und deshalb musste die Region Piemont eines erbauen. Im Saal (durch dessen geöffnete Hintertür ein Wetterwechsel sichtbar ist: ein Sturm zieht auf), sitzen die Teenager genauso da, wie Weniger sich die versteckt lebenden Mönche vorstellt: mit frommen Gesichtern und das Schweigegelübde befolgend. Die betagten Vorsitzenden sitzen an einem fürstlichen Tisch; auch sie sprechen nicht. Der einzige, der spricht, ist ein gutaussehender Italiener (der Bürgermeister, wie sich herausstellt), dessen Auftritt von einem Donnerschlag angekündigt wird; der Ton seines Mikros setzt aus; das Licht geht aus. Das Publikum macht »Aaaah!«. Weniger hört, wie der junge Schriftsteller, der im Dunkeln neben ihm sitzt, sich zu ihm herüberbeugt und endlich doch etwas sagt: »Das ist der Moment, in dem jemand ermordet wird. Aber wer?« Weniger flüstert »Fosters Lancett«, bevor ihm auffällt, dass der berühmte Brite direkt hinter ihnen sitzt.

Die Lichter erwecken den Raum zu neuem Leben, und niemand wurde ermordet. Eine Leinwand beginnt sich lautstark von der Decke abzurollen, wie ein verrückter Verwandter, der die Treppe herunterkommt, und muss in ihr Versteck zurückgebracht werden. Die Zeremonie beginnt von neuem, und als der Bürgermeister auf Italienisch zu seiner Rede ansetzt, mit all diesen wohlklingenden, schaukelnden, bedeutungslosen Cembaloworten, spürt Weniger, wie seine Gedanken davonschweben wie ein Astronaut von der Druckschleuse, hinfort in den Asteroidengürtel seiner eigenen Sorgen. Denn er gehört nicht hierher. Es erschien ihm absurd, als die Einladung kam, doch er sah das alles so abstrakt, aus so großer zeitlicher und räumlicher Distanz, dass er sie als Teil seines Fluchtplans annahm. Doch hier, in seinem Anzug, während die ersten Schweißflecken auf seinem weißen Hemd erscheinen und die ersten Schweißtropfen an seinem schütteren Haaransatz, weiß er, wie absolut falsch das alles ist. Er hat nicht das falsche Auto genommen; das Auto hat den falschen Mann mitgenommen. Denn er hat jetzt begriffen, dass dies nicht irgendein komischer italienischer Preis ist, ein Witz, den er seinen Freunden erzählen kann; es ist höchst real. Die betagten Damen vom Komitee mit ihrem Schmuck; die Teenager auf ihren Juryplätzen; die Finalisten, die vor Erwartung zittern und mit den Zähnen knirschen; selbst Fosters Lancett, der die lange Reise auf sich genommen hat, eine lange Rede verfasst hat und seine elektrische Zigarette sowie seinen immer schwächer werdenden Speicher an Small-Talk aufgeladen hat – für all die ist es absolut real, und überaus wichtig. Es kann nicht als bloßer Spaß abgetan werden. Nein: es ist ein großer Irrtum.

Weniger stellt sich vor (während der Bürgermeister auf Italienisch vor sich hin fabuliert), dass er falsch übersetzt oder – wie heißt das? – *über-übersetzt* wurde, dass man seinen Roman einem unerkannten poetischen Genie gegegeben hat (Giuliana Monti lautet ihr Name), die sein mittelmäßiges Englisch in atemberaubendes Italienisch übertragen hat. In Amerika wurde sein Buch ignoriert und kaum besprochen, es kam keine einzige Interviewanfrage eines Journalisten (die Presseabteilung sagte, »Herbst ist immer schwierig«), doch hier in Italien nimmt man ihn offenbar sehr ernst. Und das im Herbst. Am Morgen zeigte man ihm die Artikel in *la Repubblica* und *Corriere della Sera*, in Lokalzeitungen und in den katholischen Zeitungen, mit Fotos von ihm in seinem blauen Anzug, wie er mit demselben schlichten saphirblauen Blick in die Kamera sieht, den er Robert damals am Strand gezeigt hat. Doch eigentlich sollte dort ein Foto von Giuliana Monti abgedruckt sein. *Sie* hat dieses Buch geschrieben. Sie hat Weniger selbst neu geschrieben, besser geschrieben, in Grund und Boden geschrieben. Denn er hat Genie gekannt. Er ist von Genie mitten in der Nacht geweckt worden, vom Geräusch des Genies, das durch die Flure marschierte; er hat Genie Kaffee gekocht, und Frühstück gemacht, und Schinkenbrot und Tee; er war nackt mit Genie, hat Genie aus seiner Panik zurückgeholt, hat Genies Hosen vom Schneider geholt und seine Hemden für Lesungen gebügelt. Er hat jeden Zentimeter von Genies Haut berührt; er hat Genies Geruch gekannt und Genies Berührung gespürt. Fosters Lancett, einen Rösselsprung hinter ihm, für den es ein Leichtes ist, eine Stunde lang über Ezra Pound zu reden – der ist ein Genie. Alessandro, mit seinem Comicschurken-Schnurrbart, die elegante Luisa, der seltsame Finne, der tätowierte Riccardo: möglicherweise Genies. Wie konnte es so weit kommen? Welcher Gott hat so viel freie Zeit, um diese ganz spezielle Demütigung zu arrangieren, um einen unbedeutenden Romanschreiber einmal um die Welt zu fliegen, damit er, mit seinem siebten Sinn, seine eigene Bedeutungslosigkeit erfahren kann? Über die *Schüler* entschieden haben. Hängt hoch oben über dem Publikum ein Eimer voll Blut, der nur darauf wartet, auf seinen strahlend blauen Anzug entleert zu werden? Wird dieser Raum doch noch zu einem Verlies? Es ist ein Irrtum, oder eine Falle, oder beides. Doch jetzt gibt es kein Entkommen mehr.

Arthur Weniger hat den Raum verlassen, obwohl er sich noch immer darin befindet. Jetzt steht er allein im Schlafzimmer der Hütte vor dem Spiegel und bindet sich eine Krawatte. Es ist der Tag, an dem der Wilde and

Stein-Preis verliehen werden wird, und er überlegt, für einen Augenblick, was er sagen soll, falls er gewinnt, und, ganz kurz, leuchtet sein Gesicht vor Vergnügen auf. Es klopft dreimal, dann dreht sich ein Schlüssel im Schloss. »Arthur!« Weniger rückt seine Krawatte und seine Erwartungen zurecht. »Arthur!« Freddy kommt um die Ecke und holt, aus der Tasche seines Pariser Anzugs (so neu, dass er noch immer teilweise zugenäht ist) ein flaches kleines Kästchen. Es ist ein Geschenk: eine gepunktete Krawatte. Also muss die Krawatte abgenommen und diese neue gebunden werden. Freddy betrachtet sein Spiegelbild. »Was sagst du, wenn du gewinnst?«

Und weiter zurück: »Du glaubst, das ist Liebe, Arthur? Das ist keine Liebe.« Robert lässt in ihrem Hotelzimmer eine Tirade los, vor der mittäglichen Pulitzer-Zeremonie in New York. Groß und schlank wie an dem Tag, an dem sie sich kennengelernt haben; ergraut, natürlich, und im Gesicht gealtert (»Ich habe überall Eselsohren wie ein Buch«), aber immer noch ein Muster von Eleganz und intellektueller Wut. Da steht er mit seinem Silberhaar vor dem hellen Fenster: »Preise haben mit Liebe nichts zu tun. Weil Leute, die dich noch nie getroffen haben, dich gar nicht lieben können. Wer da gewinnt, steht längst fest, von jetzt bis zum Tag des Jüngsten Gerichts. Die wissen, welche Art Dichter gewinnen wird, und wenn man zufällig ins Muster passt, Glückwunsch! Das ist, wie wenn einem ein geerbter Anzug passt. Reines Glück, keine Liebe. Nicht, dass es nicht schön wäre, Glück zu haben. Vielleicht muss man es sich so vorstellen, dass man im Zentrum alles Schönen ist. Durch puren Zufall dürfen wir heute im Zentrum alles Schönen sein. Das heißt nicht, dass ich das nicht will – das ist schon eine ziemlich verzweifelte Art, sich aufzugeilen –, denn ich will's. Ich bin ein Narziss; Verzweifeltsein ist unser Geschäft. Sich aufgeilen ist unser Geschäft. Du siehst hübsch aus in deinem Anzug. Keine Ahnung, warum du mit einem Mann über fünfzig zusammenwohnst. Ah, ich weiß. Du magst das fertige Produkt. Du willst nichts mehr hinzufügen müssen. Lass uns Champagner trinken, bevor wir gehen. Ich weiß, es ist Mittag. Du musst mir die Krawatte binden. Ich vergesse langsam, wie das geht, weil ich weiß, dass dir das nie passieren wird. Preise sind nicht Liebe, aber das hier ist Liebe. Wie Frank schon geschrieben hat: *Es ist Sommer, und ich will, dass man mich will, mehr als alles in der Welt.*«

Ein weiteres Donnern reißt Weniger aus seinen Gedanken. Doch es ist gar kein Donner; es ist Applaus, und der junge Schriftsteller zieht an Wenigers Ärmel. Denn Arthur Weniger hat gewonnen.

WENIGER DEUTSCH

Ein Anruf, auf Deutsch:

»Guten Tag, Pegasus Verlag. Petra am Apparat.«

»Guten Morgen. Hier ist Herr Arthur Weniger. Da ist ein Hehler in meinem Buch.«

»Herr Weniger?«

»Da ist ein Hehler in meinem Buch. Sie müssen korrigieren, bitte.«

»Arthur Weniger, unser Autor? Der Autor von *Kalipso*? Wie schön, einmal Ihre Stimme zu hören! Wie kann ich Ihnen helfen?«

(Das Klicken von Keyboardtasten) »Ja, hallo. Es ist schön zu telefonieren. Ich rufe an wegen Hehler. Nicht *Hehler*.« (Weiteres Tastenklicken) *»Fehler«*.

»Ein Fehler im Buch?«

»Ja! Ich rufe an wegen Fehler in meinem Buch.«

»Das tut mir leid. Um was für einen Fehler handelt es sich denn?«

»Mein Geburtsjahr steht Eins Neun Sex Vier.«

»Verzeihung?«

»Mein Geburtsjahr ist Sex Fünf.«

»Sie meinen, Sie wurden 1965 geboren?«

»Exakt. Die Journalisten schreiben, dass ich fünfzig Jahre habe. Aber ich habe neunundvierzig Jahre!«

»O! Wir haben Ihr Geburtsjahr im Klappentext falsch angegeben und deshalb haben Journalisten berichtet, dass Sie fünfzig sind. Obwohl Sie erst neunundvierzig sind. Das tut mir sehr leid. Das muss sehr frustrierend für Sie sein!«

(Längere Pause) »Exakt exakt exakt.« (Lachen) »Ich bin kein alter Mann!«

»Natürlich nicht. Ich mache mir eine Notiz für die nächste Auflage. Und darf ich sagen, dass Sie auf dem Foto aussehen, als wären Sie noch keine vierzig? Alle Frauen im Verlag sind verliebt in Sie.«

(Längere Pause) »Ich verstehe nicht.«

»Ich sagte, alle Frauen im Verlag sind in Sie verliebt.«

(Lachen) »Danke, danke, das ist sehr, sehr nett.« (Weitere Pause) »Ich mag Liebe.«

»Gut, wunderbar, melden Sie sich einfach, wenn Ihnen sonst noch etwas auf dem Herzen liegt.«

»Danke und auf Wiedersehen!«

»Einen schönen Tag noch, Herr Weniger.«

Was für eine Freude ist es für Arthur Weniger, endlich einmal in einem Land zu sein, dessen Sprache er spricht! Nach der wundersamen Schicksalswende in Italien, wo er wie benommen aufstand und eine schwere, goldene Statue entgegennahm (die fortan beim Maximalgewicht seines Reisegepäcks berücksichtigt werden muss) – die Journalisten kreischten wie beim großen Finale einer Oper –, wird er nun auf der Erfolgswelle reitend in Deutschland eintreffen. Dazu kommt: sein fließendes Deutsch, und die angesehene Position eines Professors und schon sind die Sorgen von *gestern* vergessen! Er unterhält sich mit den Stewards, plaudert frei heraus mit den Beamten der Passkontrolle, und fast könnte man denken, er habe vergessen, dass es nur noch wenige Tage bis zu Freddys Hochzeit sind. Wie ermutigend ist es, ihn reden zu sehen; wie ernüchternd dagegen, ihm zuzuhören.

Weniger hat schon als Junge angefangen, Deutsch zu lernen. Seine erste Lehrerin, damals war er neun, hieß Frau Fernhoff, eine pensionierte Klavierlehrerin, die sie alle (ihn, die scharfsinnige Bohnenstange Anne Garret aus Georgia und den merkwürdig riechenden, aber zauberhaften Giancarlo Taylor) zu Beginn jeder nachmittäglichen Unterrichtsstunde aufstehen und rufen ließ, »Guten Morgen, Frau Fernhoff!« Sie lernten die Namen von Obst und Gemüse (schöne Worte wie *Birne* und *Kirsche*, trügerische wie *Ananas* – nicht zu verwechseln mit dem englischen *bananas* –, und solche wie *Zwiebel*, was deutlich klangvoller war als das englische *onion*) und ihre eigenen präpubertären Körper zu beschreiben, von den *Augenbrauen* bis zu den *großen Zehen*. In der Highschool wurden die Unterhaltungen anspruchsvoller (»Mein Auto wurde gestohlen!«) und den Unterricht leitete das vollbusige Fräulein Church, eine begeisterungsfähige Lehrerin in Wickelkleidern und Schals, die in einem deutschen Viertel von New York City aufgewachsen war und oft von ihrem Traum erzählte, den Von-Trapp-Weg in Österreich entlangzuwandern. »Der Schlüssel zur Beherrschung einer Fremdsprache«, erklärte sie ihnen, »liegt darin, mutig zu sein, nicht perfekt.« Was Weniger nicht wusste, war, dass das charmante Fräulein noch nie in Deutschland gewesen war und niemals Deutsch mit Deutschen außerhalb von Yorkville gesprochen hatte. Sie sprach *augenscheinlich* deutsch, genau wie der siebzehnjährige Weniger augenscheinlich schwul war. Beide hegten ihre Phantasie; keiner von ihnen hatte sie ausgelebt.

Weil er mutig ist und nicht perfekt, ist Wenigers Deutsch voller Fehler. Aus dem männlichen Plural *Freunde* werden bei Weniger *Freundinnen*. Und indem er *auf den Strich* statt *unterm Strich* verwendet, versetzt er seine faszinierten Zuhörer in den Glauben, er wolle sich prostituieren. Doch selbst mit vier und neun wurde Weniger noch nie über seine Fähigkeiten aufgeklärt. Vielleicht ist Ludwig Schuld daran, der Folk singende deutsche Ausstauschschüler, der bei seiner Familie wohnte, Weniger seine Augenscheinlichkeit nahm und nie sein Deutsch korrigierte – denn wer korrigiert schon, was im Bett gesprochen wird? Vielleicht waren auch die *dankbaren* Ostberliner Schuld daran, die Weniger auf einer Reise mit Robert kennenlernte – geflohene Dichter, die in Paris lebten – und die staunten, als sie ihre Muttersprache aus dem Mund dieses dünnen, jungen Amerikaners hörten. Vielleicht hat er einfach nur den deutschen Soldaten in *Hogan's Heroes* zu viel zugehört. Jedenfalls kommt Weniger in Berlin an, fährt zu seiner vorübergehenden Wohnung in Wilmersdorf, und schwört sich, während seines Aufenthaltes kein einziges Wort Englisch zu sprechen. Dabei besteht die eigentliche Herausforderung darin, ein einziges Wort Deutsch zu sprechen.

Wieder auf Deutsch:

»Schöne Grüße, Klasse. Ich bin Arthur Weniger.«

Dies ist das Seminar, das er an der Befreiten Universität geben wird. Zusätzlich soll er in fünf Wochen eine öffentliche Vorlesung halten. Weil man froh war, dass er fließend Deutsch spricht, bot der Fachbereich Weniger an, das Thema seines Seminars selbst zu benennen. »Bei Gastseminaren«, schrieb der freundliche Dr. Balk, »sind es manchmal nicht mehr als drei Studenten, was eine schöne, persönliche Unterrichtssituation ergibt.« Weniger holte ein Schreibseminar aus der Versenkung, das er einmal an einem Jesuitencollege in Kalifornien gegeben hatte, ließ die Veranstaltungsbeschreibung von einem Computerprogramm übersetzen und betrachtete sich damit als ausreichend vorbereitet. Er gab dem Seminar den Titel »Lies wie ein Vampir, schreibe wie Frankenstein«, was auf seine eigene Auffassung zurückging, dass Autoren andere Werke nur lesen, um sich deren beste Teile anzueignen. Es war, vor allem in der deutschen Übersetzung, ein ungewöhnlicher Titel. Als sein Lehrassistent Hans ihn am ersten Morgen in den Seminarraum bringt, stellt er erstaunt fest, dass dort nicht etwa drei oder auch fünfzehn, sondern einhundertdreißig Studenten sitzen, die unbedingt dieses außergewöhnliche Seminar besuchen wollen.

»Ich bin Ihr Herr Professor.«

Das ist er nicht. Weil er den gewaltigen Unterschied nicht kennt, der im Deutschen zwischen *Professor* und *Dozent* besteht – ersteres bezeichnet einen Rang, den man erst nach jahrzehntelanger Inhaftierung im Zuchthaus der Akademie erreicht, letzteres einen vorzeitig aus der Haft Entlassenen –, hat sich Weniger kurzerhand selbst befördert.

»Und jetzt, es tut mir leid, muss ich die meisten von Ihnen auslöschen.«

Nach dieser erschreckenden Verkündung beginnt er, alle Studenten auszusortieren, die nicht im Fachbereich Globale Linguistik und Literatur eingeschrieben sind. Zu seiner Erleichterung bleiben danach nur dreißig übrig. Und so beginnt er sein Seminar.

»Wir fangen bei einem Satz in Proust an: *Lange Zeit bin ich früh schlafen gegangen.*«

Doch Arthur Weniger ist nicht früh schlafen gegangen; eigentlich ist es ein Wunder, dass er es überhaupt zum Seminar geschafft hat. Das Problem: eine unerwartete Einladung, ein Kampf mit deutscher Technologie und, natürlich, Freddy Pelu.

Gehen wir einen Tag zurück, zu seiner Ankunft am Flughafen Tegel:

Erst eine verwirrende Anzahl von Glaskammern, die sich wie Druckschleusen vollautomatisch öffnen und schließen, dann begrüßt ihn sein großer, ernster Lehrassistent und Begleiter: Hans. Obwohl dieser kurz vor seiner Disputation über Derrida steht und ihm somit, nach Wenigers Verständnis, intellektuell überlegen ist, schnappt sich der lockige Hans bereitwillig Wenigers Gepäck und fährt ihn mit seinem verbeulten Twingo zu der Universitätswohnung, die Weniger für die nächsten fünf Wochen sein Zuhause nennen wird. Sie befindet sich in einem Achtziger-Jahre-Gebäude, dessen offenes Treppenhaus und offene Gänge der kalten Berliner Luft ausgesetzt sind; in seiner Goldrute-und-Glas-Strenge erinnert es an den Flughafen. Außerdem gibt es keinen Wohnungsschlüssel, sondern einen kreisrunden Anhänger mit einem Knopf. Drückt man ihn, zwitschert die Tür zur Antwort wie ein paarungsbereiter Vogel, dann öffnet sie sich. Hans zeigt ihm kurz, wie es funktioniert. Die Tür zwitschert. Es sieht einfach aus. »Sie nehmen die Treppe zum Gang, dann drücken Sie den Knopf. Verstanden?« Weniger nickt und Hans lässt ihn mit seinem Gepäck zurück und erklärt, dass er um neunzehn Uhr zurück sein wird, um Weniger zum Abendessen abzuholen, und dann um dreizehn Uhr am nächsten Tag, um ihn zur Universität zu fahren. Sein Lockenkopf nickt zum Abschied, und er verschwindet im offenen Treppenhaus. Weniger fällt auf, dass der Doktorand ihm kein einziges Mal in die Augen geschaut hat. Und dass er selbst dringend lernen muss, sich an militärische Zeitangaben zu gewöhnen.

Er ahnt noch nicht, dass er sich am nächsten Vormittag vor dem Seminar am Fenstersims des Mietshauses festkrallen wird, dreizehn Meter über dem Innenhof, um sich Stück für Stück zum offenen Fenster vorzuarbeiten.

Hans ist pünktlich um neunzehn Uhr da (Weniger sagt

immer wieder vor sich hin: sieben Uhr abends, sieben Uhr abends, sieben Uhr abends). Weil er in der Wohnung kein Bügeleisen findet, hängt Weniger seine Hemden im Bad auf und stellt die heiße Dusche an, um die Falten herauszudampfen, doch der sich ausbreitende Wasserdampf löst stattdessen den Feueralarm aus, was selbstverständlich einen korpulenten, gutgelaunten, kein Wort Englisch sprechenden Mann von unten dazu veranlasst, sich erst über ihn lustig zu machen (»Sie wollen wohl das Haus mit Wasser abfackeln!«) und dann mit einem massiven deutschen Bügeleisen zurückzukehren. Fenster werden geöffnet. Weniger ist gerade dabei, seine Hemden zu bügeln, als er die Bach-Klänge der Türklingel hört. Hans nickt ihm zu. Statt seines Kapuzenpullis trägt er jetzt einen Blazer aus Jeansstoff. In seinem Twingo (Spuren von Zigaretten, aber keine Zigaretten) fährt der junge Mann ihn in einen anderen mysteriösen Teil der Stadt. Sie parken unter einer Betontrasse, wo ein traurig aussehender türkischer Mann in einer Imbissbude sitzt und Hot Dogs mit Curry verkauft. Das Restaurant, in das sie wollen, heißt Austria und ist von vorne bis hinten mit Bierkrügen und Geweihen dekoriert. Auch hier gilt, wie überall: Sie meinen das ernst.

Man führt sie zu einer mit Leder gepolsterten Sitznische, in der bereits zwei Männer und eine junge Frau auf sie warten. Das sind Hans' Freunde, und auch wenn Weniger den Verdacht hat, dass der Doktorand nur das Spesenkonto des Instituts anzapfen will, ist es eine Erleichterung, sich mit jemand anderem als einem Derridaner unterhalten zu können: ein Komponist namens

Ulrich, dessen braune Augen und zotteliger Bart ihn wie einen wachsamen Schnauzer aussehen lassen, seine Freundin Katarina, die mit ihrer aufgebauschten Zwergspitzfrisur ebenfalls an einen Hund erinnert, und Bastian, ein gutaussehender Wirtschaftsstudent, dessen dunkler Teint und krause Lockenpracht Weniger vermuten lassen, er sei Afrikaner. Er ist Bayer. Weniger schätzt, dass sie alle um die dreißig sind. Bastian streitet sich immer wieder von Neuem mit Ulrich über Sport, eine Unterhaltung, der zu folgen Weniger schwerfällt – nicht wegen des spezifischen Vokabulars *(Verteidiger, Stürmer, Schienbeinschoner)* oder der ihm unbekannten Namen, sondern weil es ihn schlicht nicht interessiert. Bastian scheint der Meinung zu sein, dass Gefahr zum Sport dazugehört: *Der Nervenkitzel des Todes!* Weniger starrt auf sein Schnitzel (eine knusprige Landkarte Österreichs). Er ist nicht hier, in Berlin, in diesem Schnitzelhaus. Er ist in Sonoma, in einem Krankenhauszimmer: fensterlos, gelblich, hinter Vorhängen verborgen wie eine Stripperin vor ihrem Auftritt. Im Krankenhausbett: Robert. Ihm steckt ein Schlauch im Arm und ein Schlauch in der Nase, und sein Haar sieht aus wie das eines Wahnsinnigen. »Das waren nicht die Zigaretten«, sagt Robert, dessen Augen von derselben alten, dicken Brille umrahmt sind. »Das war das Dichten. Jetzt bringt es dich um. Aber später«, sagt er und wackelt mit dem Finger, »Unsterblichkeit!« Ein heiseres Lachen. Weniger hält seine Hand. All das ist erst ein Jahr her. Und Weniger ist in Delaware, bei der Beerdigung seiner Mutter, wo eine Hand ganz leicht gegen seinen Rücken drückt und ihn so davor bewahrt zusammenzubrechen. Und Weniger ist in San Francisco, am Strand, im Herbst jenes schrecklichen Jahres.

»Ihr Jungs wisst gar nichts über den Tod.«

Jemand hat diesen Satz gesagt; Weniger begreift, dass er selbst es war. Dieses eine Mal ist sein Deutsch perfekt. Der gesamte Tisch sitzt schweigend da und Ulrich und Hans wenden den Blick ab. Bastian starrt Weniger bloß mit offenem Mund an.

»Tut mir leid«, sagt Weniger. Er stellt sein Bier ab. »Entschuldigung, ich weiß nicht, wieso ich das sagte.«

Bastian ist verstummt. Der Wandleuchter hinter ihm lässt jede einzelne seiner krausen Locken erstrahlen.

Die Rechnung kommt und Hans bezahlt mit der Kreditkarte des Instituts, Weniger ist nicht davon zu überzeugen, dass das Trinkgeld wirklich ausreicht, und dann stehen sie draußen auf der Straße, wo die Straßenlaternen schwarzlackierte Bäume beleuchten. Er hat in seinem ganzen Leben noch nie so gefroren. Ulrich steht mit den Händen in den Taschen da und wiegt sich zu einer ganz privaten Symphonie vor und zurück. Katarina hält sich an ihm fest, und Hans blickt zu den Dächern hinauf und sagt, er werde Weniger jetzt zu seiner Wohnung zurückfahren. Doch Bastian sagt nein, es sei der erste Abend für den Amerikaner, und man müsse mit ihm etwas Trinken gehen. Die Unterhaltung läuft ab, als wäre Weniger gar nicht da. Es fühlt sich an, als würden sie eigentlich über etwas anderes streiten. Schließlich einigt man sich, dass Bastian Weniger seine Lieblingskneipe zeigen wird, ganz in der Nähe. Hans sagt, »Herr Weniger, finden Sie den Weg nach Hause?«, und Bastian sagt,

Taxifahren sei doch ganz einfach. All das passiert sehr schnell. Die anderen verschwinden im Twingo; Weniger dreht sich um und stellt fest, dass Bastian ihn mit einem schwer zu deutenden Stirnrunzeln ansieht. »Komm mit«, sagt der junge Mann. Doch er führt ihn nicht in eine Kneipe. Er führt ihn in seine eigene Wohnung, in Neukölln, wo Weniger – zu seiner eigenen Überraschung – die Nacht verbringt.

Das Problem folgt am nächsten Morgen. Weniger, der nach seinem Abend mit Bastian nicht schlafen konnte und jetzt den Alkohol ausschwitzt, den er in den vorangegangenen zwölf Stunden zu sich genommen hat, noch immer in dem schwarzen Hemd und der Jeans mit den Fettflecken vom Abendessen, gelingt es, die Treppe zum Außengang seines Mietshauses hinaufzusteigen, aber es gelingt ihm nicht, das Schloss zu seiner Wohnung zu öffnen. Wieder und wieder drückt er den Knopf des Anhängers, wieder und wieder lauscht er auf das Zwitschern der Tür. Doch sie bleibt stumm. Sie ist nicht paarungsbereit. Verzweifelt blickt er sich im Innenhof um und entdeckt Vögel, die auf dem Balkon einer Maisonettewohnung im Stockwerk darüber sitzen. Das ist die Rechnung für den Abend zuvor. Das ist die Scham, ohne die das Leben nicht zu haben ist. Wie konnte er nur denken, dass er dem entgehen könnte? Weniger stellt sich vor, wie er schlafend in seinem Türeingang liegt, wenn Hans kommt, um ihn zur Universität zu fahren. Er stellt sich vor, wie er sein erstes Seminar nach Wodka und Zigarettenqualm stinkend gibt. Und dann fällt sein Blick auf ein geöffnetes Fenster.

Mit zehn klettern wir jeden Baum hinauf, sei er auch größer als die Ängste unserer Mütter. Mit zwanzig steigen wir die Außenwand des Wohnheims hinauf, um einen Liebhaber zu überraschen, der in seinem Bett liegt und schläft. Mit dreißig springen wir in den Meerjungfrauen-grünen Ozean. Mit vierzig sehen wir zu und lächeln. Und mit vier und neun?

Über dem Geländer des Außengangs legt er eine verkratzte Flügelspitze auf die dekorative Betonkante. Das schmale Fenster ist nur anderthalb Meter entfernt. Er braucht bloß den Arm ausstrecken und den Rolladen zu fassen kriegen. Dann ein winziger Hüpfer auf die Kante darunter. Gegen die Wand gedrückt steht er da, und schon blättert gelbe Farbe ab und bleibt auf seinem Hemd kleben, schon hört er sein Publikum aus Vögeln anerkennend gurren. Über den Dächern leuchtet der Sonnenaufgang von Berlin, mit seinem Geruch nach Brot und Autoabgasen. *Arthur Weniger, ein unbedeutender amerikanischer Schriftsteller, bekannt vor allem für seine Verbindung zur Russian River School, insbesondere zu Robert Brownburn, nahm sich am heutigen Vormittag in Berlin das Leben,* wird die Presseerklärung des Pegasus Verlags lauten. *Er wurde fünfzig Jahre alt.*

Welcher Zeuge verfolgt, wie unser Herr Professor an der Außenwand des vierten Stocks seines Mietshauses kauert? Wie er den Fuß ausstreckt, dann die Hand, um sich in Richtung Küchenfenster vorzuschieben? Wie er all seine Kraft zusammennimmt, um sich über das Schutzgeländer zu ziehen und sich, in einer Wolke aus Staub, in die Dunkelheit dahinter zu stürzen? Nur eine junge Mutter, die am frühen Morgen ihr Baby durch die Wohnung trägt. Sie sieht eine Szene, die aus einer ausländischen Komödie stammen könnte. Sie weiß genau, dass er kein Einbrecher ist; er ist bloß ein Amerikaner.

Weniger ist nicht als Lehrer *bekannt*, genau wie Melville nicht als Zollbeamter *bekannt* war. Und doch haben beide diese Positionen bekleidet. Obwohl er einmal einen Lehrstuhl an Roberts Universität innehatte, verfügt Weniger über keinerlei formelle Ausbildung, abgesehen von den betrunkenen, zigarettenverrauchten Abenden seiner Jugend, als Roberts Freunde zusammenkamen, einander anbrüllten und verspotteten und mit Worten spielten. Das führt dazu, dass Weniger nur ungern Vorträge hält. Stattdessen versucht er, jene längst vergangenen Tage mit seinen Studenten wiederaufleben zu lassen. Weil er sich an die mittelalten Männer erinnert, die mit einer Flasche Whiskey, einer Anthologie von Gedichten und einer Schere dasaßen, zerschneidet er einen Absatz aus *Lolita* in kleine Schnipsel und lässt die jungen Doktoranden diese so zusammensetzen, wie sie es wollen. In diesen Collagen wird Humbert Humbert zu einem eher verwirrten als diabolischen alten Mann, der die Cocktailzutaten durcheinanderbringt und, statt der betrogenen Charlotte Haze entgegenzutreten, lieber neues Eis holt. Er gibt ihnen eine Seite Joyce und ein Fläschchen Tipp-Ex – und schon sagt Molly Bloom einfach nur »Ja«. Ein Spiel, bei dem sie einen überzeugenden ersten Satz für ein Buch verfassen sollen, das sie nie gelesen haben (schwierig, weil diese fleißigen Studenten *alles* gelesen haben) ergibt einen schaurigen Anfang für Woolfs *Die Wellen: Ich war zu weit draußen im Ozean, um den Rettungsschwimmer brüllen zu hören, »Hai! Hai!«*

Obwohl es in diesem Seminar weder Vampire noch Frankensteinmonster gibt, sind die Studenten begeistert. Seit dem Kindergarten hat ihnen niemand mehr Schere und Klebestift in die Hand gedrückt. Niemand hat sie je gebeten, einen Satz von Carson McCullers *(In the town there were two mutes, and they were always together)* ins Deutsche zu übersetzen *(In der Stadt gab es zwei Stumme, und sie waren immer zusammen)* und es an den Sitznachbarn weiterzugeben, der es wieder in die andere Sprache übersetzt, bis nur noch Kauderwelsch übrig ist: *In der Bar saßen zwei Kartoffeln, und sie machten Ärger*. Was für eine Erleichterung für ihr von Arbeit bestimmtes Leben! Lernen sie dabei etwas über Literatur? Vermutlich nicht. Aber sie entdecken ihre Liebe zur Sprache neu, etwas, das immer mehr nachgelassen hat, wie Sex in einer langen Ehe. Und deshalb lernen sie auch ihren Lehrer lieben.

In Berlin fängt Weniger an, sich einen Bart stehen zu lassen. Man könnte das auf das Näherrücken eines gewissen Hochzeitstermins schieben. Man könnte es auch auf seinen neuen deutschen Liebhaber schieben, Bastian.

Man würde nicht erwarten, dass die beiden ein Paar werden. Weniger hat ganz sicher nicht damit gerechnet. Schließlich passen sie gar nicht zueinander. Bastian ist jung, eitel, arrogant und gleichgültig, verächtlich sogar, gegenüber Literatur und Kunst; stattdessen interessiert er sich brennend für Sport, und wenn Deutschland verliert, verfällt er in eine Depression, wie man sie hier seit der Weimarer Zeit nicht erlebt hat. Und das, obwohl er sich selbst gar nicht als Deutschen sieht: er ist Bayer. Weniger bedeutet diese Unterscheidung nichts, weil er dieses Land eher mit Münchner Bierfesten und Lederhosen verbindet als mit dem Graffitiparadies Berlin. Doch Bastian ist es sehr wichtig. Er trägt oft T-Shirts, die seine Herkunft verkünden, und diese bilden, zusammen mit hellen Jeans und einer bauschigen Daunenjacke, sein typisches Kostüm. Er hat keinen intellektuellen Zugang zu Worten, er interessiert sich nicht für sie und geht nicht sorgfältig mit ihnen um. Doch er hat, wie Weniger erfahren wird, einen überraschend zarten Kern.

Es ergibt sich, dass Bastian Weniger alle paar Abende besucht. Er wartet dann vor Wenigers Mietshaus, in Jeans, neon-T-Shirt, bauschiger Jacke. Was in Gottes Namen will er nur mit unserem Herrn Professor? Das sagt er nicht. Er drückt Weniger bloß gegen die Wand, sobald sie die Wohnung betreten haben, und flüstert ihm die Aufschrift des Checkpoint-Charlie-Schildes ins Ohr: *Entering American Sector* … Manchmal verlassen sie nicht einmal die Wohnung, und Weniger muss aus seinen mickrigen Vorräten ein Abendessen bereiten: Schinken, Eier, Walnüsse. Eines Abends, zwei Wochen nach Beginn der Wintersitzung, sehen sie sich Bastians liebste Fernsehsendung an, etwas mit dem Titel *Schwiegertochter gesucht*, in der Menschen vom Land sich als Heiratsvermittler für ihre eigenen Kinder betätigen, bis der junge Mann schließlich einschläft, den Körper eng um Weniger geschlungen, die Nase in Wenigers Ohr.

Gegen Mitternacht kommt das Fieber.

Es ist eine verwirrende Erfahrung, einen Kranken zu betreuen, den man nicht kennt. Bastian, dieser so selbstbewusste junge Mann, wird zu einem kränklichen Kind, das Weniger bittet, ihm die Decke ein Stück nach unten zu ziehen, dann ein Stück nach oben, während seine Temperatur abwechselnd in die Höhe schießt und rapide abfällt (es gibt ein Thermometer in der Wohnung, aber leider eines, das nur fremde Grad Celsius anzeigt), er bittet Weniger um Lebensmittel, von denen dieser noch nie gehört hat, und um uralte (möglicherweise im Fieber erträumte) bayrische Heilmittel aus Verbänden und heißem Rosenkohlsaft. Und Weniger, der nicht für seinen Umgang mit Kranken berühmt ist (Robert warf ihm vor, die Schwachen im Stich zu lassen), tut der arme Bayer im Herzen leid. Keine *Mami*, kein *Papi*. Weniger versucht, die Erinnerung an einen anderen Mann wegzuschieben, der krank in einem anderen europäischen Bett liegt. Wie lang war das her? Er steigt auf sein Fahrrad und fährt durch die Straßen von Wilmersdorf, auf der Suche nach etwas, das helfen könnte. Er kehrt mit dem zurück, womit man in Europa meist zurückkehrt: Pulver in einem gefalteten Papiertütchen. Er schüttet das Pulver in ein Glas Wasser. Es riecht scheußlich, und Bastian weigert sich, es zu trinken. Also schaltet Weniger *Schwiegertochter gesucht* ein und weist Bastian an, jedesmal zu trinken, wenn die Turteltäubchen ihre Brillen abnehmen, um sich zu küssen. Und als Bastian trinkt, blickt er Weniger tief in die Augen: Bastians Augen sind so hellbraun wie Eicheln. Am nächsten Tag geht es ihm wieder besser.

»Weißt du, wie meine Freunde dich nennen?«, fragt Bastian im Morgenlicht, in Wenigers mit Efeu bedruckte Bettwäsche verheddert. Er ist wieder er selbst, mit roten Wangen, aufgeweckt, mit einem leichten Lächeln. Sein wildes Haar scheint der einzige Teil von ihm zu sein, der noch schläft, wie eine Katze auf ihrem Kissen.

»Herr Professor«, sagt Weniger, der gerade geduscht hat und sich abtrocknet.

»So nenne ich dich. Nein, sie nennen dich Peter Pan.«

Weniger lacht auf seine umgedrehte Art: *AH ah ah.*

Bastian greift nach dem Kaffee, der neben ihm steht. Die Fenster stehen offen und die billigen weißen Vorhänge flattern im Wind; der Himmel hängt stockfleckig und grau über den Lindenbäumen. »›Wie geht's Peter Pan?‹, fragen sie immer.«

Weniger runzelt die Stirn und wirft auf dem Weg zum Schrank einen kurzen Blick in den Spiegel: rotes Gesicht, weißer Körper. Wie eine Statue, der man den falschen Kopf aufgesetzt hat. »Sag mir, warum ich dies genannt werde.«

»Weißt du was, dein Deutsch ist echt schlimm«, informiert Bastian ihn.

»Nicht wahr. Vielleicht, es ist nicht perfekt«, erklärt Weniger, »aber es ist begeistert.«

Der junge Mann lacht laut los und setzt sich im Bett auf. Braune Haut, auf den Schultern und an den Wangen vom Solarium gerötet. »Siehst du, ich habe keine Ahnung, wovon du sprichst. Begeistert?«

»Begeistert«, wiederholt Weniger und zieht seine Unterwäsche an. »Enthusiastisch.«

»Genau, du redest wie ein Kind. Du siehst so jung aus, und du benimmst dich auch so.« Er streckt die Hand aus, um Weniger am Arm zu fassen, und zieht ihn zum Bett. »Vielleicht bist du nie erwachsen geworden.«

Vielleicht ist er das nie. Weniger ist mit den Freuden der Jugend vertraut – der Gefahr, der Spannung, sich mit einer Tablette in einem dunklen Club zu verlieren, einem Schnaps, dem Mund eines Fremden – und, durch Robert und seine Freunde, auch mit den Freuden des Alters – Ruhe und Bequemlichkeit, Schönheit und Geschmack, alte Freunde und alte Geschichten und Wein, Whiskey, Sonnenuntergänge über dem Wasser. Sein gesamtes Leben hindurch ist er zwischen diesen beiden Polen hin und her gewechselt. Da ist seine eigene, weit zurückliegende Jugend, diese tägliche Erniedrigung, immer wieder das eine gute Hemd auszuwaschen und das eine gute Lächeln aufzusetzen, und dazu der tägliche Rausch des Neuen: neue Vergnügen, neue Menschen, neue Sichtweisen seiner selbst. Und da ist die Spätphase von Roberts Lebensmitte, als dieser seine Laster so sorgfältig auswählte wie Krawatten in einem Pariser Geschäft, als er nachmittags im Sonnenlicht einschlief und beim Aufstehen vom Stuhl das Ächzen des Todes vernahm. Die Stadt der Jugend, das Land des Alters. Doch dazwischen, dort, wo Weniger lebt – diese stadtnahe Existenz? Wieso hat er nie gelernt, wirklich so zu leben?

»Ich finde, du solltest dir einen Bart wachsen lassen«, murmelt der junge Mann später. »Ich glaube, das würde dir sehr gut stehen.«

Also tut er es.

Jetzt muss eine Wahrheit ans Licht: Arthur Weniger ist kein Meister im Bett.

Man könnte meinen, wenn man sieht, wie Bastian Abend für Abend zu Wenigers Fenster hinaufblickt und wartet, dass die Tür geöffnet wird, dass es der Sex ist, der ihn herführt. Aber es ist nicht wirklich der Sex. An dieser Stelle muss man dem Erzähler glauben, wenn er berichtet, dass Arthur Weniger – streng genommen – kein guter Liebhaber ist.

Er verfügt, zunächst einmal, über keine der notwendigen körperlichen Eigenschaften; er ist in jeder Hinsicht durchschnittlich. Ein ganz und gar amerikanischer Mann, der lächelt und mit seinen blassen Wimpern blinzelt. Ein hübsches Gesicht, aber ansonsten nichts Besonderes. Außerdem leidet er, seit seiner Jugend, an einer Ängstlichkeit, die ihn beim Sex manchmal übereifrig sein lässt, manchmal nicht eifrig genug. Kurz gesagt: er ist schlecht im Bett. Und doch – genau wie Vögel, die nicht fliegen können, andere Überlebensstrategien entwickeln, hat Arthur Weniger andere Techniken entwickelt. Wie bei den Vögeln auch sind ihm diese nicht bewusst.

Er küsst – wie soll ich das erklären? Wie ein Verliebter. So, als hätte er nichts zu verlieren. Wie jemand, der gerade eine Fremdsprache lernt und nur die Gegenwartsform und nur die zweite Person beherrscht. Nur jetzt, nur du. Es gibt Männer, die noch nie so geküsst wurden. Es gibt einige Männer, die feststellen müssen, dass sie, nach Arthur Weniger, nie wieder jemand so küssen wird.

Noch mysteriöser: Seine Berührung hat eine seltsame Zauberkraft. Es gibt kein anderes Wort dafür. Vielleicht ist es eine Folge davon, dass er ein Mensch »ohne Haut« ist, dass Weniger manchmal jemand anderen berühren und einen Funken aus seinem eigenen Nervensystem in das des anderen leiten kann. Das war etwas, das Robert sofort bemerkte; er sagte, »Arthur Weniger, du bist eine Hexe«. Anderen, die weniger empfänglich waren, fiel es nicht auf, weil sie zu sehr auf ihre eigenen komplexen Bedürfnisse bedacht waren *(»Höher; nein, höher; nein, HÖHER!«)*. Aber Freddy spürte es ebenfalls. Ein leichter Schock, ein Wegbleiben der Luft, ein kurzes Blackout vielleicht, und dann sah er wieder Wenigers unschuldiges, schweißgebadetes Gesicht über sich. Vielleicht ist es eine Art Strahlung, ein Ausfluss dieser Unschuld, dieser Arglosigkeit, die jetzt glühend heiß geworden ist? Bastian ist nicht immun dagegen. Eines Abends, nachdem sie sich wie Teenager im Flur befummelt haben, versuchen sie einander auszuziehen, aber weil die fremden Systeme von Knöpfen und Verschlüssen sie überfordern, zieht sich am Ende jeder selbst aus. Arthur geht zum Bett, wo Bastian schon auf ihn wartet, nackt und gebräunt, und steigt hinein. Dabei legt er eine Hand auf Bastians Brust. Bastian schnappt nach Luft. Er windet sich; seine Atmung wird schneller, und nach einem Augenblick haucht er: »Was machst du mit mir?« Weniger hat keine Ahnung, was er da macht.

In der vierten Woche kommt Weniger der Verdacht, dass sein Assistent Liebeskummer hat. Hans, ohnehin schon ein ernster Typ, ist regelrecht griesgrämig und stützt während des Seminars mit beiden Händen seinen Kopf ab, der schwer wie Bronze zu sein scheint. Bestimmt ein Problem mit einem Mädchen, einem dieser schönen, witzigen, kettenrauchenden, bisexuellen deutschen Mädchen in amerikanischen Vintage-Klamotten und mit geplättetem blondem Haar; oder einer Ausländerin, einer schönen Italienerin mit Kupferarmbändern, die nach Rom zurückkehren wird, um bei ihren Eltern zu wohnen und eine Galerie für moderne Kunst zu kuratieren. Armer, mitgenommen aussehender Hans. Weniger kommt erst hinter die Wahrheit, als er gerade die Struktur von Ford Madox Fords *Die allertraurigste Geschichte* an die Tafel zeichnet, sich umdreht und Hans ohnmächtig auf dem Tisch liegen sieht. An seiner Atmung und der blassen Gesichtsfarbe erkennt Weniger das Fieber.

Er bittet die Studenten, den armen Jungen zum *Gesundheitszentrum* zu bringen, und geht dann zu Dr. Balk in dessen gelecktes, modernes Büro. Erst nach dreimaligem Wiederholen hat sich Dr. Balk durch das gebrochene Deutsch gekämpft, »Aha« geseufzt und verstanden, dass Weniger einen neuen Lehrassistenten braucht.

Am nächsten Tag erfährt Weniger, dass Dr. Balk eine mysteriöse Krankheit erwischt hat. Im Seminar fallen zwei junge Frauen an ihren Tischen still und leise in Ohnmacht; als sie zusammensacken, fliegen ihre Pferdeschwänze in die Luft wie die Wedel verängstigter Rehe. Weniger beginnt, ein Muster zu erkennen.

»Ich glaube, ich bin ein bisschen ausbreitend«, erklärt er Bastian beim Abendessen in ihrem *Kiez*. Anfangs fand Weniger die Speisekarte einfach nur verwirrend – sie war in Kleine Freunde, Freunde zum Brot und Große Freunde unterteilt –, so dass er jeden Abend das Schnitzel mit Essig-Kartoffelsalat bestellte, mit einem großen, glänzenden Bier.

»Arthur, das ergibt keinen Sinn«, sagt Bastian, während er sich ein Stück von Wenigers Schnitzel abschneidet. »Ausbreitend?«

»Ich glaube, ich bin ein bisschen *Krankheit* ausbreitend.«

Bastian schüttelt mit vollem Mund den Kopf. »Glaub ich nicht. Du warst ja nicht krank.«

»Aber *alle anderen* sind krank!« Die Kellnerin bringt mehr Brot und Schmalz.

»Irgendwie ist das eine merkwürdige Krankheit«, sagt Bastian. »Mir ging's gut. Und dann hast du mit mir geredet, und mir wurde schwindelig und heiß. Es war schrecklich. Aber nur für einen Tag. Ich glaube, der Rosenkohlsaft hat geholfen.«

Weniger bestreicht ein Stück Schwarzbrot. »Ich habe keinen Rosenkohlsaft gegeben.«

»Nein, stimmt. Aber in meinem Traum schon. Der Traum hat geholfen.«

Ein verdutzter Blick unseres Autors. Er wechselt das Thema: »Ich habe eine Veranstaltung nächste Woche.«

»Ja, hast du erzählt«, sagt Bastian und nimmt einen Schluck von Wenigers Bier. Sein eigenes hat er schon getrunken. »Du gibst eine Lesung. Ich weiß nicht, ob ich's schaffe. Lesungen sind meistens langweilig.«

»Nein, nein, nein, ich bin niemals nicht langweilig. Und nächste Woche heiratet einer meiner Freundinnen.«

Der Blick des Deutschen wandert zum Fernseher, wo gerade ein Fußballspiel läuft. Abwesend fragt er, »Eine gute Freundin? Ist sie sauer, dass du nicht kommst?«

»Ja, eine gute Freundin. Aber es ist ein Mann – ich weiß nicht das deutsche Wort. Mehr als ein Freund, aber in der Vergangenheit.« Ein Freund zum Brot?

Bastian blickt wieder auf Weniger, offenbar überrascht. Dann beugt er sich vor, nimmt Wenigers Hand und lächelt amüsiert. »Arthur, versuchst du, mich eifersüchtig zu machen?«

»Nein, nein. Das ist die graue Vorzeit.« Weniger drückt Bastians Hand und lässt sie los, dann hält er den Kopf schief, so dass das Licht der Lampe sein Gesicht beleuchtet. »Was denkst du zu meinem Bart?«

»Ich denke, er braucht noch ein bisschen Zeit«, sagt Bastian nach kurzem Überlegen. Er nimmt noch einen Bissen von Wenigers Abendessen und sieht ihn wieder an. Dann nickt er und sagt, sehr ernst, bevor er sich wieder dem Fernseher zuwendet: »Weißt du, Arthur, du hast recht. Du bist niemals langweilig.«

Ein Anruf, auf Deutsch:

»Guten Tag, Pegasus Verlag. Petra am Apparat.«

»Guten Morgen. Hier ist Herr Arthur Weniger. Ich habe Sorgen wegen heute Abend.«

»Ach, hallo, Herr Weniger! Wir haben ja schon gesprochen. Ich versichere Ihnen, alles wird gut sein.«

»Aber ich möchte noch einmal ... ein drittes Mal über die Uhrzeit fragen ...«

»Ja, es bleibt bei dreiundzwanzig Uhr.«

»Okay. Dreiundzwanzig Uhr. Zur Sicherheit, das ist elf Uhr in der Nacht.«

»Ja, richtig. Es ist eine Abendveranstaltung. Das wird lustig!«

»Aber das ist eine Geisteskrankheit! Wer wird zu mir kommen um elf Uhr in der Nacht?«

»Ach, vertrauen Sie mir, Herr Weniger. Das hier ist nicht Amerika. Das ist Berlin.«

Die Lesung, die der Pegasus Verlag organisiert hat – mit Unterstützung der Befreiten Universität, dem Amerikanischen Literaturinstitut sowie der Botschaft der USA – findet nicht in einer Bibliothek statt, wie Weniger dachte, oder einem Theater, wie Weniger hoffte, sondern in einem Club. Auch das kommt Weniger wie eine »Geisteskrankheit« vor. Der Eingang befindet sich unter U-Bahn-Gleisen in Kreuzberg und der Veranstaltungsort muss einmal eine Art Wartungsschacht oder Fluchtweg aus Ostdeutschland gewesen sein, denn als Weniger es am Türsteher vorbei geschafft hat (»Hier bin ich der Autor«, sagt er, gewiss, dass das Ganze ein Irrtum sein muss), steht er plötzlich in einem großen, gewölbten Tunnel, dessen weiße Fliesen das Licht reflektieren. Ansonsten ist der Raum düster und voller Zigarettenrauch. An einem Ende erstrahlt eine verspiegelte Bar vor Gläsern und Flaschen; dahinter stehen zwei Männer mit Krawatten. Einer scheint ein Schulterhalfter mit Pistole zu tragen. Am anderen Ende: der DJ, mit einer großen Pelzmütze auf dem Kopf. Das laute Wummern der Minimal-Techno-Beats erfüllt die Luft, und auf der Tanzfläche bewegen sich Menschen im pinken und weißen Licht vor und zurück. Sie tragen Krawatten, Trenchcoats, Fedoras. Einer hat einen Aktenkoffer mit einer Handschelle an seinem Handgelenk festgemacht. So ist halt Berlin, denkt Weniger. Eine Frau in einem chinesischen Kleid, das rote Haar mit Essstäbchen hochgesteckt, kommt lächelnd auf ihn zu. Ihr spitzes Gesicht ist blass gepudert, mit aufgemaltem Schönheitsfleck und mattroten Lippen. Sie spricht ihn auf Englisch an: »Sie müssen Arthur Weniger sein! Willkommen im Spy Club! Ich bin Frieda.«

Weniger küsst sie auf beide Wangen, doch sie beugt sich zu einem dritten Kuss vor. Zwei in Italien. Vier in Nordfrankreich. Drei in Deutschland? Er wird es sich nie merken können. Er sagt auf Deutsch: »Ich bin erstaunt und vielleicht erfreut!«

Ein skeptischer Blick, dann lacht sie. »Sie sprechen Deutsch! Wie schön!«

»Freund sagt, ich spreche wie ein Kind.«

Sie lacht erneut. »Kommen Sie rein. Kennen Sie den Spy Club? Wir veranstalten diese Party einmal im Monat an einem geheimen Ort. Und die Leute verkleiden sich! Als CIA oder KGB. Und es gibt die passende Musik dazu, und passende Events, so wie Sie.« Er sieht sich die Tanzenden genauer an, die Leute, die an der Bar stehen. Die Pelzmützen und Hammer-und-Sichel-Abzeichen; die Fedoras und Trenchcoats; manche, so scheint es, sind tatsächlich bewaffnet.

»Ich verstehe, ja«, sagt er. »Als wer sind Sie verkleidet?«

»Ach, ich bin Doppelagentin.« Sie tritt einen Schritt zurück, damit er ihr Outfit bewundern kann (Madame

Chiang Kai-Shek? Eine burmesische Verführerin? Nazi-Marketenderin?) und lächelt einnehmend. »Und für Sie habe ich auch was mitgebracht. Unseren Amerikaner. Die gepunktete Krawatte ist perfekt.« Aus ihrer Handtasche holt sie ein Abzeichen hervor, das sie ihm ans Revers heftet. »Kommen Sie mit. Ich besorge Ihnen was zu trinken und stelle Ihnen Ihren sowjetischen Gegenspieler vor.«

Weniger zieht an seinem Revers, um zu lesen, was dort steht:

YOU ARE ENTERING
THE AMERICAN SECTOR

Weniger erfährt, dass um Mitternacht die Musik ausgedreht und ein Strahler auf die Bühne gerichtet werden wird, wo er und sein »sowjetischer Gegenspieler« (tatsächlich ein russischer Emigrant, mit Bart und Ochki-Sonnenbrille, der unter seinem engen Anzug vergnügt ein Stalin-T-Shirt trägt) bereits warten werden. Dann werden sie den Gästen des Spy Clubs ihre Texte präsentieren. Sie werden abwechselnd insgesamt vier viertelstündige Abschnitte lesen. Es scheint Weniger unmöglich, dass die Clubgänger für Literatur still stehen werden. Es erscheint ihm unmöglich, dass er in diesem Augenblick hier ist, in Berlin, und in der Dunkelheit wartet, während der Schweiß bereits seine Brust dunkel färbt wie eine Schusswunde. Sie wollen ihm eine Falle stellen, um ihn zu erniedrigen. Es muss eine dieser schriftstellerischen Erniedrigungen sein, die das Universum dafür vorgesehen hat, die Knochen unbedeutender Künstler wie ihm auszulutschen. Ein weiterer Abend mit Arthur Weniger.

Schließlich ist heute der Tag, auf der anderen Seite der Welt, an dem sein alter *Freund* heiratet. Freddy Pelu heiratet Tom Dennis, im Rahmen einer nachmittäglichen Zeremonie irgendwo nördlich von San Francisco. Weniger weiß nicht, wo genau; in der Einladung stand nur *11402 Shoreline Highway*, was alles mögliche bedeuten kann, von einer Villa an der Steilküste bis zu einer Spelunke am Straßenrand. Doch die Gäste sollen um 14:30 Uhr zur Zeremonie vor Ort sein, und das müsste, wenn er den Zeitunterschied richtig berechnet hat, na ja, genau *jetzt* sein.

Hier, in der bisher kältesten Nacht im alten Berlin, wo der Wind heulend aus Polen herüberbläst und auf Plätzen Stände aufgebaut werden, die Pelzhüte und Pelzhandschuhe und Wolleinlagen für die Schuhe verkaufen, wo auf dem Potsdamer Platz ein Berg aus Schnee aufgeschüttet wurde, den Kinder bis nach Mitternacht hinunterrutschen, während ihre Eltern am Feuer Glühwein trinken, in dieser dunklen, eiskalten Nacht, ungefähr jetzt, so stellt er sich vor, schreitet Freddy zum Altar. Während der Schnee auf dem Schloss Charlottenburg funkelt, steht Freddy mit Tom Dennis in der kalifornischen Sonne, und ganz sicher ist es eine dieser Hochzeiten in Anzügen aus weißem Leinen, mit einem Bouquet weißer Rosen, und Pelikane fliegen vorbei, und jemandes verständnisvolle Exfreundin aus Collegezeiten spielt Joni

Mitchell auf der Gitarre. Freddy hört zu und blickt Tom, sanft lächelnd, tief in die Augen. Während türkische Männer zitternd an der Bushaltestelle auf und ab gehen, sich bewegen wie die Figuren auf der Uhr des Rathauses, bereit, Mitternacht zu schlagen. Denn es ist fast Mitternacht. Während die Exfreundin das Lied zu Ende spielt und irgendein berühmter Freund ein berühmtes Gedicht vorträgt, fällt der Schnee dichter und dichter. Während Freddy die Hand des jungen Mannes nimmt und von einer Karteikarte das Versprechen abliest, das er sich aufgeschrieben hat, werden die Eiszapfen länger und länger. Und dann tritt Freddy einen Schritt zurück und überlässt dem Pfarrer das Reden, und die erste Reihe sieht verzückt zu, wie er sich vorbeugt und seinen Bräutigam küsst, und der Mond erstrahlt im Eisbogen über Berlin – all das passiert jetzt.

Die Musik verstummt. Der Strahler geht an; Weniger blinzelt (schmerzhaftes Verscheuchen der Netzhaut-Motten). Im Publikum hüstelt jemand.

»Kalipso«, fängt Weniger an. »Ich habe kein Recht, seine Geschichte zu erzählen …«

Und die Leute hören zu. Er kann sie nicht sehen, doch die ganze Zeit über herrscht in der Dunkelheit absolute Stille. Ab und zu werden Zigaretten angesteckt: Clubglühwürmchen, bereit für die Liebe. Sie geben keinen Ton von sich. Er liest aus der deutschen Übersetzung seines Romans, und der Russe liest aus seinem. Es scheint um eine Reise nach Afghanistan zu gehen, doch Weniger fällt es schwer, ihm zuzuhören. Ihn verwirrt diese fremde

Welt zu sehr, in der er sich befindet: eine, in der Schriftsteller *wichtig* sind. Ihn lenkt der Gedanke an Freddy vor dem Altar zu sehr ab. Mitten in seinem zweiten Textabschnitt hört er, wie jemand nach Luft ringt, und Bewegung in die Menge kommt. Er unterbricht seine Lesung und begreift, dass jemand in Ohnmacht gefallen ist.

Und dann noch jemand.

Als die dritte Person umfällt, wird das Licht angeschaltet. Weniger sieht die Zuhörer, in ihrer Nostalgie für den Kalten Krieg, ihrem Bond-Girl- und Dr. Seltsam-Chic, vom grellen Licht erfasst wie bei einer Razzia der Stasi. Männer mit Taschenlampen kommen angerannt. Plötzlich ist überall aufgeregtes Geschnatter zu hören, und der Raum wirkt mit seinen weißen Fliesen karg – eine städtische Badeanstalt oder ein Umspannwerk, was es tatsächlich auch ist. »Was machen wir jetzt?«, hört Weniger in kyrillischem Akzent von hinter sich. Der russische Autor schiebt seine üppigen Augenbrauen zusammen wie die Teile eines modularen Sofas. Weniger blickt nach unten, wo Frieda klackernd auf ihn zu getrippelt kommt.

»Alles in Ordnung«, sagt sie und legt ihre Hand auf Wenigers Ärmel, während sie den Russen ansieht. »Das muss die Dehydrierung sein. Das passiert oft, wenn auch normalerweise erst viel später. Aber Sie haben angefangen zu lesen, und auf einmal …« Frieda spricht weiter, doch er hört nicht mehr zu. Mit »Sie« ist Weniger gemeint. Das Publikum hat seine Form verloren und sich in politisch undenkbaren Gruppen vor der Bar versammelt. Das von den Fliesen reflektierte Licht ruft das ungemütliche Gefühl hervor, dass die Nacht zu Ende ist, obwohl es noch nicht einmal ein Uhr ist. Weniger beginnt zu begreifen. *Dann haben* Sie *angefangen zu lesen …*

Er langweilt die Leute zu Tode.

Erst Bastian, dann Hans, Dr. Balk, seine Studentinnen, die Zuschauer der Lesung, die sich sein langweiliges Gerede anhören müssen, seine Vorträge, seine Texte. Die sich sein *schlimmes Deutsch* anhören müssen. Sein ständiges Verwechseln von *dann* und *denn*, von *für* und *vor*, von *wollen* und *werden*. Wie nett von ihnen allen, dass sie seinen Sätzen freundlich nickend und mit großen Augen folgen, als würden sie einem Detektiv lauschen, der gleich den Mörder überführen wird, bis er schließlich doch das falsche Verb erwischt. Wie geduldig und großzügig diese Leute sind. Und dabei ist *er* der Mörder. Wieder und wieder begeht er, durch das Verwechseln von *blau sein* mit *traurig sein*, von *Gift* und *Geschenk*, kleine Morde. Seine Worte, seine Banalitäten, sein umgedrehtes Lachen. Er ist traurig und blau. Ja, sein Geschenk an sie ist ein *Gift*. Wie Claudius es bei Hamlets Vater tut, vergiftet er die Menschen von Berlin durch die Ohren.

Erst als er das Echo von der gefliesten Decke zurückkommen hört und die Gesichter sieht, die sich ihm zuwenden, bemerkt Weniger, dass er laut ins Mikrophon geseufzt hat. Er tritt einen Schritt zurück.

Und da, auf der anderen Seite des Clubs, allein mit diesem ungewöhnlichen Lächeln: Kann das Freddy sein? Der vor seiner eigenen Hochzeit geflohen ist?

Nein nein nein. Bloß Bastian.

Nachdem der Minimal Techno wieder eingesetzt hat, dieser Sound, der Weniger an alte New Yorker Wohnungen erinnert, mit dem Hämmern auf Leitungen und dem Pulsieren des eigenen gebrochenen Herzens – vielleicht auch, nachdem ihm die Organisatorin den zweiten »Long Island« gereicht hat? – kommt Bastian mit einer Tablette zu ihm und sagt, »Schluck das«. Die Körper verschwimmen. Er erinnert sich, wie er mit dem russischen Autor und Frieda tanzt (zwei Kartoffeln, und sie machten Ärger), während die Barkeeper mit ihren Plastikkanonen in der Luft herumfuchteln, und er erinnert sich, wie man ihm einen Umschlag mit einem Scheck übergibt, so wie früher auf der Potsdamer Brücke ein Koffer übergeben wurde, doch dann ist er plötzlich in einem Taxi und dann auf einer Art Schiffswrack, wo getanzt wird und junge Berliner sich in Wolken aus Zigarettenqualm unterhalten. Draußen, auf dem Deck, lassen andere die Füße über der dreckigen Spree baumeln. Berlin ist überall um sie herum. Im Osten erhebt sich der Fernsehturm wie der New Year's Ball am New Yorker Times Square. Im Westen sind schwach die Lichter des Schloss Charlottenburg zu sehen, und überall umgibt sie dieser wunderbare Schrottplatz einer Stadt: leerstehende Lagerhäuser und schicke neue Lofts und Schiffe, die mit Lichterketten behängt sind, Honeckers Beton-Wohnblocks, die Gebäuden aus dem neunzehnten Jahrhundert nachempfunden sind, die schwarzen Parks, die sowjetische Kriegsdenkmale verbergen, die kleinen Kerzen, die jemand jeden Abend vor den Türen ansteckt, durch die Juden aus ihren Häusern gezerrt wurden. Die alten, mit silbernen

Fransenvorhängen geschmückten Tanzschuppen, in denen ältere Pärchen, noch immer im Beige ihrer Kommunistenzeit gekleidet, sich in dem Flüsterton Geheimnisse zuraunend, den sie sich in einem Leben voller Abhörwanzen angeeignet haben, zu Livemusik Polka tanzen. Die Keller, wo amerikanische Drag Queens britischen Expats Eintrittskarten für die Auftritte französischer DJs verkaufen, in Räumen, wo das Wasser die Wände hinabläuft und alte Benzinkanister von der Decke hängen, von innen beleuchtet. Die Currywurstbuden, wo Türken Niespulver auf frittierte Hot Dogs sieben, die unterirdischen Bäckereien, wo dieselben Hot Dogs in Croissants eingebacken werden, die Raclettestände, wo Tiroler geschmolzenen Käse über Brot und Schinken schaben und das Ganze mit eingelegten Gurkenscheiben dekorieren. Die Marktstände, die schon jetzt auf öffentlichen Plätzen aufgebaut werden, um dort später billige Socken, gestohlene Fahrräder und Plastiklampen zu verkaufen. Die Sexschuppen mit den Stoppschildern davor, die genau vorschreiben, welche Kleider man ausziehen soll, die dunklen Verliese voller Männer in Superheldenkostümen aus schwarzem Kunststoff und mit aufgestickten Namen, die Dark Rooms und schmalen Gassen, in denen alles Erdenkliche tatsächlich geschieht. Und die Clubs überall, in denen es jetzt erst losgeht, wo selbst verheiratete Menschen mittleren Alters Ketamin von schwarzen Toilettenfliesen schnupfen, und Teenager sich gegenseitig LSD in die Drinks schütten. Im Club, erinnert er sich später, betritt eine Frau die Tanzfläche und lässt zu einem Song von Madonna alles raus, sie reißt die Tanzfläche an sich, und die Leute klatschen und johlen, sie dreht komplett durch und ihre Freunde rufen ihren Namen: »Peter Pan! Peter Pan!« Eigentlich ist es gar keine Frau. Sondern Arthur Weniger. Ja, selbst alte amerikanische Schriftsteller tanzen, als wäre dies San Francisco in den Achtzigern, als wäre die sexuelle Revolution gewonnen, als wäre der Krieg vorbei und Berlin befreit, als wäre man selbst befreit; und was der Bayer in seinen Armen ihm zuflüstert ist wahr, und alle, alle – sogar Arthur Weniger – werden geliebt.

Fast sechzig Jahre zuvor, kurz nach Mitternacht, ein paar Meter von dem Fluss entfernt, an dem sie tanzten, ereignete sich ein Wunder der modernen Ingenieurskunst: über Nacht wurde die Berliner Mauer errichtet. Es war der Abend des 15. August 1961. Die Berliner wachten am sechzehnten auf und sahen das Wunderwerk, das zunächst eher ein Zaun war, die Betonpfosten, die in die Straßen gebracht und mit Stacheldraht verhängt wurden. Sie wussten, dass es Schwierigkeiten geben würde, aber dachten, es würde erst nach und nach dazu kommen. Doch im Leben geht es oft sehr plötzlich. Und wer weiß schon, auf welcher Seite man landen wird?

Genau so erwacht Weniger am Ende seines Aufenthalts und muss feststellen, dass eine Mauer zwischen diesen fünf Wochen in Berlin und der Realität errichtet wurde.

»Heute reist du ab«, sagt der junge Mann, die Augen noch geschlossen und den Kopf schläfrig auf dem Kissen ruhend. Die Wangen rot von einer langen Abschiedsnacht, jemandes verschmierter Lippenstiftkuss, aber ansonsten ohne jede Spur des Exzesses, so wie es nur den Jungen möglich ist. Seine Brust, braun wie eine Kiwi, hebt und senkt sich. »Wir sagen auf Wiedersehen.«

»Ja«, sagt Weniger, gegen den Schwindel ankämpfend. Sein Kopf fühlt sich an, als befände er sich auf einer Fähre. »In zwei Stunden. Ich habe Kleider in Gepäck zu legen.«

»Dein Deutsch wird immer schlimmer«, sagt Bastian und rollt sich von Weniger weg. Es ist früher Morgen, und die Sonne scheint hell auf die Bettwäsche. Von draußen kommt Musik herein: die Non-Stop-Beats von Berlin.

»Du kannst schlafen noch.«

Ein Grunzen von Bastian. Weniger beugt sich hinab, um ihn auf die Schulter zu küssen, doch der junge Mann ist schon eingeschlafen.

Als er aufsteht, um das Packen anzugehen, spürt Weniger in sich das Schwanken der Fähre. Es ist gerade so möglich, seine Sachen aus Bad und Küche zu holen, und das Nachttischchaos eines Mannes mittleren Alters aufzuräumen. Es ist gerade so möglich, zu finden, was in der Wohnung verloren gegangen ist, seinen Pass und die Brieftasche und das Telefon. Irgendetwas wird zurückbleiben; er hofft, dass es nur die Nähnadel ist und kein Flugticket. Doch auch das ist gerade so möglich.

Wieso hat er nicht ja gesagt? Freddys Stimme aus der Vergangenheit: *Willst du, dass ich für immer hier bei dir bleibe?* Wieso hat er da nicht ja gesagt?

Er dreht sich um und sieht Bastian auf dem Bauch schlafend, die Arme ausgestreckt wie eines der Ampelmännchen, die den Ostberlinern anzeigen: gehen oder stehen. Die Krümmung seiner Wirbelsäule, das Glänzen seiner Haut, die Pickel auf den Schultern. In dem großen schwarzen Metallbett dieser letzten Stunden. Weniger geht in die Küche und bringt das Wasser für den Kaffee zum Kochen.

Weil es unmöglich gewesen wäre.

Er sucht die Hausarbeiten seiner Studenten zusammen, um sie im Flugzeug zu benoten. Er steckt sie vorsichtig in ein spezielles Fach seines schwarzen Rucksacks. Er sucht seine Anzugjacken zusammen, seine Hemden; er schnürt das kleine Päckchen, das ein Reisender in früheren Zeiten an einem Stock über der Schulter getragen hätte. In ein anderes spezielles Fach steckt er seine Tabletten (der Leiter hatte recht; sie funktionieren tatsächlich). Pass, Brieftasche, Telefon. Die Gürtel schnallt er um das Päckchen. Die Socken stopft er in die Schuhe. Wenigers berühmte Stretchbänder. Die noch unbenutzten Gegenstände: Bodylotion, Nagelknipser, Nähzeug. Die noch ungetragenen Kleidungsstücke: die braune Baumwollhose, das blaue T-Shirt, die knallbunten Socken. In den blutroten Koffer, Reißverschluss zu. All das wird grundlos den Globus umrunden wie so viele Reisende.

In der Küche füllt er den Rest des Kaffeepulvers (zu viel) in die Stempelkanne und füllt sie mit dem kochenden Wasser. Mit einem Essstäbchen rührt er durch die Mixtur und setzt den Stempel auf. Er lässt den Kaffee ziehen, und während er wartet, fasst er sich ins Gesicht; überrascht fühlt er den Bart, wie jemand, der vergessen hat, dass er eine Maske trägt.

Weil er Angst hatte.

Und jetzt ist es vorbei. Freddy Pelu ist verheiratet.

Weniger drückt den Stempel nach unten wie eine Comicfigur den Hebel einer Sprengstoff-Zündmaschine und der Kaffee explodiert über ganz Berlin.

Ein Anruf, auf Deutsch:

»Hallo?«

»Guten Morgen, Herr Weniger. Hier spricht Petra vom Pegasus Verlag!«

»Guten Morgen, Petra.«

»Ich wollte nur fragen, ob Sie gut aufgebrochen sind.«

»Ich bin am Flughafen.«

»Wunderbar! Ich wollte Ihnen sagen, was für ein Erfolg der gestrige Abend war, und wie dankbar Ihre Studenten für das kleine Seminar waren.«

»Jeder wurde ein Kranker.«

»Sie sind alle wieder gesund, genau wie Ihr Assistent. Er sagt, Sie seien wirklich brillant.«

»Jeder ist ein sehr Netter.«

»Und wenn Sie feststellen, dass Sie irgendetwas vergessen haben, das Sie brauchen, melden Sie sich einfach, und wir schicken es Ihnen nach!«

»Nein, ich habe kein Bedauern. Kein Bedauern.«

»Bedauern?«

(Der Flug wird aufgerufen.) »Ich lasse nichts zurück.«

»Alles Gute! Bis zum nächsten wunderbaren Buch, Herr Weniger!«

»Dies wissen wir nicht. Auf Wiedersehen. Ich reise jetzt nach Marokko.«

Doch er reist jetzt nicht nach Marokko.

WENIGER FRANZÖSISCH

Hier kommt er, der Teil der Reise, vor dem er sich fürchtet: der, in dem er fünfzig wird. Alle anderen Reisen seines Lebens scheinen ihn, wie mit verbundenen Augen, zu dieser geführt zu haben. Das Hotel in Italien, mit Robert. Die Spritztour durch Frankreich, mit Freddy. Die wilde Haken schlagende Fahrt nach San Francisco, die er nach dem College unternahm, um jemanden namens Lewis zu besuchen. Und die Reisen seiner Kindheit – die vielen Campingausflüge, auf die sein Vater ihn mitnahm, meistens zu Schlachtfeldern des Amerikanischen Bürgerkriegs. Weniger erinnert sich genau, wie er den Campingplatz nach Kugeln absuchte und schließlich – welch Wunder! – eine Pfeilspitze fand (erst später erschien es ihm denkbar, dass sein Vater das Gelände präpariert haben könnte). Die Mumblety-Peg-Partien, bei denen dem tolpatschigen jungen Weniger ein Schnappmesser in die Hand gedrückt wurde, das er ängstlich von sich warf, als wäre es eine giftige Schlange, so dass er einmal tatsächlich eine *echte Schlange* aufspießte (Strumpfbandnatter, bereits verstorben). Die in Alufolie gewickelten Kartoffeln, die im Lagerfeuer garten. Die Gruselgeschichte mit dem goldenen Arm. Das Vergnügen seines Vaters im flackernden Feuerschein. Wie sehr Weniger diese Erinnerungen in Ehren hielt. (Später entdeckte er im Bücherregal seines Vaters ein Buch mit dem Titel *So wird Ihr Sohn ein echter Mann*, das Eltern empfahl, eine Beziehung zu ihren verweichlichten Söhnen aufzubauen. Die dort vorgeschlagenen Aktivitäten – Schlachtfelder besuchen, Mumblety-Peg, Lagerfeuer, Gruselgeschichten – waren allesamt mit blauem Kuli unterstrichen, doch den glücklichen Erinnerungen seiner Kindheit konnte diese Entdeckung irgendwie nichts anhaben.) Damals kamen ihm diese Ausflüge so zufällig vor wie die Sterne am Himmel; erst jetzt erkennt er das Tierkreiszeichen, unter dem sein Leben steht. Hier erhebt sich der Skorpion.

Weniger glaubt, dass er gleich von Berlin nach Marokko fliegen wird, mit einem kurzen Zwischenstopp in Paris. Er bedauert nichts. Er hat nichts zurückgelassen. Die letzten Körner in seiner Sanduhr werden Saharasand sein.

Doch er reist nicht jetzt nach Marokko.

In Paris: ein Problem. Schon sein ganzes Leben lang bemüht sich Arthur Weniger, das System der Mehrwertsteuerbefreiung zu meistern. Als amerikanischer Staatsbürger steht ihm eine Erstattung der Steuern zu, die er im Ausland bezahlt hat, und in den Geschäften scheint alles so einfach, wenn sie ihm den Umschlag mit den bereits ausgefüllten Formularen überreichen: Er muss nichts weiter tun als den Zollschalter im Flughafen zu finden, es sich abstempeln zu lassen und sich das Geld erstatten zu lassen. Doch Weniger weiß, wie der Hase läuft. Geschlossene Zollschalter, Reparaturarbeiten, sture Beamte, die darauf bestehen, dass er Waren vorlegt, die in seinem bereits aufgegebenen Gepäck verstaut sind; es wäre leichter, ein Visum für Myanmar zu bekommen. Wie viele Jahre ist es her, dass die Dame am Infoschalter von Charles de Gaulle ihm nicht verraten wollte, wo man sich die Steuern erstatten lassen konnte? Oder als er den Stempel hatte, aber das Formular versehentlich in einen trügerisch beschrifteten Recycling-Behälter warf? Wieder und wieder hat man ihn ausgetrickst. Diesmal nicht. Weniger nimmt sich fest vor, seine verdammten Steuern zurückzubekommen. Nachdem er nach der Preisverleihung in Turin groß einkaufen war (ein hellblaues Chambray-Hemd mit einem breiten Querstreifen in Weiß, wie der untere Rand eines Polaroids), nahm er sich eine Extrastunde Zeit am Flughafen Mailand und fand den Schalter, mit dem Hemd in der Hand, nur um von der Beamtin dort zu erfahren, dass er bis zum Verlassen der EU warten müsse – was nach seinem Zwischenstopp in Paris geschehen wird, wenn er nach Afrika weiterreist. Weniger war unverdrossen. In Berlin versuchte er es mit derselben Taktik und demselben Ergebnis (eine Dame mit rotem Stachelhaar, fies berlinernd). Weniger blieb unverdrossen. Doch bei seinem Zwischenstopp in Paris gerät er an seine Meisterin: überraschenderweise eine Deutsche, mit roten Stachelhaaren und einer lupendicken Brille – entweder ist es die Zwillingsschwester der Berlinerin, oder das hier ist ihre Wochenendschicht. »Irland akzeptieren wir nicht«, informiert sie ihn in eiskaltem Englisch. Sein Steuererstattungsumschlag stammt, durch irgendeine Verwechslung, aus Irland, die Quittungen dagegen aus Italien. »Das ist aus Italien!«, erklärt er ihr, doch sie schüttelt nur den Kopf. »Italien! Italien!« Er hat recht, doch indem er seine Stimme hebt, hat er schon verloren. Er spürt, wie seine alte Angst in ihm hochkocht. Sicher spürt sie das auch. »Sie müssen es von Europa aus losschicken«, sagt sie. Er versucht sich zu beruhigen und fragt, wo er den Postschalter des Flughafens finden kann. Ihre vergrößerten Augen sehen ihn kaum an, auf ihrem Gesicht ist kein Lächeln, als sie diese so köstlichen Worte ausspricht: »Es gibt keinen Postschalter im Flughafen.«

Weniger wankt geschlagen vom Schalter davon und macht sich in einer tauben Panik auf den Weg zu seinem Gate; wie neidisch ist er auf die Gäste der Raucherlounge, die in ihrem Glaszoo stehen und lachen. Die Ungerechtigkeit des Ganzen lastet schwer auf ihm. Wie schrecklich, dass sein Kopf jetzt die Reihe alter Ungerechtigkeiten hervorkramt, diesen nutzlosen Rosenkranz, damit er sich die Erinnerungen noch einmal durch die Hände gehen lassen kann: das Spielzeugtelefon, das seine Schwester geschenkt bekam, während er leer ausging, die 2 in Chemie, weil seine Handschrift nicht ordentlich genug war, der reiche Idiot, der statt ihm in Yale angenommen wurde, die Männer, die sich für Callboys und Trottel entschieden und nicht für den unschuldigen Weniger, bis hin zu der höflichen Ablehnung von Wenigers letztem Roman durch seinen Verleger, und dass er nie auf einer Liste der besten Schriftsteller unter dreißig, unter vierzig, unter fünfzig aufgetaucht war – jenseits davon gibt es keine solchen Listen mehr. Sein Bedauern was Robert betraf. Die Qualen, die ihm seine Erinnerung an Freddy bereitet. Sein Gehirn sitzt wieder hinter der Kasse und verlangt Geld für alte Scham, als hätte er nicht längst dafür bezahlt. Er versucht zu vergessen, aber er kann es nicht. Es geht nicht ums Geld, sagt er sich, sondern ums Prinzip. Er hat alles richtig gemacht, und trotzdem haben sie ihn wieder betrogen. Es geht nicht ums Geld. Und dann kommt er an Vuitton, Prada und an den Boutiquen verschiedener Alkohol- und Zigarettenmarken vorbei und muss sich eingestehen: Es geht doch ums Geld. Natürlich geht es ums Geld. Und plötzlich kommt sein Gehirn zu der Erkenntnis, dass es doch noch nicht für die fünfzig bereit ist. Und so kommt er am überfüllten Gate an, kribbelig, schwitzend, erschöpft vom Leben, und hört mit einem Ohr die Durchsage: *»Passagiere nach Marrakesch, dieser Flug ist überbucht. Wir suchen Freiwillige, die auf einen Abendflug ausweichen würden, gegen einen Geldgutschein in Höhe von …«*

»Ich mach's!«

Das Schicksal, dieses Glockenspiel, wendet sich von einer Stunde zur nächsten. Es ist nicht lange her, da saß Weniger in einer Flughafenlounge, pleite, bestohlen, geschlagen – und jetzt ist er hier! Spaziert die Rue des Rosiers entlang, die Taschen voller Geld! Sein Gepäck ist am Flughafen eingeschlossen, und er hat einige Stunden in der Stadt zur freien Verfügung. Und hat bereits einen alten Freund angerufen.

»Arthur! Der junge Arthur Weniger!«

Am Telefon: Alexander Leighton, Mitglied der Russian River School. Dichter, Dramatiker, Gelehrter und schwuler Schwarzer, der den offenen Rassismus Amerikas gegen den soignierten Rassismus Frankreichs eingetauscht hat. Weniger weiß noch, wie eigensinnig Alex früher war, als er sein Haar als üppigen Afro trug und seine Gedichte beim Abendessen zum Besten gab; als sie sich das letzte Mal sahen, war Alex so kahl wie eine Billardkugel.

»Ich habe gehört, du bist auf Reisen! Du hättest dich früher melden sollen!«

»Na ja, eigentlich sollte ich gar nicht hier sein«, erkärt Weniger, den Aufschub seines Geburtstages genießend und im Wissen, dass seine Worte wenig Sinn ergeben. Er ist irgendwo in der Nähe des Marais aus der Métro gestiegen und findet sich nicht zurecht. »Ich habe in Deutschland ein Seminar gegeben, und davor war ich in Italien; ich habe mich freiwillig für einen späteren Flug gemeldet.«

»Schön für mich.«

»Ich dachte, wir könnten vielleicht was essen gehen, oder was trinken.«

»Hat Carlos dich erreicht?«

»Wer? Carlos? Was?« Offenbar findet er sich auch in dieser Unterhaltung nicht zurecht.

»Na, dann macht er das noch. Er wollte mir meine alten Briefe, Aufzeichnungen, meine Korrespondenz abkaufen. Keine Ahnung, was er vorhat.«

»Carlos?«

»Meine Sachen sind schon an die Sorbonne verkauft. Er wird es bei dir versuchen.«

Weniger stellt sich seinen eigenen »Nachlass« in der Sorbonne vor: *Die Gesammelten Schriften Arthur Wenigers*. Es würde genauso viele Menschen anlocken wie »Ein Abend mit …«.

Alexander spricht immer noch. »… hat mir erzählt, du fliegst nach Indien!«

Weniger staunt, wie schnell sich Informationen um die Welt bewegen. »Ja«, sagt er. »Ja, das war seine Idee. Pass auf –«

»Herzlichen Glückwunsch, übrigens.«

»Nein, nein, mein Geburtstag ist erst –«

»Hör zu, ich muss los. Aber ich bin heute Abend auf eine Dinnerparty eingeladen. Bei Aristokraten. Die lieben Amerikaner, und sie lieben Künstler, und sie würden sich freuen, wenn du mitkommst. Ich würde mich freuen, wenn du mitkommst. Kommst du?«

»Dinnerparty? Ich weiß nicht, ob ich …« Und hier kommt die Art von Textaufgabe, an der Weniger bisher immer gescheitert ist: *Ein unbedeutender Schriftsteller muss um Mitternacht im Flugzeug sitzen, will aber um acht zu einer Dinnerparty in Paris gehen …*

»Das ist das Bobo-Paris – die lieben kleine Überraschungen. Und wir können über die Hochzeit quatschen. Sehr hübsch. Und dann dieser kleine *Skandal*!«

Weniger versteht nichts und stottert nur, »Ach, das, ha ha –«

»Dann hast du's schon gehört. So viel zu bereden. Bis später!« Er nennt Weniger eine unsinnige Adresse in der Rue du Bac, mit zwei verschiedenen Türcodes, sagt ihm hastig *au revoir*. Weniger steht atemlos vor einem alten, mit Weinlaub überwucherten Haus. Eine Gruppe Schülerinnen geht in ordentlichen Zweierreihen an ihm vorbei.

Jetzt wird er ganz sicher auf die Party gehen, und sei es nur, weil er nicht anders kann. Eine sehr hübsche Hochzeit. Ein strahlendes Versprechen – wie die Karte, die einem ein Magier zeigt, bevor er sie verschwinden lässt; früher oder später wird sie hinter dem eigenen Ohr auftauchen. Also wird Weniger seine Steuerformulare abschicken, zu der Party gehen, sich das Schlimmste anhören und dann seinen Mitternachtsflug nach Marokko erwischen. Und zwischendurch – durch Paris spazieren.

Um ihn herum breitet die Stadt ihre Taubenflügel aus. Er hat den Place des Vosges überquert, dessen Reihen beschnittener Bäume Schutz sowohl vor dem leichten Regen als auch vor dem Jugendchor aus Utah bieten, der in gelben T-Shirts da steht und Soft-Rock-Hits aus den Achtzigern zum Besten gibt. Auf einer Bank, vielleicht inspiriert von der Musik ihrer Jugend, küsst sich ein nicht mehr ganz junges Pärchen leidenschaftlich, alles andere vergessend, die Mäntel von dunklen Tropfen überzogen; Weniger sieht, wie der Mann seiner Geliebten, zur Melodie von »All out of Love«, in die Bluse fasst. In den angrenzenden Kolonnaden stehen Teenager in billigen

Plastikponchos dicht gedrängt vor Victor Hugos Haus und starren in den Regen hinaus; an den Tüten mit Nippes erkennt man, dass sie schon bei Quasimodo waren. In einer Patisserie kann selbst Wenigers unverständliches Französisch den Erfolg nicht verhindern: bald hält er ein Mandelcroissant in den Händen, das ihn mit buttrigem Konfetti übersät. Er geht ins Musée Carnavalet und bewundert das Dekor verfallener Paläste, das Raum für Raum restauriert wurde. Er betrachtet eine merkwürdige *groupe en biscuit* von Benjamin Franklin beim Unterzeichnen einer Vereinbarung mit Frankreich, staunt über die schulterhohen Betten früherer Tage, und steht bewundernd vor Prousts schwarz-goldenem Schlafzimmer: die Korkwände lassen eher an Boudoir als an Irrenhaus denken, und Weniger ist gerührt, als er Proust Seniors Porträt an der Wand hängen sieht. Er steht gerade im Torbogen der Boutique Fouquet, als er, um Punkt ein Uhr, einen Glockenschlag durch das Gebäude schallen hört: anders als in einem gewissen Hotelfoyer in New York wurden die alten Uhren hier von einem fleißigen Arbeiter aufgezogen. Doch als Weniger still die Schläge zählt, wird ihm klar, dass sie um eine Stunde falsch gehen. Napoleonische Zeit.

Ihm bleiben immer noch viele Stunden, bis er Alexander in dem Haus treffen wird, dessen Adresse er ihm genannt hat. Er spaziert durch die Rue des Archives und betritt durch ein kleines Tor das alte jüdische Viertel. Die jungen Touristen stehen für Falafel an, die älteren sitzen draußen an Cafétischen, mit riesigen Speisekarten und bekümmerten Gesichtern. Elegante Pariser Damen in schwarz und grau nippen an grellen amerikanischen Cocktails, die in Amerika nicht mal auf den Partys von Studentenverbindungen getrunken werden würden. Er erinnert sich an eine andere Reise, als Freddy sich mit ihm in einem Hotelzimmer in Paris traf und sie eine lange, ausschweifende Woche dort verbrachten: Museen und funkelnde Restaurants und nachts beschwipst durch den Marais spazieren, Arm in Arm, und Tage, die sie im Hotelbett verbrachten, zur Entspannung und zur Erholung, bis einer von ihnen sich einen dort grassierenden Virus einfing. Sein Freund Lewis hatte ihm von einer exklusiven Herrenboutique erzählt, genau in dieser Straße. Freddy in einer schwarzen Jacke, der sich im Spiegel betrachtete, plötzlich vom Gelehrten zum Mann von Welt verwandelt: »Seh ich wirklich so aus?« Freddys hoffnungsfroher Blick; Weniger musste ihm diese Jacke kaufen, obwohl sie so viel kostete wie die gesamte Reise. Als er Lewis später von seinem Leichtsinn erzählte, antwortete dieser: »Soll das mal auf deinem Grabstein stehen? *Er fuhr nach Paris und hat nichts Extravagantes getan*?« Später fragte er sich, ob das Extravagante die Jacke oder Freddy war.

Er findet das schwarze, unbeschriftete Ladenlokal, die goldene Türklingel, und er berührt ihren Nippel, bevor er klingelt. Und wird eingelassen.

Zwei Stunden später: Arthur Weniger steht vor dem Spiegel. Links von ihm, auf der weißen Ledercouch: eine leere Espressotasse und ein Glas Champagner. Rechts: Enrico, der kleine, bärtige Zauberer, der ihn begrüßt und gebeten hat, Platz zu nehmen, während er »etwas ganz

Besonderes« heranschaffte. Wie anders war er als der piemontesische Schneider (mit Seeotterschnurrbart), der wortlos bei ihm Maß nahm, für den zweiten Teil seines italienischen Preises – einen Maßanzug – und dann, als Arthur gerade freudig einen Stoff in genau seinem Blauton entdeckt hatte, sagte, »Zu jung. Zu bunt. Sie tragen grau.« Als Weniger auf Blau bestehen wollte, zuckte der Mann mit den Schultern: *Wir werden ja sehen*. Weniger gab ihm die Adresse des Hotels in Kyoto, in dem er vier Monate später wohnen würde, und reiste mit dem Gefühl nach Berlin, um seinen Preis betrogen worden zu sein.

Dagegen hier in Paris: Ein Ankleidezimmer, prall gefüllt mit Schätzen. Und im Spiegel: ein neuer Weniger.

Enrico: »Mir fehlen … die Worte …«

Es ist ein Trugschluss, dass man auf Reisen Kleidung kaufen sollte. Diese weißen Leinenkittel, die in Griechenland noch so elegant aussahen, kommen als bloße Hippiekluft aus dem Koffer. Die schönen gestreiften Hemden aus Rom bleiben im Schrank. Und die feinen Batikstücke aus Bali sind erst noch Klamotten für die Kreuzfahrt, dann Vorhänge und zuletzt Anzeichen des einsetzenden Wahnsinns. Und dann ist da Paris.

Weniger trägt ein Paar Budapester aus Naturleder, mit einem Pinselstrich grün auf jedem Zeh, eine körperbetonte schwarze Leinenhose mit Spiralnaht, ein graues Inside-out-T-Shirt und eine Kapuzenjacke, deren Leder sorgfältig aufgeraut wurde, so dass es an die weichen Stummel eines alten Radiergummis erinnert. Er sieht aus wie ein Fire-Island-Superschurken-Rapper. Mit fast fünfzig. Fast fünzig. Doch in diesem Land, in dieser Stadt, in diesem Viertel, in diesem Raum – so übervoll mit exquisiten Ungeheuerlichkeiten aus Fell und Leder, mit Subtilitäten wie versteckten Knöpfen und Nähten, in Farben, die allesamt von den Klassikern des Film Noir inspiriert sind, mit dem regenübersäten Oberlicht und dem Boden aus echter Fichte, und Enrico, der eindeutig ein wenig verliebt in diesen charmanten Amerikaner ist – hier sieht Weniger verändert aus. Hübscher, selbstbewusster. Die Schönheit seiner Jugend wurde auf irgendeine Weise aus ihrem Winterquartier hervorgeholt und ihm in seiner Lebensmitte zurückgegeben. *Sehe ich wirklich so aus?*

Die Dinnerparty findet in der Rue du Bac statt, in ehemaligen Dienstmädchenräumen, deren niedrige Decken und schmalen Flure eher für ein Kriminalstück als für ein Bankett gemacht scheinen. Daher kann Weniger, als ihm ein lächelndes Aristokratengesicht nach dem anderen vorgestellt wird, nicht anders, als sie sich als Figuren aus einem Groschenroman vorzustellen: »Ah, die Boheme-Tochter«, flüstert er leise, als eine schludrige junge Blonde in einem grünen Trainingsanzug und mit kokaingeweiteten Augen seine Hand ergreift, oder, als eine ältere Dame in Seidentunika ihm zunickt, »Da kommt die Mutter, die ihre Juwelen im Casino verspielt hat«. Der nichtsnutzige Cousin aus Amsterdam im Baumwollanzug mit Nadelstreifen. Der schwule Sohn, in dunkelblauem Blazer und Khakihose, *à l'Américain*, und nach dem Ecstasyexzess vom letzten Wochenende noch immer etwas wacklig auf den Beinen. Der fade, uralte Italiener im himbeerroten Jackett, mit dem Whiskey in der Hand: insgeheim ein ehemaliger *Collaborateur*. Der gutaussehende Spanier in der Ecke, in dem gebügelten weißen Hemd: er erpresst sie alle. Die Gastgeberin mit der Rokokofrisur und dem kubistischen Kinn: hat ihren letzten Penny für die Mousse ausgegeben. Und wer wird umgebracht? Na ja, *er* wird umgebracht! Arthur Weniger, der in letzter Minute noch eingeladen wurde, ein Niemand und das perfekte Opfer! Weniger blickt in seinen vergifteten Champagner (sein zweites Glas, mindestens) und lächelt. Er sieht sich noch einmal nach Alexander Leighton um, aber der ist entweder irgendwo versteckt oder verspätet. Dann fällt Weniger, beim Bücherregal, ein schmaler, kleiner Mann mit getönten Brillengläsern auf. Ein Panik-Aal schlängelt sich durch seinen Körper, während er den Raum nach einem Notausgang absucht, doch das Leben hat keinen Notausgang. Deshalb nimmt er noch einen Schluck, geht auf ihn zu und begrüßt ihn mit Namen.

»Arthur«, sagt Finley Dwyer lächelnd. »Wieder in Paris!«

Warum nur vergisst man die alten Bekanntschaften nie?

Arthur Weniger und Finley Dwyer sind sich seit den Wilde and Stein Literary Laurels bereits einmal begegnet. Es war in Frankreich, bevor Freddy zu ihm stieß, als Weniger eine von der französischen Regierung organisierte Vergnügungsreise unternahm. Die Idee war, dass amerikanische Autoren einen Monat lang die Bibliotheken kleinerer Städte besuchten und so im gesamten Land Kultur verbreiteten; die Einladung kam vom Kulturministerium. Den eingeladenen Amerikanern erschien es jedoch undenkbar, dass ein Land ausländische Autoren importieren würde; noch undenkbarer erschien ihnen, dass es ein Kulturministerium geben könnte. Als Weniger in Paris eintraf, schwer unter Jetlag leidend (damals kannte er Freddys Schlaftablettentrick noch nicht), warf er einen benebelten Blick auf die Liste der anderen Botschafter und seufzte. Auf dieser Liste stand ein vertrauter Name.

»Hallo, ich bin Finley Dwyer«, sagte Finley Dwyer. »Wir sind uns nie begegnet, aber ich habe Ihre Bücher gelesen. Willkommen in meiner Stadt. Sie müssen wissen, ich wohne jetzt hier.« Weniger sagte, er freue sich, mit allen gemeinsam zu reisen, doch Finley ließ ihn wissen, dass er das wohl falsch verstanden habe; sie würden in Zweiergruppen losgeschickt werden. »Wie Mormonen«, sagte der Mann mit einem Lächeln. Weniger verkniff sich seine Erleichterung, als man ihn informierte, dass er nicht gemeinsam mit Finley Dwyer reisen würde. Er würde mit niemandem gemeinsam reisen; eine ältere Schriftstellerin sei zu sehr erkrankt, um den Flug auf sich zu nehmen. Das minderte Wenigers Freude nicht; im Gegenteil, es kam ihm wie ein kleines Wunder vor, dass er nun allein in Frankreich sein würde, einen Monat lang. Zeit zum Schreiben, um Notizen zu machen und das Land zu genießen. Die Frau in Gold stand am Kopf des Tisches und verkündete, wohin sie alle fahren würden:

nach Marseille, Korsika, Paris, Nizza. Arthur Weniger … sie blickte auf ihre Unterlagen … nach Mülhausen. »Wie bitte?« Mülhausen.

Wie sich herausstellte, lag dies an der Grenze zu Deutschland, nicht weit von Straßburg. In Mülhausen gab es ein wunderbares Herbstfest, das bereits vorbei war, und einen spektakulären Weihnachtsmarkt, den Weniger nicht mehr mitbekommen würde. November war die Saison dazwischen: die hässliche mittlere Tochter. Er kam nachts an, mit dem Zug, und die Stadt wirkte finster und geduckt, und er wurde zum Hotel gebracht, das sich praktischerweise direkt im Bahnhofsgebäude befand. Sein Zimmer und die Einrichtung stammten aus den 1970er-Jahren, und Weniger kämpfte mit einer gelben Plastikkommode, bis er sich schließlich geschlagen gab. Irgendein blinder Klempner hatte an der Dusche heißes und kaltes Wasser vertauscht. Der Blick aus dem Fenster ging auf einen kreisrunden, rot gepflasterten Platz hinaus, der an eine Salamipizza erinnerte, die der pfeifende Wind pausenlos mit getrocknetem Laub garnierte. Zumindest, tröstete er sich, würde Freddy ihn zum Abschluss der Reise für eine zusätzliche Woche in Paris besuchen.

Seine Begleitung, Amélie, eine schlanke, hübsche junge Frau mit algerischen Vorfahren, sprach nur wenig Englisch; er fragte sich, wie um Himmels willen sie sich für diese Position qualifiziert haben mochte. Doch sie holte ihn jeden Morgen im Hotel ab, lächelnd, in wunderbaren Wollkleidern, brachte ihn zum Provinzbibliothekar, saß während der Tour hinten im Auto, und brachte ihn abends zum Hotel zurück. Wo sie selbst wohnte, blieb ein Rätsel. Welche Aufgabe sie erfüllte, genauso. Sollte er mit ihr schlafen? Falls es so war, hatten sie seine Bücher falsch übersetzt. Der Provinzbibliothekar sprach besser Englisch, aber ihn schienen unbekannte Traurigkeiten zu belasten; im spätherbstlichen Nieselregen drohte sein blasser, haarloser Kopf in Farblosigkeit zu verschwinden. Er war für Wenigers täglichen Zeitplan verantwortlich, der normalerweise daraus bestand, am Tag eine Schule und am Abend eine Bücherei zu besuchen, und zwischendurch manchmal noch ein Kloster. Weniger hatte sich nie die Frage gestellt, was in einer französischen Schulcafeteria serviert werden mochte; hätte er überrascht sein müssen, dass es Sülze mit Essiggemüse war? Attraktive Schüler stellten wunderbare Fragen in schrecklichem Englisch. Sie verschluckten jedes H, gerade so wie echte Cockneys. Weniger antwortete würdevoll, und die Mädchen kicherten. Sie baten ihn um ein Autogramm, als wäre er ein Star. Abendessen gab es meist in der Bibliothek, oft an dem einzigen Ort, wo es Tische und Stühle gab: der Kinderbuchabteilung. Stellen Sie sich den großgewachsenen Arthur Weniger auf einem viel zu kleinen Stuhl kauernd vor, an einem viel zu niedrigen Tisch, wie er einem Bibliothekar zusieht, der die Plastikfolie von seinem Stück Pâté abnimmt. In einer der Bibliotheken hatte man ein »amerikanisches Dessert« zubereitet, was sich als Muffin aus Haferkleie herausstellte. Später las er vor Grubenarbeitern, die ihm nachdenklich zuhörten. Was, um alles in der Welt, dachten sich diese Leute bloß? Einen homosexuellen Midlist-Autoren vor französischen Bergleuten lesen zu lassen. Er stellte sich vor, wie Finley Dwyer sein Publikum in einem mit Samtvorhängen ausgestatteten Theater an der Riviera unterhielt. Hier: grauer Himmel und graue Schicksale. Kein Wunder, dass Arthur Weniger depressiv wurde. Die Tage wurden immer grauer, die Bergleute grimmiger, seine Stimmung immer bedrückter. Die Entdeckung einer Schwulenbar in Mülhausen – Jet Sept – vertiefte seinen Kummer nur noch mehr; es war ein trauriger, schwarzer Raum, mit ein paar Figuren aus *Les Absintheurs* und noch dazu ein schlechtes Wortspiel. Als Wenigers Verpflichtung vorüber war und er das Leben jedes einzelnen Grubenarbeiters in ganz Frankreich verbessert hatte, kehrte er mit dem Zug nach Paris zurück, um Freddy schlafend auf dem Hotelbett vorzufinden, komplett angezogen. Er war gerade aus New York gekommen. Weniger umarmte ihn und fing an, lächerliche Tränen zu vergießen. »Ach, hi«, sagte der verschlafene junge Mann. »Was ist denn mit dir passiert?«

Finley trägt einen pflaumenfarbenen Anzug und eine schwarze Krawatte. »Wie lang ist das her? Dass wir zusammen gereist sind?«

»Na ja, du erinnerst dich vielleicht, wir sind dann doch nicht zusammen gereist.«

»Zwei Jahre mindestens! Und du hattest … einen sehr gutaussehenden jungen Mann dabei, glaube ich.«

»Ach, ja, ich –« Ein Kellner kommt mit einem Tablett Champagner vorbei und Weniger und Finley greifen zu. Finley hat Schwierigkeiten, das Glas zu fassen, dann grinst er den Kellner an. Weniger begreift, dass der Mann betrunken ist.

»Wir haben ihn ja kaum zu Gesicht bekommen. Ich erinnere mich …« Und jetzt klingt Finleys Stimme wie die eines Erzählers in einem alten Film: »Rote Brille! Lockiges Haar! Ist er bei dir?«

»Nein. Er war auch damals nicht wirklich mit mir unterwegs. Er wollte nur schon immer mal Paris sehen.«

Finley sagt nichts, aber behält sein schiefes kleines Lächeln bei. Dann betrachtet er Wenigers Kleider und runzelt die Stirn. »Wo hast du denn –«

»Wo hatten sie dich noch hingeschickt? Ich weiß es nicht mehr«, sagt Weniger. »Nach Marseille?«

»Nein, Korsika! Das war so warm und sonnig da. Die Leute waren aufgeschlossen, und natürlich hat es mir geholfen, dass ich so gut Französisch spreche. Ich habe ausschließlich Meeresfrüchte gegessen. Wo hatten Sie dich hingesteckt?«

»Ich habe die Maginot-Linie verteidigt.«

Finley nippt an seinem Glas und sagt, »Und was führt dich jetzt nach Paris?«

Wieso interessieren sich bloß alle so für den kleinen Arthur Weniger? Wann hatte einer von ihnen zuvor je einen Gedanken an ihn verschwendet? Er ist sich diesen Leuten gegenüber immer unbedeutend vorgekommen, so überflüssig wie das zweite *a* in Quaalude. »Einfach Urlaub. Ich reise um die Welt.«

»Le tour du monde en quatre-vingts jours«, murmelt Finley, den Blick zur Decke gewandt. »Hast du einen Passepartout?«

Weniger antwortet: »Nein. Ich bin allein. Ich reise allein.« Er blickt auf sein Glas und sieht, dass es leer ist. Weniger fällt auf, dass er selbst vielleicht betrunken ist.

Bei Finley Dwyer besteht kein Zweifel. Er stützt sich am Bücherregal ab, blickt Weniger direkt in die Augen und sagt, »Ich habe dein neuestes Buch gelesen.«

»Ach, schön.«

Er senkt den Kopf und jetzt kann Weniger die Augen über der Brille sehen. »So ein Glück, dass ich dir hier begegne! Arthur, ich möchte etwas sagen. Darf ich etwas sagen?«

Weniger wappnet sich, wie man sich für eine Monsterwelle wappnen würde.

»Hast du dich je gefragt, wieso du noch nie einen Preis gewonnen hast?«, fragt Finley.

»Schicksal?«

»Wieso die schwule Presse deine Bücher nicht bespricht?«

»Tut sie nicht?«

»Nein, Arthur. Tu nicht so, als wär dir das nie aufgefallen. Du bist nicht in Kanone«, nuschelt Dwyer.

Weniger will gerade einwenden, dass er das Gefühl hat, sehr wohl in der Kanone zu sein, und stellt sich vor, wie die menschliche Kanonenkugel dem Publikum zuwinkt, bevor sie aus dem Sichtfeld verschwindet, dieser unbedeutende Schriftsteller, der bald fünfzig wird – doch dann wird ihm klar, dass der Mann »Kanon« gesagt hat. Er ist nicht im *Kanon*.

»Welchem Kanon?«, ist alles, was er zu stammeln imstande ist.

»Dem schwulen Kanon. Dem Kanon, der an der Uni gelehrt wird. Arthur« – Finley ist sichtlich verzweifelt – »Wilde und Stein und, na ja, offen gesagt, ich selbst.«

»Wie ist es denn so im Kanon?« Weniger stellt sich immer noch die *Kanone* vor. Er entscheidet, Finley in eine andere Richtung zu lenken: »Vielleicht bin ich einfach ein schlechter Autor.«

Finley winkt ab, aber vielleicht meint er auch die Lachskroketten, die ein Kellner ihnen gerade hinhält. »Nein. Du bist ein sehr guter Autor. *Kalipso* war ein chef d'œuvre. Wunderbar, Arthur. Ich war sehr begeistert.«

Jetzt ist Weniger ratlos. Er geht im Kopf seine Schwächen durch. Zu bombastisch? Zu spoony? »Zu alt?«, versucht er es.

»Wir sind alle über fünfzig, Arthur. Das Problem ist nicht, dass du –«

»Moment, ich bin noch –«

»– ein schlechter Autor wärst.« Finley hält einen Moment inne, um die Wirkung seiner Worte zu verstärken. »Sondern, dass du ein schlechter Schwuler bist.«

Weniger fällt nichts ein, was er darauf erwidern könnte; diese Attacke trifft eine ungeschützte Flanke.

»Es ist unsere Pflicht, etwas Schönes aus unserer Welt zu zeigen. Der schwulen Welt. Aber in deinen Büchern lässt du die Figuren leiden, ohne jede Belohnung. Wenn ich es nicht besser wüsste, würde ich dich für einen Republikaner halten. *Kalipso* war wunderbar. Ein tieftrauriges Buch. Aber so voller Selbsthass. Ein Mann wird auf einer Insel ans Ufer gespült und hat jahrelang eine Affäre mit einem Mann. Aber dann bricht er auf, um seine Frau zu suchen! Das kannst du besser. Du musst. Für uns. Inspiriere uns, Arthur. Stecke dir höhere Ziele. Es tut mir leid, dass ich so rede, aber es musste gesagt werden.«

Endlich gelingt es Weniger zu sprechen: »Ein schlechter *Schwuler*?«

Finley betastet ein Buch im Regal. »Ich bin nicht der einzige, der es so sieht. Das war schon Thema von Diskussionen.«

»Aber … aber … aber das ist Odysseus«, sagt Weniger. »Der zu Penelope zurückkehrt. So geht doch die Geschichte.«

»Vergiss nicht, wo du herkommst, Arthur.«

»Camden, Delaware.«

Finley berührt Weniger am Arm, und es fühlt sich an wie ein elektrischer Schock. »Du schreibst, was du schreiben musst. So wie wir alle.«

»Gibt es einen Schwulenboykott gegen mich?«

»Ich habe dich dort stehen sehen, und ich musste die Gelegenheit nutzen, um es dir mitzuteilen, weil niemand sonst so freundlich war.« Er lächelt und sagt es noch einmal: »So freundlich war, es dir zu sagen, so wie ich jetzt.«

Und Weniger spürt, wie es in ihm aufsteigt, dieses Wort, das er auf keinen Fall sagen will und das er nun doch irgendwie, durch die grausame, ihn schachmatt setzende Logik der Unterhaltung sagen muss:

»Danke.«

Finley zieht das Buch aus dem Regal, schlägt die Widmungsseite auf und verschwindet in der Menge. Vielleicht ist es ihm gewidmet. Ein Kronleuchter aus blauen Keramikengelchen hängt über ihnen allen und wirft mehr Schatten als Licht. Weniger steht darunter und erlebt das Alice-im-Wunderland-Gefühl, zu einer winzigen Version seiner selbst geschrumpft worden zu sein, von Finley Dwyer; jetzt würde er durch die kleinste Tür passen, aber welcher Garten würde dahinter auf ihn warten? Der Garten der Schlechten Schwulen. Wer hätte gedacht, dass es so etwas gibt? All die Jahre hat Weniger geglaubt, er sei einfach nur ein schlechter Autor. Ein schlechter Liebhaber, ein schlechter Freund, ein schlechter Sohn. Offensichtlich ist die Lage noch schlimmer. Er ist schlecht darin, er selbst zu sein. *Aber wenigstens*, denkt er, während er auf der anderen Seite des Raumes Finley beobachtet, der gerade die Gastgeberin unterhält, *bin ich nicht klein.*

In den Tagen nach Mülhausen gab es, im Nachhinein betrachtet, einige Schwierigkeiten. Es lässt sich nur schwer voraussagen, wie jemand anderes gerne reist, und anfangs waren sich auch Freddy und Weniger nicht einig. Obwohl er in unseren Abenteuern wie der reinste Wasserfloh erscheint, war Weniger auf gewöhnlichen Reisen stets ein Einsiedlerkrebs in einer geborgten Behausung gewesen: Er mochte es, eine Stadt genau kennenzulernen, ein einziges Café und ein einziges Restaurant, und von den Kellnern dort mit Namen begrüßt zu werden, von den Besitzern und der Garderobenfrau, so dass er diesen einen Ort, wenn er abreiste, liebevoll als ein weiteres Zuhause betrachten konnte. Freddy war das Gegenteil. Er wollte alles sehen. Am Morgen nach ihrem nächtlichen Wiedersehen – als die Mülhausen-Malaise und Freddys Jetlag zu verschlafenem, aber befriedigendem Sex führten – schlug Freddy vor, dass sie in einen dieser Busse stiegen und sich alle Highlights von Paris ansahen! Weniger schauderte vor Entsetzen. Freddy saß auf dem Bett, in einem Sweatshirt: Er sah hoffnungslos amerikanisch aus. »Nein, das ist super, da sehen wir Notre Dame, den Eiffelturm, das Louvre, Pompidou, den Bogen auf der Champs-Ély … Ély …« Weniger verhinderte es; irgendeine irrationale Angst sagte ihm, dass ihn Freunde dabei beobachten würden, wie er in dieser Gruppe von Touristen stand und einer riesigen goldenen Flagge hinterherlief. »Ist doch *total egal*!«, sagte Freddy. Doch Weniger ließ nicht mit sich reden. Er ließ sie alles mit der Métro und zu Fuß erkunden; sie mussten an Buden essen, nicht in Restaurants; seine Mutter hätte gesagt, dass er das von seinem Vater geerbt hatte. Am Ende jedes Tages waren sie beide gereizt und erschöpft, und hatten die Taschen voller entwerteter U-Bahn-*billets*. Sie mussten sich zwingen, ihre Rollen des Generals und des Fußsoldaten hinter sich zu lassen, um sich auch nur vorstellen zu können, im selben Bett zu schlafen. Doch Freddy hatte Glück: Weniger bekam die Grippe.

Vor kurzem in Berlin, als er sich um Bastian kümmerte – der kranke Mann, an den er da denken musste, war er selbst.

Natürlich ist alles verschwommen. Lange proustsche Tage, an denen er auf den goldenen Balken aus Sonnenlicht auf dem Boden starrte, den einzigen, der es an den geschlossenen Vorhängen vorbeigeschafft hatte. Lange hugoische Nächte, in denen er dem Echo des Lachens lauschte, das im Glockenturm seines Schädels widerhallte. All das vermischt mit Freddys besorgtem Gesicht, seiner besorgten Hand an seiner Stirn, an seiner Wange; irgendein Arzt, der ihnen auf Französisch etwas mitzuteilen versuchte, und Freddy, der sich geschlagen geben musste, weil der einzige mögliche Übersetzer stöhnend auf seinem Sterbebett lag; Freddy, der Toast und Tee brachte; Freddy mit Schal und Blazer, plötzlich ein Pariser, der ihm beim Gehen traurig zuwinkte; Freddy schlafend neben ihm, nach Wein riechend. Weniger selbst, der an den Deckenventilator starrte und sich fragte, ob das Zimmer sich unter einem feststehenden Ventilator drehte oder umgekehrt, so wie ein Mensch im Mittelalter sich fragte, ob sich der Himmel bewegte oder die Erde. Und die Tapete, mit diesen raffinierten Papageien, die sich im Baum versteckten. Diesen Baum erkannte Weniger glücklich als die riesige Seidenakazie seiner Kindheit wieder. Wie er in diesem Baum in Delaware saß und auf den Hinterhof hinabsah und auf den orangenen Schal seiner Mutter. Weniger ließ sich von seinen Ästen umarmen, dem Duft seiner Dr.-Seuss-pinken Blüten. Für einen Drei- oder Vierjährigen war er sehr weit oben in diesem Baum, und seine Mutter rief nach ihm. Sie kam nie auf die Idee, dass er hier oben war, weil er allein sein wollte, und dass er sehr stolz darauf war und auch ein bisschen Angst hatte. Von oben fielen sichelförmige Blätter herab. Sie blieben auf seinen blassen kleinen Armen liegen, und seine Mutter rief seinen Namen, seinen Namen, seinen Namen. Arthur Weniger schob sich Stück für Stück über den Ast, spürte die glatte Rinde unter seinen Fingern …

»Arthur! Du bist wach! Du siehst viel besser aus!« Das war Freddy, der sich über ihn beugte, in einem Bademantel. »Wie fühlst du dich?«

Zerknirscht, vor allem. Weil er erst ein General gewesen war und jetzt ein verwundeter Soldat. Zu seiner Erleichterung waren nur drei Tage vergangen. Es blieb noch Zeit …

»Ich habe die meisten Sehenswürdigkeiten gesehen.«

»Wirklich?«

»Ich gehe gerne noch mal ins Louvre, wenn du magst.«

»Nein, nein, wunderbar. Ich will mir ein Geschäft ansehen, von dem mir Lewis erzählt hat. Ich finde, du hast dir ein Geschenk verdient …«

Die Party in der Rue du Bac könnte nicht schlechter laufen. Nachdem ihn Finley Dwyer über seine literarischen Vergehen informiert hat, kann Weniger Alexander noch immer nicht finden. Und entweder stimmt mit der Mousse etwas nicht oder mit seinem Magen. Es ist eindeutig Zeit zu gehen; sein Magen ist nicht stark genug, um sich Geschichten von der Hochzeit anzuhören. So oder so geht sein Flug in fünf Stunden. Weniger sucht den Raum nach der Gastgeberin ab – gar nicht so leicht, sie in diesem Meer aus schwarzen Kleidern zu entdecken – und stellt fest, dass jemand neben ihm steht. Ein spanisches Gesicht mit einem braungebrannten Lächeln. Der Erpresser.

»Sie sind ein Freund von Alexander? Ich bin Javier«, sagt der Mann. Er hält einen Teller mit Lachs und Couscous in der Hand. Grüngoldene Augen. Schwarzes, glattes Haar, in der Mitte gescheitelt, lang genug, um es hinter die Ohren zu schieben.

Weniger sagt nichts; ihm ist plötzlich sehr warm, und er weiß, dass sein Gesicht pinkrot aussieht. Vielleicht liegt es am Alkohol.

»Und Sie sind Amerikaner!«, fügt der Mann hinzu.

Verblüfft nimmt Wenigers Gesicht einen noch helleren Rotton an. »Wie … woher wissen Sie das?«

Der Mann mustert ihn von Kopf bis Fuß. »Sie sind angezogen wie ein Amerikaner.«

Weniger blickt auf seine Leinenhose hinab, seine Veloursléderjacke. Er begreift, dass er dem Zauber des Ladenbesitzers verfallen ist, wie so viele Amerikaner vor ihm; er hat ein kleines Vermögen dafür ausgegeben, sich so zu kleiden, wie es Pariser vielleicht tun könnten, und nicht so, wie sie es tun. Er hätte den blauen Anzug anziehen sollen. Er sagt, »Ich bin Arthur. Arthur Weniger. Ein Freund von Alexander, ja. Er hat mich eingeladen. Aber er scheint nicht zu kommen.«

Der Mann neigt sich zu ihm, aber muss dabei zu ihm aufblicken; er ist ein ganzes Stück kleiner als Weniger. »Er lädt immer ein, Arthur. Er kommt nie.«

»Eigentlich wollte ich gerade gehen. Ich kenne hier niemanden.«

»Nein, geh nicht!« Javier scheint klar zu werden, dass er es zu laut gesagt hat.

»Ich muss heute noch einen Flug erwischen.«

»Arthur, bleib noch einen Moment. Ich kenne ebenfalls niemanden hier. Siehst du die beiden da drüben?« Er nickt in Richtung einer Frau in einem schwarzen, rückenfreien Kleid, deren blonder Chignon von einer nahen Lampe beleuchtet wird, und eines Mannes ganz in grau mit einem übergroßen Humphrey-Bogart-Kopf. Sie stehen nebeneinander und betrachten eine Zeichnung. Javier grinst verschwörerisch; eine Haarsträhne hat sich gelöst und hängt ihm in die Stirn. »Ich habe mich mit ihnen unterhalten. Wir hatten uns alle gerade erst kennengelernt, aber ich konnte … sehr schnell … spüren, dass man mich nicht brauchte. Deshalb bin ich hier herüber gekommen.« Javier steckt die lose Strähne zurück an ihren Platz. »Sie werden miteinander schlafen.«

Weniger lacht und wirft ein, dass sie das bestimmt nicht gesagt haben.

»Das nicht. Aber achte auf ihre Körper. Ihre Arme berühren sich. Und er neigt sich zu ihr, wenn er etwas sagt. Es ist nicht laut hier. Er neigt sich zu ihr, nur um ihr nah zu sein. Sie wollten mich nicht da haben.« In diesem Augenblick legt Humphrey Bogart seine Hand auf die Schulter der Frau und zeigt auf die Zeichnung. Seine Lippen sind so nah an ihrem Ohr, dass sein Atem ihre losen Strähnen bewegt. Jetzt ist es offensichtlich: sie werden miteinander schlafen.

Er sieht Javier an, der mit den Schultern zuckt: *Was soll man machen?* Weniger fragt, »Und deshalb bist du hier herüber gekommen?«

Javiers Blick bleibt auf Weniger gerichtet. »Das ist einer der Gründe, warum ich herüber gekommen bin.«

Weniger lässt sich von der Wärme dieser Schmeichelei umspülen. Javiers Gesichtsausdruck bleibt unverändert. Sie schweigen; die Zeit dehnt sich leicht, atmet tief durch. Weniger wird klar, dass der nächste Schritt von ihm kommen muss. Er erinnert sich, wie ihn einmal, als er klein war, ein Freund aufforderte, etwas Heißes anzufassen. Die Stille wird erst durch das Geräusch eines Glases unterbrochen, das ebenfalls bricht, weil Finley Dwyer es auf den Schieferplattenboden fallen lässt.

»Du fliegst also zurück nach Amerika?«, fragt Javier.

»Nein. Nach Marokko.«

»Ah! Meine Mutter kommt aus Marokko. Du fährst nach Marrakesch, dann in die Sahara, dann nach Fès, richtig? So läuft der normale Besuch.« Hat Javier gerade gezwinkert?

»Dann bin ich wohl ein normaler Besucher. Ja. Es erscheint mir unfair, dass du mich durchschaust und du selbst so geheimnisvoll bist.«

Noch ein Zwinkern. »Bin ich nicht. Bin ich nicht.«

»Ich weiß nur, dass deine Mutter aus Marokko kommt.«

Sexy Dauerzwinkern. »Tut mir leid«, sagt Javier und runzelt die Stirn.

»Es ist gut, geheimnisvoll zu sein.« Weniger gibt sich Mühe, es so sinnlich wie möglich zu sagen.

»Tut mir leid, ich hab was im Auge.« Javiers rechtes Auge flattert jetzt hektisch: ein Vogel in Panik. Am äußeren Rand bricht ein Rinnsal aus Tränen los.

»Alles in Ordnung?«

Javier beißt die Zähne zusammen und blinzelt und reibt. »Das ist mir so peinlich. Die Linsen sind neu für mich, und irritierend. Sie sind französisch.«

Weniger verzichtet auf die Pointe. Er sieht Javier zu und sorgt sich. Er hat einmal in einem Roman von einer Technik gelesen, um Dreck aus dem Auge eines anderen zu entfernen: man benutzt dazu die Zungenspitze. Doch das kommt ihm so intim vor, intimer sogar als ein Kuss, dass er sich nicht traut, es vorzuschlagen. Und da es aus einem Roman stammt, ist es möglicherweise frei erfunden.

»Es ist raus!«, ruft Javier nach einem letzten Flattern seiner Wimpern. »Ich bin frei.«

»Oder du hast dich an die Franzosen gewöhnt.«

Javiers Gesicht ist voller roter Flecken, Tränen glänzen auf seiner rechten Wange und seine Wimpern sind verklebt und dick. Er lächelt tapfer. Er ist ein wenig außer Atem. Er sieht, in Wenigers Augen, wie jemand aus, der einen weiten Weg gelaufen ist, um hier zu sein.

»Und schon ist das Geheimnisvolle dahin!«, sagt Javier, stützt sich mit der Hand auf einen Tisch und lacht gekünstelt.

Weniger will ihn küssen; er will ihn halten und beschützen. Stattdessen lässt er, ohne nachzudenken, seine Hand auf Javiers ruhen. Sie ist noch immer nass vor Tränen.

Javier sieht mit seinen grüngoldenen Augen zu ihm auf. Er ist so nah, dass Weniger den Orangenduft seiner Pomade riechen kann. Einen Moment lang stehen sie absolut regungslos da, eine *groupe en biscuit*. Seine Hand auf Javiers, Auge in Auge. Es erscheint möglich, dass die Erinnerung mit diesem Moment niemals fertig werden wird. Dann lösen sie sich voneinander. Arthur Wenigers

Gesicht ist so pink wie eine Abschlussballnelke. Javier holt tief Luft und wendet schließlich den Blick ab.

»Mich würde interessieren«, setzt Weniger an, sich bemühend, irgendetwas zu sagen, »ob du Tipps zur Mehrwertsteuerrückerstattung hast …«

Der Raum, für den sie keine Augen haben, ist mit grüngestreiftem Papier tapeziert und mit Vorarbeiten, oder »Cartoons«, für das eigentliche Kunstwerk vollgehängt: hier eine Hand, da eine Hand mit Stift, da das nach oben gewandte Gesicht einer Frau. Über dem Kaminsims hängt das Gemälde selbst: eine Frau, die kurz nachdenkt, während sie einen Brief verfasst. Bücherregale reichen bis zur Decke, und würde er nachsehen, würde Weniger dort, neben einem von H.H.H. Manderns Peabody-Romanen, eine Sammlung amerikanischer Kurzgeschichten finden, in der – welch Überraschung! – auch eine von seinen enthalten ist. Die Gastgeberin hat sie nicht gelesen; sie hat das Buch einer lange zurückliegenden Affäre zuliebe behalten, ein anderer darin enthaltener Schriftsteller. Die beiden Lyrikbände, zwei Regalbretter darüber, hat sie gelesen. Sie stammen von Robert, doch sie weiß nicht, dass da eine Verbindung zu einem ihrer Gäste besteht. Und doch begegnen sich die beiden Liebenden so ein weiteres Mal. Inzwischen ist die Sonne untergegangen und Weniger hat einen Weg gefunden, das europäische Steuersystem zu umgehen.

Wenigers reizendes, umgedrehtes Lachen: *AH ah ah ah!*

»Bevor ich herkam«, sagt Weniger gerade, der spürt, wie der Champagner Kontrolle über seine Zunge übernimmt, »war ich im Musée d'Orsay.«

»Das ist wundervoll.«

»Die Gauguin-Schnitzereien haben mich sehr berührt. Aber dann war da plötzlich, wie aus dem Nichts, Van Gogh. Drei Selbstbildnisse. Ich bin auf eines zugetreten; es war durch eine Glasscheibe geschützt. Ich konnte mein Spiegelbild sehen. Und ich dachte: *O mein Gott.*« Weniger schüttelt den Kopf und seine Augen weiten sich, als er den Moment erneut durchlebt. *»Ich sehe aus wie Van Gogh.«*

Javier lacht, legt die Hand an den grinsenden Mund. »Vor dem Ohr, denke ich mal.«

»Ich dachte, *Ich bin verrückt geworden*«, fährt Weniger fort. »Aber … ich bin jetzt schon mehr als zehn Jahre älter als er.«

Javier hält den Kopf schief, ein Cocker-Spanier. »Arthur, wie alt bist du?«

Tief einatmen. »Ich bin neunundvierzig.«

Javier tritt einen Schritt vor, um ihn genauer zu betrachten; er riecht nach Zigaretten und Vanille, genau wie Wenigers Großmutter. »Wie lustig. Ich bin auch neunundvierzig.«

»Nein«, sagt Weniger, aufrichtig bestürzt. In Javiers Gesicht ist keine Falte zu sehen. »Ich dachte, du wärst Mitte dreißig.«

»Das ist eine Lüge. Aber eine nette Lüge. Und du siehst nicht aus wie fast fünfzig.«

Weniger lächelt. »Mein Geburtstag ist nächste Woche.«

»Komisch, fast fünfzig zu sein, was? Ich habe das Gefühl, als hätte ich gerade erst verstanden, wie man jung ist.«

»Genau! Das ist wie am letzten Tag in einem fremden Land. Man hat endlich herausgefunden, wo man Kaffee bekommt und ein Steak, und wo man was trinken gehen kann. Und dann muss man abreisen. Und wird nie wieder zurückkommen.«

»Das hast du sehr schön gesagt.«

»Ich bin Schriftsteller. Ich formuliere alles sehr schön. Aber man hat mir gesagt, ich sei ›spoony‹.«

»Wie bitte?«

»Töricht. Zartherzig.«

Javier wirkt erfreut. »Das ist ein schönes Wort, *zartherzig*. Zartherzig.« Er holt tief Luft, als würde er seinen Mut zusammennehmen. »Ich bin, glaube ich, genauso.«

Javier sieht traurig aus, als er dies sagt. Dann starrt er in sein Glas. Der Himmel vor dem Fenster nimmt den letzten seiner farbenprächtigen Vorhänge herunter und deckt so die helle, nackte Venus auf. Weniger blickt auf die grauen Strähnen in Javiers schwarzem Haar, den prominenten, rosafarbenen Nasenrücken, den geneigten Kopf über dem weißen Hemd, von dem zwei Knöpfe geöffnet sind, um seine dattelfarbene, dicht behaarte Haut zu zeigen, die sich im Schatten verliert. Nicht wenige der Brusthaare sind weiß. Er stellt sich Javier nackt vor. Wie der Mann mit seinen goldgrünen Augen aus einem weißen Bett heraus zu ihm aufsieht. Er stellt sich vor, diese warme Haut zu berühren. Dieser Abend kommt unerwartet. Dieser Mann kommt unerwartet. Weniger muss daran denken, wie er einmal ein Portemonnaie in einem Second-Hand-Laden gekauft und darin einen Hundertdollarschein gefunden hat.

»Ich brauche eine Zigarette«, sagt Javier, so verschämt wie ein kleiner Junge.

»Ich komm mit«, sagt Weniger, und sie treten gemeinsam durch das geöffnete Fenster auf einen schmalen Steinbalkon hinaus, wo andere rauchende Europäer den Amerikaner ansehen, als sei er von der Geheimpolizei. An der Ecke des Hauses macht der Balkon einen Knick und bietet einen Blick auf schräge Metalldächer und Schornsteine. Hier sind sie allein. Javier holt ein Päckchen hervor und zieht daran, bis zwei weiße Hauer herausragen. Weniger schüttelt den Kopf. »Ich rauche gar nicht.«

Sie lachen.

Javier sagt, »Ich glaube, ich bin ein bisschen betrunken, Arthur.«

»Ich glaube, ich auch.«

Wenigers Lächeln hat sein volles Ausmaß angenommen, hier allein mit Javier. Ist es der Champagner, der ihn dazu bringt, gut vernehmlich zu seufzen? Sie stehen nebeneinander am Geländer. Die Schornsteine sehen allesamt aus wie Blumentöpfe.

In die Ferne blickend, sagt Javier, »Das ist merkwürdig am Älterwerden«.

»Was denn?«

»Wenn ich neue Freunde kennenlerne, sind sie kahl oder grau. Und ich weiß nicht, welche Haarfarbe sie mal hatten.«

»Darüber habe ich noch nie nachgedacht.«

Jetzt dreht sich Javier um und blickt Weniger an; er ist vermutlich jemand, der sich umdreht und einen anblickt, auch wenn er gerade Auto fährt. »Ein Freund, den ich seit fünf Jahren kenne, er ist vielleicht knapp über fünfzig. Und ich habe ihn einmal gefragt. Ich war so überrascht, als er sagte, er sei rothaarig!«

Weniger nickt zustimmend. »Ich war vor kurzem in New York City unterwegs. Und da kommt ein alter Mann auf mich zu und umarmt mich. Ich hatte keine Ahnung, wer das war. Er war ein alter Liebhaber von mir.«

»Dios mío«, sagt Javier und schluckt den Champagner herunter. Weniger spürt seinen Arm an Javiers, und selbst durch die Stoffschichten hindurch erwacht seine Haut zum Leben. Er muss diesen Mann berühren. Javier sagt, »Ich war beim Abendessen, und neben mir saß ein alter Mann. So langweilig! Sprach nur von Immobilien. Ich dachte, *Bitte, lieber Gott, lass mich nicht so sein, wenn ich alt bin*. Später erfuhr ich, dass er ein Jahr jünger war als ich.«

Weniger stellt sein Glas ab und legt – mutig – ein zweites Mal seine Hand auf Javiers. Javier sieht ihn an.

»Und merkwürdig ist auch«, sagt Weniger bedeutungsvoll, »der einzige Single-Mann in seinem Alter zu sein.«

Javier sagt nichts. Er nickt nur traurig.

Weniger blinzelt, nimmt seine Hand weg und tritt einen halben Schritt vom Geländer zurück. Jetzt ist in dem neu entstandenen Raum zwischen ihm und dem Spanier das Metallbaukasten-Wunder des Eiffelturms zu sehen.

Weniger sagt, »Du bist gar kein Single, stimmt's?«

Rauch kommt aus Javiers Mund, als er langsam den Kopf schüttelt. »Wir sind seit achtzehn Jahren zusammen. Er lebt in Madrid, ich hier.«

»Verheiratet.«

Javier wartet lange, bevor er antwortet. »Ja, verheiratet.«

»Siehst du, ich hatte recht.«

»Dass du der einzige Single-Mann bist?«

Weniger schließt die Augen. »Dass ich töricht bin.«

Drinnen wird Klavier gespielt. Der Sohn muss ran, und wovon auch immer er einen Kater haben mag, den bunten Girlanden von Tönen, die durchs Fenster auf den Balkon kommen, ist es nicht anzumerken. Die anderen Raucher gehen hinein, um zuzuhören. Der Himmel ist komplett dunkel.

»Nein, nein, du bist nicht töricht.« Javier legt die Hand auf den Ärmel von Wenigers lächerlicher Jacke. »Ich wünschte, ich wäre Single.«

Weniger lächelt bitter über den Konjunktiv, aber zieht seinen Arm nicht weg. »Bestimmt nicht. Sonst wärst du es ja.«

»So einfach ist das nicht, Arthur.«

Weniger hält inne. »Aber so bedauerlich.«

Javier schiebt seine Hand den Arm hinauf, bis zu Wenigers Ellbogen. »Es ist absolut bedauerlich. Wann reist du ab?«

Er blickt auf seine Uhr. »Ich breche in einer Stunde zum Flughafen auf.«

»O.« Plötzlich ist Schmerz in diesen goldgrünen Augen zu sehen. »Ich werde dich nicht wiedersehen, oder?«

Er muss in seiner Jugend schlank gewesen sein, mit langem, schwarzem Haar, im richtigen Licht blau schimmernd, so wie in alten Comic-Heften. Er muss in einer orangenen Badehose im Meer geschwommen sein und sich in den Mann verliebt haben, der ihm vom Ufer lächelnd zusah. Er muss eine unglückliche Affäre nach der anderen gehabt haben, bis er in einem Kunstmuseum einen verlässlichen Mann gefunden hat, nur fünf Jahre älter, bereits teilweise kahl, mit einem kleinen Bauch, aber einer lockeren Art, die ein Entkommen vom Liebeskummer versprach, unten in Madrid, diesem Palast von einer Stadt, der in der Hitze schmort. Sicher dauerte es zehn Jahre oder mehr, bis sie heirateten. Wie oft hatten sie spätabends noch Schinken und eingelegte Anchovis gegessen? Wie oft hatten sie sich wegen der Sockenschublade gestritten – schwarz vermischt mit dunkelblau –, bis sie endlich entschieden, dass jeder seine eigene Schublade brauchte? Jeder seine eigene Bettdecke, so wie in Deutschland? Jeder seine eigene Marke Kaffee und Tee? Jeder seinen eigenen Urlaub – der Ehemann nach Griechenland (jetzt komplett glatzköpfig, aber den Bauch hatte er im Griff) und er selbst nach Mexiko? Wieder allein am Strand in einer orangenen Badehose, jetzt nicht mehr schlank. Am Ufer sammelte sich der Müll der Kreuzfahrtschiffe, und man konnte die tanzenden Lichter Cubas sehen. Er muss lange Zeit einsam gewesen sein, um so vor Arthur Weniger zu stehen und ihm eine solche Frage zu stellen. Auf einem Dach in Paris, in dem schwarzen Anzug und dem weißen Hemd. Jeder Erzähler wäre neidisch auf diese mögliche Liebe, in dieser möglichen Nacht.

Weniger steht in der Velourslederjacke da, hinter ihm die nächtliche Stadt. Mit seinem traurigen Gesicht, im Dreiviertelprofil, seinem grauen T-Shirt, seinem gestreiften Schal, seinen blauen Augen und dem kupferfarbenen Bart sieht er nicht aus wie er selbst. Er sieht aus wie Van Gogh.

Eine Schar Stare steigt hinter ihm auf und fliegt in Richtung Kirche.

»Wir sind zu alt, um zu glauben, dass wir uns wiederbegegnen werden«, sagt Weniger.

Javier legt seine Hand auf Wenigers Hüfte und geht einen Schritt auf ihn zu. Zigaretten und Vanille.

»Passagiere nach Marrakesch …«

Arthur Weniger sitzt auf die Weniger-typische Art da – Beine am Knie überkreuzt, der freie Fuß zappelnd –, und wie üblich sind seine langen Beine einem Mitreisenden nach dem anderen im Weg, deren Rollkoffer so gewaltig sind, dass Weniger sich gar nicht vorstellen kann, was sie alles nach Marokko mitnehmen wollen. Sie kommen so ununterbrochen vorbei, dass er sein Bein herunternehmen und sich gerade hinsetzen muss. Er trägt noch immer seine neuen Pariser Kleider, der Leinenstoff seiner Hose ist vom stundenlangen Tragen ausgebeult, der Mantel unerträglich warm. Er ist müde und betrunken von der Party, und sein Gesicht glüht vor Alkohol und Zweifel und Erregung. Doch er hat es geschafft, seine Steuerrückerstattungsformulare in die Post zu geben, und dafür steht ihm (weil er seine Angstgegnerin, die Steuer-Dame, besiegt hat) das selbstgefällige Lächeln eines Kriminellen im Gesicht, der gerade einen letzten Coup gelandet hat. Javier hat versprochen, die Formulare am Morgen einzuwerfen; sie stecken in diesem schmalen schwarzen Jackett, an der straffen iberischen Brust. Also war nicht alles umsonst. Oder doch?

Er schließt die Augen. In seiner weit zurückliegenden Jugend tröstete er seinen ängstlichen Geist oft mit den Bildern von Bucheinbänden, Autorenfotos und Zeitungsausschnitten. Diese Dinge kann er sich jetzt leicht ins Gedächtnis rufen; sie spenden keinen Trost. Stattdessen liefert sein innerer Hausfotograf einen Kontaktabzug des immergleichen Motivs ab: Javier, der ihn zur Mauer zieht und küsst.

»Dieser Flug ist überbucht und wir suchen noch Freiwillige …«

Schon wieder überbucht. Doch Arthur Weniger hört sie nicht, oder aber er kann sich einen zweiten Vollstreckungsaufschub nicht vorstellen, einen zweiten Tag voller Möglichkeiten, bevor er fünfzig wird. Vielleicht ist das alles zu viel. Oder auch gerade genug.

Das Klavierstück endet, und die Gäste applaudieren. Von jenseits der Dächer kommt entweder das Echo des Applauses oder der Applaus von einer anderen Party. Ein Dreieck aus gelbem Licht fällt auf Javiers Augen und lässt sie erstrahlen wie Glas. Und alles, was Weniger durch den Kopf geht, ist dieser eine Gedanke: *Frag mich*. Als der verheiratete Mann lächelt und Wenigers roten Bart berührt – *Frag mich* –, als er ihn vielleicht noch eine halbe Stunde lang küsst, und schon haben wir einen weiteren Mann, den Wenigers Kuss verzaubert hat, als er ihn gegen die Mauer drückt, ihm die Jacke öffnet, ihn leidenschaftlich berührt und wunderbare Dinge flüstert, aber nicht die Dinge, die alles ändern würden, denn es ist immer noch möglich, alles zu ändern, bis Weniger schließlich sagt, dass es jetzt Zeit sei aufzubrechen. Javier nickt, geht mit ihm zurück in den grüngestreiften Raum und steht neben ihm, während er sich von der Gastgeberin verabschiedet, und von den anderen Mordverdächtigen, in seinem schrecklichen Französisch – *Frag mich* –, bringt ihn zur Wohnungstür und geht mit ihm die Treppe hinunter bis zur Straße, wo alles in blauen Wasserfarben gemalt ist, verschwommen vom dunstigen Regen, die aus Stein gehauenen Säulengänge und nassen Satinstraßen – *Frag mich* –, und der arme Spanier bietet ihm seinen eigenen Regenschirm an (abgelehnt), bevor er traurig lächelt – »Es tut mir leid, dich gehen zu sehen« – und ihm zum Abschied winkt.

Frag mich, und ich bleibe.

Auf Wenigers Telefon geht ein Anruf ein, doch er ist beschäftigt: ist bereits im Flugzeug und nickt dem blonden Steward mit der großen Nase zu, der ihn, wie sie es immer tun, nicht in der Sprache des Passagiers, des Stewards oder des Flughafens begrüßt, sondern in der des Flugzeugs selbst (»Buonasera«, denn es handelt sich um ein italienisches Flugzeug), dann schiebt er sich ungelenk durch den Gang, hilft einer winzigen Frau, ihr riesiges Handgepäck zu verstauen, und findet schließlich seinen Lieblingsplatz: in der hintersten Ecke ganz rechts. Keine Kinder, die ihn von hinten treten können. Gefängniskissen, Gefängnisdecke. Er zieht seine engen französischen Schuhe aus und schiebt sie unter den Sitz. Hinterm Fenster: Charles de Gaulle bei Nacht, Glühwürmchen und Männer, die leuchtende Stäbe schwenken. Er schließt die Fensterblende, dann die Augen. Er hört, wie sein Nachbar sich unsanft hinsetzt und etwas auf Italienisch sagt, und beinahe versteht er es. Kurz die Erinnerung, im Pool eines Golf Resorts zu schwimmen. Kurz die falsche Erinnerung an Dr. Enger. Kurz die echte Erinnerung an Dächer und Vanille.

»... heißen Sie auf unserem Flug von Paris nach Marrakesch willkommen ...«

Die Schornsteine sahen allesamt aus wie Blumentöpfe.

Wieder geht ein Anruf ein, diesmal von einer unbekannten Nummer, doch wir werden nie erfahren, worum es geht, denn es wird keine Nachricht hinterlassen, und der gewünschte Empfänger ist bereits in einen tiefen Abflugschlaf versunken, hoch über dem Kontinent Europa, nur sieben Tage jünger als fünfzig, und nun endlich auf dem Weg nach Marokko.

WENIGER MAROKKANISCH

Was liebt eine Kameldame? Ich würde vermuten, nichts auf der Welt. Nicht den Sand, der sie wund scheuert, oder die Sonne, die sie brät, oder das Wasser, das sie wie eine Abstinenzlerin säuft. Nicht das Sitzen, wenn sie die Wimpern flattern lässt wie ein Starlet. Nicht das Stehen, wenn sie empört und zornig ächzt und ihre jugendlichen Gliedmaßen ordnet. Nicht die anderen Kamele, denen gegenüber sie die Verachtung einer Thronanwärterin an den Tag legt, die gezwungen ist, in der Touristenklasse zu fliegen. Nicht die Menschen, die sie versklavt haben. Nicht die ozeanische Monotonie der Dünen. Nicht das nach nichts schmeckende Gras, das sie kaut, dann wieder kaut, und dann wieder – ein einziger verdrießlicher Kampf des Verdauens. Nicht den höllischen Tag. Nicht die himmlische Nacht. Nicht den Sonnenuntergang. Nicht den Sonnenaufgang. Nicht die Sonne oder den Mond oder die Sterne. Und ganz sicher nicht den schweren Amerikaner, ein paar Pfund übergewichtig, aber nicht schlecht für sein Alter, größer als die meisten und kopflastig, der von einer Seite zur anderen kippt, während sie diesen Menschen, diesen Arthur Weniger, sinnlos durch die Sahara schleppen muss.

Vor ihr: Mohammed, ein Mann in langer weißer Djellaba und einem blauen Tagelmust um den Kopf, der sie an einem Seil führt. Hinter ihr: die anderen acht Kamele ihrer Karawane, weil sich neun Leute dafür angemeldet hatten, zum Lager zu reisen, auch wenn nur vier der Kamele einen Reiter haben. Seit Marrakesch haben sie fünf Leute verloren. Bald werden sie einen weiteren verlieren.

Auf ihrem Rücken: Arthur Weniger, mit blauem Tagelmust. Er bestaunt die Dünen, die kleinen Sandteufel, die auf jedem Kamm tanzen, die Türkis- und Goldtöne des Sonnenuntergangs, und denkt, dass er an seinem Geburtstag wenigstens nicht allein sein wird.

Tage zuvor – erwacht nach dem Flug von Paris und sich jetzt auf dem afrikanischen Kontinent wiederfindend: ein übernächtigter Arthur Weniger. Während sein Körper noch immer kribbelt – vom Champagner und von Javiers Liebkosungen und von einem recht ungemütlichen Flugzeugsitz –, stolpert er unter einem indigoblau-gefärbten Himmel über die Rollbahn direkt in eine Einreiseschlange jenseits aller Vernunft. Die Franzosen, zu Hause so vornehm, scheinen auf dem Boden ihrer ehemaligen Kolonie augenblicklich den Verstand verloren zu haben; es ist wie der verdoppelte Wahnsinn, der einen packt, wenn man einen Liebhaber sieht, den man betrogen hat; sie ignorieren die Schlange, nehmen die Bänder von den sorgfältig positionierten Pfosten ab, und werden zu einem Mob, der auf Marrakesch zustürmt. Die marokkanischen Beamten, in grün und rot wie Cocktailoliven, behalten die Ruhe; Pässe werden geprüft, dann abgestempelt; Weniger stellt sich vor, dass es den ganzen Tag so läuft, jeden Tag. Er erwischt sich dabei, wie er »Madame! Madame!« brüllt, an eine Französin gerichtet, die mit vollem Ellbogeneinsatz durch die Menge drängelt. Sie verzieht den Mund, zuckt mit den Schultern *(C'est la vie!)* und macht weiter. Findet gerade eine Invasion statt, von der er nichts mitbekommen hat? War dies der letzte Flieger aus Frankreich heraus? Falls ja: Wo ist Ingrid Bergman?

Es bleibt also genügend Zeit, während er mit der Menge mittrottet (aus der er, obwohl es Europäer sind, noch immer herausragt), um in Panik zu geraten.

Er hätte in Paris bleiben können, oder zumindest einen weiteren Aufschub akzeptieren können (und dazu sechshundert Euro); er hätte sein gesamtes törichtes Abenteuer verwerfen können, um ein noch törichteres zu beginnen. *Arthur Weniger wollte eigentlich nach Marokko, aber er hat einen Spanier in Paris kennengelernt, und seitdem hat niemand mehr von ihm gehört!* Ein Gerücht für Freddys Ohren. Doch wenn Arthur Weniger überhaupt irgendetwas ist, dann ist er ein Mann, der sich an Pläne hält. Und deshalb ist er hier. Wenigstens wird er nicht allein sein.

»Arthur! Du hast dir einen Bart wachsen lassen!« Sein alter Freund Lewis, hinter der Zollkontrolle, gut gelaunt wie immer. Haar wie angelaufenes Silber, so lang, dass es die Ohren bedeckt, und am Kinn weiße Borsten; fülliges Gesicht und gut gekleidet, in grauem Leinen und Baumwolle; Kapillargefäße, die sich in einem fruchtbaren Delta über seine Nase erstrecken; Hinweise darauf, dass Lewis Delacroix, mit seinen fast sechzig Jahren, Arthur Weniger noch einen Schritt voraus ist.

Weniger lächelt müde und fasst sich an den Bart. »Ich … ich dachte, ich brauch mal eine Veränderung.«

Lewis hält ihn ein Stück von sich weg, um ihn zu betrachten. »Sexy. Komm, wir gehen irgendwohin, wo es klimatisiert ist. Hier gibt es gerade eine Hitzewelle, und sogar die Nächte in Marrakesch sind die Hölle. Tut mir leid, dass dein Flug verspätet war; ist ja ein Albtraum, einen ganzen Tag warten zu müssen! Hast du's geschafft, dich zu verlieben, in deinen vierzehn Stunden in Paris?«

Weniger erschrickt und sagt, er habe sich bei Alexander gemeldet. Er erzählt von der Party und dass Alex nicht gekommen sei. Javier erwähnt er nicht.

Lewis sieht ihn an und fragt, »Willst du über Freddy reden? Oder willst du nicht über Freddy reden?«

»Nicht reden.«

Sein Freund nickt. Lewis, den er auf dem ausgedehnten Road Trip nach dem College getroffen hat, der ihm seine billige Wohnung in der Valencia Street angeboten hat, über der kommunistischen Buchhandlung, der ihn mit Acid und elektronischer Musik bekannt gemacht hat. Der schöne Lewis Delacroix, der so erwachsen wirkte, so selbstsicher; er war dreißig gewesen. Damals eine ganz andere Generation; jetzt sind sie im Grunde gleich alt.

Und doch ist ihm Lewis immer so viel gefestigter vorgekommen; mit demselben Partner seit zwanzig Jahren ist er das Paradebeispiel für gelingende Liebe. Und glamourös dazu: diese Reise zum Beispiel ist genau die Art von Luxus, durch die Lewis' faszinierende Geschichten erst möglich werden. Es ist eine Geburtstagsreise – aber nicht für Arthur Weniger. Sondern für eine Frau namens Zohra, die ebenfalls fünfzig wird und die Weniger noch nie getroffen hat.

»Ich würde ja sagen, wir gehen schlafen«, sagt Lewis, als sie ein Taxi gefunden haben, »aber im Hotel schläft niemand. Die trinken schon seit Mittag. Und wer weiß was noch? Daran ist Zohra schuld; na, du wirst Zohra ja kennenlernen.«

Die erste, die es erwischt, ist die Schauspielerin. Vielleicht liegt es am hellen marokkanischen Wein, von dem es zum Abendessen Glas um Glas gibt (auf dem Dach des gemieteten Hauses, dem *riad*, mit Blick auf diese Hand eines aufzeigenden Schülers: das Minarett der Koutoubia-Moschee); vielleicht auch an den Gin Tonics, die sie nach dem Essen bestellt, als sie ihre Kleider abwirft (die beiden Riad-Angestellten, die beide Mustafa heißen, sagen nichts) und unten in den Pool steigt, wo Schildkröten ihr blasses Fleisch anstarren und sich wünschen, sie wären noch Dinosaurier, und das Wasser sich von ihren Rückenschwimmzügen kräuselt, während sich die anderen weiter einander vorstellen (Weniger ist irgendwo dazwischen und kämpft mit einer Weinflasche zwischen seinen Schenkeln); vielleicht liegt es auch am Tequila, den sie später entdeckt, als der Gin alle ist, als jemand eine Gitarre findet und jemand anderes eine schrille Flöte aus der Region, und sie mit einer Laterne auf dem Kopf einen improvisierten Tanz beginnt, bis sie jemand aus dem Pool herausführt; vielleicht auch an dem Whiskey, der anschließend herumgeht; oder dem Haschisch; oder den Zigaretten; oder dem dreifachen lauten Klatschen der Nachbarin, einer Prinzessin: dem Zeichen, dass es für Marrakesch zu spät ist – aber wie sollen wir das je erfahren? Alles, was wir wissen, ist, dass sie am Morgen nicht aus dem Bett kommt; nackt ruft sie nach etwas zu trinken, und als ihr jemand Wasser bringt, schlägt sie ihm das Glas aus der Hand und sagt, »Ich meinte Wodka!«, und weil sie nicht bereit ist, sich vom Fleck zu bewegen, und weil sie um zwölf Uhr mittags los wollen, und weil ihre letzten beiden Filme von fragwürdiger Qualität waren, und weil niemand außer dem Geburtstagskind weiß, wer sie ist, lässt man sie in der Obhut der beiden Mustafas zurück.

»Ist mit ihr alles in Ordnung?«, fragt Weniger Lewis.

»Ich hätte niemals gedacht, dass sie so wenig verträgt«, sagt Lewis und sieht ihn durch seine riesige Sonnenbrille hindurch an; er sieht damit aus wie ein nachtaktiver Primat. Sie sitzen nebeneinander in einem Kleinbus; die monströse Hitzewelle lässt die Außenwelt flirren wie in einem Wok. Die anderen Passagiere lehnen sich merkwürdig gegen die Fensterscheiben. »Ich dachte, Schauspieler sind aus Stahl gemacht.«

»Bitte an alle«, erklingt eine Stimme aus dem Buslautsprecher; es ist Mohammed, ihr marokkanischer

Reiseführer, in rotem Polohemd und Jeans. »Jetzt fahren wir durch das Atlasgebirge. Sie sind, so sagen wir, wie Schlange. Heute abend kommen wir an in [*Name von Mikro verschluckt*], wo wir die Nacht bleiben. Morgen ist Tal der Palmen.«

»Ich dachte, morgen wär die Wüste«, ist ein britischer Akzent zu vernehmen, den Weniger, vom Vorabend, als den des Technologiegenies wiedererkennt, der sich mit vierzig zur Ruhe gesetzt hat und jetzt in Shanghai einen Club betreibt.

»Ah ja, ich verspreche die Wüste!« Mohammed ist klein, hat langes, lockiges Haar und ist vermutlich knapp über vierzig. Sein Lächeln sitzt, sein Englisch weniger. »Ich entschuldige mich für die unangenehme Überraschung der Hitze.«

Von hinten kommt eine weibliche Stimme, koreanischer Akzent: die Geigerin. »Könnten Sie die Klimaanlage hochdrehen?«

Einige Worte auf Arabisch, dann beginnen die Ventilatoren, warme Luft in den Bus zu pusten. »Mein Freund sagt, sie war ganz auf.« Die Luft kühlt sie in keiner Weise. Neben ihnen, auf der Straße, die aus Marrakesch herausführt, sind Gruppen von Schülern in ihrer Mittagspause auf dem Weg nach Hause; sie halten sich Hemden oder Bücher vors Gesicht, um sich vor der gnadenlosen Sonne zu schützen. Meilen von Lehmmauern und, hier und da, die Oase eines Cafés, wo Männer den Bus anstarren, als sie vorbeirollen. Da ist eine Pizzabude. Und da eine unfertige Tankstelle: AFRIQUA. Jemand hat mitten im Nirgendwo einen Esel an einen Telefonmasten gebunden und dort stehen lassen. Der Fahrer dreht die Musik auf: das merkwürdig berückende Scheppern der Gnawa. Lewis scheint eingeschlafen zu sein; durch die Brille kann Weniger es nicht genau erkennen.

Tahiti.

»Ich wollte immer schon mal nach Tahiti«, verkündete Freddy einmal, auf einer nachmittäglichen Dachparty seiner jungen Freunde. Ein paar andere ältere Männer hatten sich unter die Menge gemischt und beäugten einander wie Raubtiere; Weniger wusste nicht, wie er signalisieren konnte, dass er in dieser Gruppe von Gazellen ein Vegetarier war. *Mein letzter Freund*, wollte er ihnen mitteilen, *ist schon über sechzig*. Bevorzugte irgendeiner von ihnen, so wie er, Männer im mittleren Alter? Er würde es nie herausfinden; sie mieden ihn, als würden sie magnetisch abgestoßen. Früher oder später kam auf solchen Partys Freddy mit einem erschöpften Gesicht zu ihm und sie verbrachten die letzten Stunden gemeinsam und quatschten. Und diesmal – vielleicht lag es am Tequila und am Sonnenuntergang – war Freddy auf das Thema Tahiti gekommen.

»Hört sich gut an«, sagte Weniger. »Aber für mich klingt das immer so nach abgetrennter Ferienanlage. Als würde man da nie auf Einheimische treffen. Ich will nach Indien.«

Freddy zuckte mit den Achseln. »Ja, in Indien trifft man definitiv Einheimische. Ich hab gehört, außer Einheimischen gibt's da niemanden. Aber weißt du noch, als wir in Paris waren? Im Musée d'Orsay? Ach, stimmt ja, du warst krank. Na gut. Da gab es einen Raum mit Schnitzereien von Gauguin. Und auf einer stand: *Sei mysteriös*. Und auf der anderen stand: *Liebe, und du wirst glücklich sein*. Natürlich auf Französisch. Das hat mich wirklich gerührt, mehr als die Bilder. Dieselbe Schnitzerei hat er für sein Haus auf Tahiti angefertigt. Ich weiß, ich bin komisch. Ich sollte wegen der Strände dahin wollen. Aber eigentlich will ich vor allem sein Haus sehen.«

Weniger wollte gerade etwas erwidern – doch genau in diesem Augenblick ließ die Sonne, die hinter Buena Vista versteckt war, eine Nebelbank erstrahlen, und Freddy trat ans Geländer, um es sich anzusehen. Sie sprachen nie wieder über Tahiti, also dachte Weniger nie wieder daran. Freddy aber offensichtlich schon.

Denn dort muss er jetzt sein. Auf seiner Hochzeitsreise mit Tom.

Liebe, und du wirst glücklich sein.

Tahiti.

Es dauert nicht lange, bis sie die nächsten verlieren. Der Bus schafft es bis nach Ait-Ben-Haddou (mit einer Mittagspause in einem mit Halluzinationen auslösenden Fliesen dekorierten Rasthaus), wo man sie aus dem Bus führt. Vor ihm geht ein Paar, beide Kriegsreporter; am Vorabend haben sie Weniger mit Geschichten aus Beirut in den Achtzigern unterhalten, wie der von dem Kakadu in einer Bar, der das Geräusch eingehender Raketen nachahmen konnte. Eine elegante Französin mit weißer Bobfrisur und heller Baumwollhose und ein großer Deutscher mit Schnurrbart und Fotojournalistenjacke. Sie sind aus Afghanistan hergekommen, um zu lachen, Kette zu rauchen und einen neuen Dialekt des Arabischen zu erlernen. Die Welt scheint ihnen zu gehören; nichts kann sie umwerfen. Zohra, das Geburtstagskind, kommt und geht ein Stück neben ihm: »Arthur, ich freu mich so, dass du dabei bist.« Nicht groß, aber eindeutig verlockend, in einem langärmeligen gelben Kleid, das ihre Beine betont; sie ist von einer ganz besonderen Schönheit, mit der langen Nase und den leuchtenden, übergroßen Augen eines byzantinischen Marienporträts. Jede einzelne ihrer Bewegungen – ob sie die Rückenlehne eines Stuhls berührt, sich das Haar aus dem Gesicht streicht oder einen ihrer Freunde anlächelt – verfolgt einen Zweck, und ihr Blick ist direkt und analytisch. Ihr Akzent wäre unmöglich zu bestimmen – Britisch? Mauritisch? Baskisch? Ungarisch? –, doch Weniger hat bereits von Lewis erfahren, dass sie genau hier in Marokko geboren wurde, aber schon als Kind nach England ging. Dies ist ihr erster Besuch seit zehn Jahren. Er hat beobachtet, wie sie sich verhält, wenn sie mit ihren Freunden zusammen ist; sie lacht immerzu, lächelt immerzu, doch wenn sie sich entfernt, ist da ein Schatten einer tiefen Traurigkeit zu erkennen. Glamourös, intelligent, unverwüstlich, erfrischend direkt und zu Obszönitäten neigend, scheint Zohra die Art Frau zu sein, die einen internationalen Spionagering leiten könnte. Weniger stellt sich vor, dass sie genau das tut.

Und vor allem: Sie sieht kein bisschen aus wie fünfzig, nicht einmal wie vierzig. Man würde niemals denken, dass sie trinkt wie ein Seemann, und auch so flucht, und eine Mentholzigarette nach der anderen raucht. Ganz sicher sieht sie jünger aus als der so faltige wie erschöpfte, alte und bankrotte und ungeliebte Arthur Weniger.

Zohra sieht ihn mit ihren umwerfenden Augen an. »Weißt du, ich bin ein großer Fan deiner Bücher.«

»Ach!«, sagt er.

Sie gehen nebeneinander an einer niedrigen Mauer aus uralten Backsteinen entlang, und unten erhebt sich eine Reihe weißgetünchter Häuser aus einem Fluss. »*Kalipso* habe ich wirklich geliebt. Wirklich, richtig geliebt. Am Ende hast du mich zum Heulen gebracht, du Wichser.«

»Es freut mich, das zu hören. Glaube ich.«

»Es war so traurig, Arthur. So verfickt traurig. Was schreibst du als Nächstes?« Sie wirft ihr Haar über die Schulter, und es fällt in einer langen, fließenden Bewegung.

Er stellt fest, dass er die Zähne zusammenbeißt. Unter ihnen trotten zwei Jungs auf ihren Pferden langsam durch das seichte Wasser.

Zohra runzelt die Stirn. »Ich mach dir Angst. Ich hätte nicht fragen sollen. Geht mich einen Scheißdreck an.«

»Nein, nein«, sagt Arthur. »Schon okay. Ich habe einen neuen Roman geschrieben, aber mein Verleger hasst ihn.«

»Was soll das heißen?«

»Na ja, sie haben ihn abgelehnt. Wollen ihn nicht veröffentlichen. Ich weiß noch, als sie mein erstes Buch gekauft haben, holte der Verlagsleiter mich in sein Büro und hielt mir einen langen Vortrag. Er wisse, dass sie nicht viel zahlten, aber sie seien wie eine Familie, und ich sei jetzt Teil dieser Familie. Es wäre für sie nicht nur eine Investition in dieses eine Buch, sondern in meine gesamte Karriere. Das ist erst fünfzehn Jahre her. Und zack – bin ich raus. Schöne Familie.«

»Klingt wie meine Familie. Worum ging's in deinem nächsten Roman?« Als sie sein Gesicht sieht, schiebt sie eilig hinterher, »Arthur, du kannst mir einfach sagen, ich soll mich verpissen. Das weißt du hoffentlich.«

Eine seiner Regeln lautet, niemals über seine Bücher zu reden, solange sie nicht veröffentlicht sind. Die Leute sind einfach so unvorsichtig mit ihren Reaktionen, und schon ein skeptischer Blick fühlt sich für ihn an, als würde jemand über den neuen Liebhaber sagen: *Jetzt sag bloß nicht, du bist mit* dem *zusammen*! Doch aus irgendeinem Grund vertraut er ihr.

»Es ging …«, setzt er an, bleibt mit dem Fuß an einem Stein hängen, und fängt noch einmal von vorne an. »Es ging um einen schwulen Mann im mittleren Alter, der durch San Francisco läuft. Und, na ja, um seine … seine Sorgen …« Ihr Gesicht hat begonnen, sich zu einer undurchsichtigen Miene zusammenzuziehen, und er merkt, dass er den Faden verliert. Weiter vorne brüllen die Journalisten auf Arabisch.

Zohra fragt, »Ist es ein weißer mittelalter Mann?«

»Ja.«

»Ein weißer mittelalter amerikanischer Mann, der mit seinen weißen mittelalten amerikanischen Sorgen durch die Gegend läuft?«

»Gott, ja, sieht so aus.«

»Arthur. Tut mir echt leid. Aber es fällt mir schwer, Mitleid mit so einem Typen zu haben.«

»Auch, wenn er schwul ist?«

»Auch, wenn er schwul ist.«

»Verpiss dich.« Er hat nicht gewusst, dass er das sagen würde.

Sie bleibt stehen, zeigt mit dem Finger auf seine Brust und grinst. »Sehr gut«, sagt sie.

Und dann bemerkt er, auf dem Hügel vor ihnen, eine mit Zinnen versehene Festung. Sie scheint aus sonnengetrocknetem Lehm erbaut zu sein. Sie erscheint absolut unwahrscheinlich. Wieso hat er nicht damit gerechnet? Wieso hat er nicht mit Jericho gerechnet?

»Das«, verkündet Mohammed, »ist die uralte ummauerte Stadt des Stammes der Haddou. *Ait* ist ein Berberstamm, *Ben* heißt ›von‹ und *Haddou* ist die Familie. Also, Ait-Ben-Haddou. Acht Familien leben noch innerhalb der Mauern der Stadt.«

Wieso hat er nicht mit Ninive, Sidon, Tyros gerechnet?

»Entschuldigung«, sagt der Technikgenie-Club-Besitzer. »Haben Sie gesagt, acht Familien? Oder Ait-Familien?«

»Ait Familien.«

»Die Zahl acht?«

»Es war einmal ein Dorf, aber jetzt sind nur wenige Familien übrig. Acht.«

Babylon? Ur?

»Noch mal. Die Zahl acht? Oder der Name Ait?«

»Ja, Ait Familien. Ait-Ben-Haddou.«

In diesem Augenblick beugt sich die Kriegsreporterin über die uralte Mauer und übergibt sich. Das Wunder, das vor ihnen liegt, ist vergessen; ihr Ehemann eilt ihr zur Seite und hält ihr schönes Haar zurück. Die untergehende Sonne taucht die Lehmsteinkulisse in blaue Schatten, und irgendwie fühlt sich Weniger in das Farbschema seiner Kindheit zurückversetzt, als seine Mutter ganz verrückt nach dem amerikanischen Südwesten war. Vom anderen Ufer des Flusses ertönt ein Schrei wie ein Fliegeralarm: der Ruf zum Abendgebet. Die Burg oder Ksar, Ait-Ben-Haddou erhebt sich ungerührt vor ihnen. Der Ehemann streitet erst wütend auf Deutsch mit dem Reiseführer, dann auf Arabisch mit dem Fahrer, schließlich auf Französisch, bevor er mit einer unverständlichen Tirade endet, die nur für die Götter bestimmt ist. Seine Beherrschung englischer Flüche bleibt unbewiesen. Seine Frau fasst sich an den Kopf und versucht zu stehen, doch dann sackt sie in die Arme des Busfahrers, und die ganze Gruppe wird rasch zum Bus zurückgeführt. »Migräne«, flüstert Lewis ihm zu. »Saufen, die Höhe. Ich wette, das war's für sie.« Weniger wirft einen letzten Blick auf die uralte Burg aus Lehm und Stroh, die fast jedes Jahr erneuert wird, weil der Regen die Wände auflöst, die verputzt und wieder neu verputzt werden, so dass von der alten Ksar nichts übrig ist außer den Grundrissen. So wie ein Lebewesen, von dessen ursprünglichen Zellen keine einzige mehr übrig ist. So wie Arthur Weniger. Und wie soll es weitergehen? Werden sie einfach ewig so weiterbauen? Oder wird eines Tages jemand sagen, *Hey, was soll die Scheiße? Lass es zusammenbrechen, und verpiss dich*. Und das wird dann das Ende von Ait-Ben-Haddou sein. Weniger spürt, dass er kurz vor einer wesentlichen Erkenntnis über das Leben und den Tod und den Lauf der Dinge steht, einer uralten und vollkommen offensichtlichen Erkenntnis, als eine britische Stimme ihn unterbricht:

»Okay, tut mir leid, aber ich muss das fragen. Noch einmal. Heißt es Ait ...«

»Beten ist besser als schlafen«, erschallt der morgendliche Ruf von der Moschee, aber reisen ist noch besser als beten, denn als der Muezzin ruft, sitzen sie alle bereits wieder im Bus und warten darauf, dass der Reiseführer mit den Kriegsreportern zurückkehrt. Ihr Hotel – in der Nacht ein dunkles Labyrinth aus Stein – stellt sich nach Sonnenaufgang als ein Palast inmitten eines Tals voll üppiger Palmen heraus. An der Eingangstür stehen zwei kleine Jungs und halten kichernd ein Küken in den Händen. Das Küken ist leuchtend orange (entweder gefärbt oder auf übernatürliche Weise) und piepst sie fortwährend an, wütend, entrüstet, doch sie lachen nur und zeigen das Tier dem mit seinem Gepäck beladenen Arthur Weniger. Im Bus setzt er sich zu der koreanischen Geigerin und ihrem Model-Freund; der junge Mann sieht Weniger mit leeren blauen Augen an. Was liebt ein Männermodel? Lewis und Zohra sitzen zusammen und lachen. Der Reiseführer kehrt zurück; die Kriegsreporter müssen sich noch erholen, berichtet er, und werden auf einem späteren Kamel nachkommen. Und so erwacht der Bus keuchend zum Leben.

Gut zu wissen, dass es immer noch ein späteres Kamel gibt.

Der Rest ist ein Albtraum aus der Reisetablettenwerbung: wie betrunken geht es den Berg hinauf, in jeder Serpentine das wundersame Funkeln von Geoden, die dort verkauft werden, ein kleiner Junge springt auf, als der Bus sich nähert, rennt eilig zur Straße und streckt ihnen eine violette Geode entgegen, um schließlich in einer Wolke aus Staub zurückzubleiben, als sie vorbeifahren. Hier und dort steht eine Kasbah mit Feuertonwänden und einer großen grünen Holztür (der Eselstür, erklärt Mohammed), mit einer kleineren Tür darin (der Menschentür), aber keine Spur von Eseln oder Menschen. Nur die ausgedorrte Akazien-Berglandschaft. Die Passagiere schlafen oder starren aus dem Fenster und unterhalten sich leise. Die Geigerin und das Männermodel führen flüsternd ein Zwiegespräch, und so geht Weniger nach hinten, wo Zohra aus dem Fenster starrt. Sie deutet auf einen freien Platz, und er setzt sich neben sie.

»Weißt du, was ich entschieden habe?«, fragt sie streng, als müsste sie eine versammelte Runde zur Ordnung rufen. »In Sachen fünfzig werden. Zwei Dinge. Erstens: Fick die Liebe.«

»Ich weiß nicht, was das bedeutet.«

»Es bedeutet, gib's auf. Scheiß drauf. Ich habe mit dem Rauchen aufgehört, und ich kann auch mit der Liebe aufhören.« Sein Blick fällt auf das Päckchen Mentholzigaretten in ihrer Handtasche. »Was denn? Ich hab schon mehrfach damit aufgehört! Liebe ist in unserem Alter einfach zu gefährlich.«

»Also hat dir Lewis erzählt, dass ich auch fünfzig werde?«

»Ja! Herzlichen Glückwunsch, mein Lieber! Wir rutschen gemeinsam in die Scheiße.« Sie ist hocherfreut darüber, dass sie einen Tag vor ihm Geburtstag hat.

»Okay, keine Liebe in unserem Alter. Das ist tatsächlich eine riesige Erleichterung für mich. Vielleicht komme ich so dazu, mehr zu schreiben. Was ist das zweite?«

»Das hängt mit dem ersten zusammen.«

»Okay.«

»Fett werden.«

»Hah.«

»Fick die Liebe und werd einfach fett. So wie Lewis.«

Lewis dreht sich um. »Wer, ich?«

»Du!«, sagt Zohra. »Guck doch, wie scheißfett du geworden bist!«

»Zohra!«, sagt Weniger.

Doch Lewis gluckst nur. Mit beiden Händen tätschelt er sich den kugelrunden Bauch. »Also, ich find's total witzig. Ich gucke jeden Morgen in den Spiegel und lache mich kaputt. Ich! Der kleine dünne Lewis Delacroix!«

»Also, das ist der Plan, Arthur. Bist du dabei?«, fragt Zohra.

»Aber ich will nicht fett werden«, sagt Weniger. »Ich weiß, das klingt blöd und eitel, aber ich will nicht.«

Lewis beugt sich zu ihnen. »Arthur, eine Sache muss dir klar sein. Sieh dir all die Männer über fünfzig an, diese schlanken Männer mit Schnurrbart. Stell dir vor, wie sehr sie Diät halten und trainieren und sich anstrengen müssen, um in die Anzüge zu passen, die sie mit dreißig getragen haben! Und dann? Ist man immer noch ein vertrockneter alter Mann. Scheiß drauf. Clark sagt immer, man kann dünn sein oder man kann glücklich sein. Und Arthur, dünn sein hab ich schon probiert.«

Sein Ehemann, Clark. Ja, sie sind Lewis und Clark. Sie finden das immer noch köstlich. Köst-lich!

Zohra beugt sich vor und legt eine Hand auf seinen Arm. »Komm schon, Arthur. Tu's. Werde fett mit uns. Das Beste kommt erst noch.«

Aus dem vorderen Teil des Busses erklingt ein Geräusch. Die Geigerin redet mit gedämpfter Stimme auf Mohammed ein. Von einem der Fensterplätze kommt das Stöhnen des Männermodels.

»O nein, nicht noch einer«, sagt Zohra.

»Also eigentlich«, sagt Lewis, »hätte ich gedacht, es erwischt ihn schon früher.«

Und so trotten nur vier beladene Kamele durch die Sahara. Das Männermodel, maßlos krank, hat man mit dem Bus in M'Hamid zurückgelassen, der letzten Stadt vor der Wüste, und die Geigerin ist bei ihm geblieben. »Er wird auf einem späteren Kamel nachkommen«, versichert Mohammed, während sie ihre Kamele besteigen und wie Teekannen gekippt werden, als die Tiere sich auf die Beine kämpfen. Vier mit Menschen darauf und fünf ohne, alle in einer Reihe, die Schatten auf den Sand werfen, und wenn er sich diese verfluchten Kreaturen so ansieht, mit ihren Handpuppenköpfen und ihren Strohballenkörpern, ihren dürren Beinchen, denkt Weniger,

Guck sie dir an! Wer könnte da an einen Gott glauben? Es sind noch drei Tage bis zu seinem Geburtstag; bis zu Zohras noch zwei.

»Das ist keine Geburtstagsreise«, ruft Weniger Lewis zu, während sie in den Sonnenuntergang wippen. »Das ist ein Agatha-Christie-Roman!«

»Lass uns wetten, wen es als nächsten erwischt. Ich setze auf mich. Genau jetzt. Auf diesem Kamel.«

»Ich setze auf Josh.« Das britische Technik-Genie.

Lewis fragt: »Willst du jetzt über Freddy reden?«

»Eigentlich nicht. Ich hab gehört, die Hochzeit war sehr hübsch.«

»Ich habe gehört, dass Freddy am Vorabend –«

Zohra brüllt sie von ihrem Kamel aus an: »Haltet verdammt nochmal die Fresse! Genießt den Scheißsonnenuntergang auf euren Scheißkamelen! Mein *Gott*.«

Schließlich grenzt es an ein Wunder, dass sie überhaupt hier sind. Nicht, weil sie den Alkohol, das Haschisch, die Migränen überstanden haben. Überhaupt nicht. Sondern weil sie das Leben überlebt haben, die Erniedrigungen und Enttäuschungen und gebrochenen Herzen und verpassten Gelegenheiten, die schlechten Väter und schlechten Jobs und den schlechten Sex und die schlechten Drogen, all die Trips und Fehler und Bauchklatscher des Lebens, und es bis zur fünfzig und bis hierher geschafft haben: in diese Zuckergusslandschaft, diese Berge aus Gold, den kleinen Tisch, den sie jetzt auf der Düne sehen können, gedeckt mit Oliven und Pita und Gläsern und eisgekühltem Wein, während die Sonne geduldiger als jedes Kamel auf ihre Ankunft wartet. Also ja. Was für fast jeden Sonnenuntergang gilt, gilt für diesen ganz besonders: Haltet verdammt nochmal die Fresse.

Die Stille hält so lange, wie ein Kamel braucht, um eine Düne zu erklimmen. Lewis merkt an, dass heute sein zwanzigster Jahrestag sei, aber natürlich funktioniert sein Telefon hier draußen nicht, deshalb wird er Clark erst anrufen können, wenn sie Fès erreichen.

Mohammed dreht sich um und sagt, »Ah, aber es gibt W-LAN in der Wüste.«

»Wirklich?«, fragt Lewis.

»Ah, natürlich, überall«, sagt Mohammed nickend.

»O, gut.«

Mohammed streckt einen Finger in die Luft. »Das Problem ist das Passwort.«

Die Beduinen kichern.

»Das ist das zweite Mal, dass ich darauf reinfalle«, sagt Lewis, dann dreht er sich zu Weniger um und zeigt auf etwas.

Dort, auf der Düne, neben dem Tisch, hat einer der Kamelführer den Arm um den anderen gelegt, und so sitzen sie da und sehen der Sonne zu. Die Dünen nehmen dieselbe Farbe von Lehm und Türkis an wie die Gebäude in Marrakesch. Zwei Jungs, Arm in Arm. Für Weniger ist es ein fremder Anblick. Es macht ihn traurig. In seiner Welt sieht er niemals nicht-schwule Männer, die so etwas tun. Genau wie ein schwules Paar nicht Hand in Hand durch die Straßen von Marrakesch spazieren kann, denkt er, können zwei Männer, beste Freunde, nicht Hand in Hand durch die Straßen von Chicago spazieren. Sie können nicht wie diese Jugendlichen auf einer

Düne sitzen und sich, in der Umarmung des anderen, den Sonnenuntergang ansehen. Diese Liebe eines Tom Sawyer für seinen Freund Huckleberry Finn.

Das Lager ist ein Traum. Fangen wir in der Mitte an: eine Feuergrube, die mit knorrigen Akazienästen gefüllt ist, umgeben von Kissen, von denen acht mit Teppich ausgelegte Wege zu acht einfachen Segeltuchzelten führen, in denen sich – obwohl sie von außen betrachtet wie kleine Gottesdienstzelte aussehen – innen ein kleines Wunderland auftut: ein Messingbett, dessen Decke mit kleinen Spiegeln bestickt ist, Nachttisch und Leselampe aus gehämmertem Metall, ein Waschbecken und eine verschämte kleine Toilette hinter einem geschnitzten Sichtschutz und ein Frisier- sowie ein Ganzkörperspiegel. Weniger tritt ein und wundert sich: Wer hat diesen Spiegel poliert? Wer hat das Becken mit Wasser gefüllt und die Toilette geputzt? Und überhaupt: Wer hat die Messingbetten für so verwöhnte Wesen wie ihn hertransportiert, wer hat die Kissen und Teppiche gebracht, wer hat gesagt: »Ich könnte mir vorstellen, dass Ihnen die Decken mit den kleinen Spiegeln gefallen«? Auf dem Nachttisch: ein Dutzend englischsprachige Bücher, darunter ein Peabody-Roman und die Bücher dreier grottenschlechter amerikanischer Autoren, die, wie wenn man auf einer exklusiven Party einer schrecklich banalen Bekanntschaft begegnet und dies nicht nur die Eleganz der Party in Frage stellt, sondern zugleich die eigene, Weniger anzuschauen und zu sagen scheinen, »Ach, dich hat man auch reingelassen?« Und da, mitten unter ihnen: das neueste Werk von Finley Dwyer. Hier in der Sahara, neben seinem großen Bett aus Messing. Schönen Dank, Leben!

Aus Richtung Norden: ein Kamel, das gegen die Dämmerung anbellt.

Aus Richtung Süden: Lewis, der brüllt, da sei ein Skorpion in seinem Bett.

Aus Richtung Westen: das Klappern von Geschirr, weil die Beduinen ihren Abendbrottisch decken.

Noch einmal aus Richtung Süden: Lewis, der brüllt, Alles gut, war nur eine Büroklammer.

Aus Richtung Osten: der britische Technikgenie-Schrägstrich-Clubbesitzer, der sagt, »Leute. Mir geht's nicht so gut.«

Wer ist noch übrig? Beim Abendessen nur noch diese vier: Weniger, Lewis, Zohra und Mohammed. Sie trinken den Rest des Weißweins am Feuer und starren einander durch die Flammen hindurch an; Mohmamed raucht still eine Zigarette. Ist das eine Zigarette? Zohra steht auf und sagt, sie gehe jetzt ins Bett, damit sie an ihrem Geburtstag schön ist, gute Nacht zusammen, und guckt euch die Sterne an! Mohammed verschwindet in der Dunkelheit und nur Lewis und Weniger bleiben zurück.

»Arthur«, sagt Lewis, der auf seinem Kissen liegt, in die knisternde Stille hinein. »Ich bin froh, dass du da bist.«

Weniger seufzt und atmet die Nachtluft ein. Über ihnen erhebt sich die Milchstraße in einer Wolke aus Rauch. Er dreht sich zu seinem Freund, im Lichtschein des Feuers. »Herzlichen Glückwunsch zum Jubiläum, Lewis.«

»Danke. Clark und ich lassen uns scheiden.«

Weniger setzt sich kerzengerade auf. *»Was?«*

Lewis zuckt mit den Schultern. »Das haben wir vor ein paar Monaten entschieden. Ich wollte es dir erst jetzt erzählen.«

»Moment Moment Moment, *was*? Wieso denn?«

»Psst, du weckst noch Zohra auf. Und wie-heißt-er-noch.« Er rückt näher an Weniger heran und greift nach seinem Weinglas. »Also, du weißt doch, wie ich Clark kennengelernt habe. Damals, in New York, in der Kunstgalerie. Damals haben wir erst mal eine Fernbeziehung geführt, bis ich ihn irgendwann gebeten habe, nach San Francisco zu ziehen. Wir waren im Hinterzimmer der Art Bar – du weißt schon, da, wo man früher Koks kaufen konnte – und saßen auf der Couch, und Clark sagte, ›Alles klar, ich ziehe nach San Francisco. Ich ziehe bei dir ein. Aber nur für zehn Jahre. Nach zehn Jahren verlasse ich dich.‹«

Weniger blickt sich um, doch natürlich ist niemand da, der seine Fassungslosigkeit teilen könnte. »Das hast du mir nie erzählt!«

»Ja, er sagte, ›Nach zehn Jahren verlasse ich dich.‹ Und ich sagte, ›Ach, zehn Jahre, das ist doch schon was!‹ Weiter haben wir nicht darüber gesprochen. Er beschwerte sich nicht, dass er seinen Job kündigen und seine günstige Mietwohnung aufgeben musste. Er hat sich nie mit mir gestritten, wessen Töpfe wir behalten und wessen wir wegwerfen würden. Er ist einfach nur bei mir eingezogen und hat sein Leben neu eingerichtet. Einfach so.«

»Das wusste ich alles nicht. Ich dachte, ihr bleibt für immer zusammen.«

»Natürlich dachtest du das. Also, ich auch, ehrlich gesagt.«

»Tut mir leid, ich bin einfach so überrascht.«

»Also, nach zehn Jahren sagte er, ›Lass uns nach New York fliegen.‹ Also sind wir nach New York geflogen. Ich hatte die Abmachung total vergessen. Alles lief so gut, wir waren, na ja, sehr, sehr glücklich miteinander. Wir hatten ein Hotelzimmer in SoHo, über einem chinesischen Lampengeschäft. Und er sagte, ›Lass uns in die Art Bar gehen.‹ Also nahmen wir ein Taxi und setzten uns in das Hinterzimmer, wir tranken was, und er sagte, ›Gut, die zehn Jahre sind um, Lewis.‹«

»Das hat Clark gesagt? Er hat dein Verfallsdatum geprüft?«

»Ich weiß, er ist ein hoffnungsloser Fall. Der trinkt jede alte Milchpackung, die ihm unterkommt. Aber so war's. Er sagte, die zehn Jahre sind um. Und ich sagte, ›Willst du mich verarschen? Verlässt du mich, Clark?‹ Und er sagte, nein. Er wolle bleiben.«

»Na Gott sei Dank.«

»Für weitere zehn Jahre.«

»Das ist krank, Lewis. Das ist wie eine Eieruhr. Als würde er prüfen, ob etwas gar ist. Du hättest ihm eine reinhauen sollen. Oder wollte er dich bloß ärgern? Wart ihr high?«

»Nein, nein, vielleicht hast du diese Seite von ihm nie

kennengelernt. Ich weiß, er ist der totale Chaot, lässt seine Unterwäsche da liegen, wo er sie ausgezogen hat. Aber Clark hat noch eine andere Seite, eine praktische Seite. Er hat zum Beispiel unsere Solaranlage installiert.«

»Für mich ist Clark ein ganz entspannter Typ. Und das – das klingt neurotisch.«

»Ich glaube, er würde es pragmatisch nennen. Oder vorausschauend. Jedenfalls saßen wir in der Art Bar und er sagte, ›Okay, gut, ich liebe dich auch. Lass uns Champagner trinken.‹, und ich habe nicht weiter darüber nachgedacht.«

»Und zehn Jahre später –«

»Vor ein paar Monaten. Wir waren gerade in New York, und er sagte, ›Lass uns in die Art Bar gehen.‹ Die hat sich ja sehr verändert. Die ist gar nicht mehr siffig. Sie haben das alte Wandbild vom letzten Abendmahl weggemacht, und man kriegt nicht mal mehr Koks. Gott sei Dank, könnte man sagen, oder? Und wir saßen in dem hinteren Raum. Wir bestellten Champagner. Und er sagte, ›Lewis.‹ Ich wusste, was kommen würde. Ich sagte, ›Zehn Jahre sind um.‹ Und er sagte, ›Was meinst du?‹ Wir saßen lange nur da und tranken. Und dann sagte ich, ›Schatz, ich glaube, es ist soweit.‹«

»Lewis. Lewis.«

»Und er sagte, ›Ich glaube auch.‹ Und dann umarmten wir uns, da auf der Couch im Hinterzimmer der Art Bar.«

»Lief es nicht mehr gut? Du hast nie was gesagt.«

»Nein, es lief richtig gut.«

»Gut, aber wieso dann ›Es ist soweit‹? Wieso aufgeben?«

»Vor ein paar Jahren hatte ich einen Job in Texas, weißt du noch? Texas, Arthur! Aber es war gut bezahlt und Clark meinte, ›Ich unterstütze dich, das ist wichtig, lass uns zusammen runterfahren, ich war noch nie in Texas.‹ Also stiegen wir ins Auto und fuhren runter – es waren gut vier Tage Fahrt – und jeder von uns durfte eine Regel für die Fahrt aufstellen. Meine lautete, dass wir nur in Hotels übernachten durften, die ein Neonschild hatten. Seine, dass wir, egal wo wir waren, immer das Tagesgericht essen mussten. Wenn es kein Tagesgericht gab, mussten wir uns ein anderes Lokal suchen. O Gott, Arthur, was ich da gegessen habe! Einmal war das Tagesgericht Krabbenauflauf. In Texas.«

»Ich weiß, ja, davon hast du mir erzählt. Die Reise klang toll.«

»Das war der vielleicht beste Road Trip, den wir je unternommen haben. Wir haben nur gelacht, von Anfang bis Ende. Und uns nach Neonschildern umgesehen. Und dann kamen wir in Texas an, und er gab mir einen Abschiedskuss und stieg in ein Flugzeug nach Hause, und ich blieb vier Monate lang da. Und ich dachte, *Okay, das war schön.*«

»Ich versteh das nicht. Das klingt, als wärt ihr beiden glücklich.«

»Ja. Und ich war glücklich, in meinem kleinen Häuschen in Texas zu wohnen und zu arbeiten. Und ich dachte, *Okay, das war schön. Das war eine schöne Ehe.*«

»Aber du hast dich von ihm getrennt. Irgendwas stimmt nicht. Irgendwas ist schief gelaufen.«

»Nein! Nein, Arthur, überhaupt nicht, im Gegenteil!

Ich sage, es war ein Erfolg. Zwanzig Jahre voller Freude und Beistand und Freundschaft, das ist ein Erfolg. Zwanzig Jahre irgendwas mit einem anderen Menschen ist ein Erfolg. Wenn eine Band zwanzig Jahre lang zusammen bleibt, ist das ein Wunder. Wenn ein Comedy-Duo zwanzig Jahre zusammen bleibt, sind sie Stars. Ist dieser Abend gescheitert, weil er in einer Stunde zu Ende sein wird? Ist die Sonne gescheitert, weil sie in einer Milliarde Jahren nicht mehr da sein wird? Nein, das ist die verdammte *Sonne*. Wieso gilt das nicht auch für eine Ehe? Es liegt nicht in unserer Natur, in der Natur des Menschen, für alle Zeiten mit einem anderen verbunden zu sein. Siamesische Zwillinge sind was Tragisches. Zwanzig Jahre und eine letzte glückliche gemeinsame Reise. Und ich dachte, *Okay, das war schön. Lass uns aufhören, wenn's am schönsten ist.*«

»Das kannst du nicht machen, Lewis. Ihr seid Lewis und Clark. Die verdammten Lewis und Clark, Lewis. Die einzige Hoffnung, dass schwule Männer für was Dauerhaftes gut sind.«

»Ach, Arthur. Das *ist* dauerhaft. Zwanzig Jahre *ist* dauerhaft! Und mit dir hat das gar nichts zu tun.«

»Ich find's einfach falsch. Du wirst allein sein und feststellen, dass es da niemanden gibt, der so gut ist wie Clark. Und er wird dasselbe feststellen.«

»Er heiratet im Juni.«

»Scheiße.«

»Ich verrat dir was. Damals auf der Fahrt, da haben wir in Texas einen jungen Mann getroffen. Einen Maler, unten in Marfa. Wir haben ihn zusammen kennengelernt, und sie sind in Kontakt geblieben, und jetzt wird Clark ihn heiraten. Er ist sehr nett. Er ist wunderbar.«

»Du willst offenbar zur Hochzeit gehen.«

»Ich werde auf der Hochzeit ein Gedicht vorlesen.«

»Du hast den Verstand verloren. Es tut mir leid, dass es mit Clark nicht mehr funktioniert hat. Das bricht mir das Herz. Und ich weiß, dass es hier nicht um mich geht. Ich will, dass du glücklich bist. Aber du täuschst dich! Du kannst nicht zu seiner Hochzeit gehen! Du kannst nicht denken, alles ist gut, alles ist toll! Du willst es bloß nicht wahrhaben. Du lässt dich von deinem Partner scheiden, nach zwanzig Jahren. Und das ist traurig. Es ist in Ordnung, traurig zu sein, Lewis.«

»Es stimmt, manche Dinge können immer weitergehen, bis man stirbt. Die Leute benutzen denselben alten Tisch immer weiter, obwohl er schon auseinander fällt und immer wieder repariert werden muss, einfach nur, weil er mal ihrer Großmutter gehört hat. So werden Städte zu Geisterstädten. So werden Häuser zu Trödelläden. Und ich glaube, so werden Leute zu alten Leuten.«

»Hast du jemanden kennengelernt?«

»Ich? Ich denke, ich mache vielleicht alleine weiter. Vielleicht liegt mir das mehr. Vielleicht lag mir das schon immer mehr, und ich hatte, als ich jünger war, einfach nur zu viel Angst, aber jetzt habe ich keine Angst mehr. Clark ist ja immer noch da. Ich kann Clark jederzeit anrufen und um Rat bitten.«

»Nach allem, was passiert ist?«

»Ja, Arthur.«

Sie unterhalten sich noch ein wenig, und der Himmel

über ihnen verschiebt sich, bis es schließlich sehr spät geworden ist. »Arthur«, sagt Lewis irgendwann, »hast du gehört, dass Freddy sich am Abend vor der Hochzeit im Bad eingeschlossen hat?« Aber Weniger hört ihm nicht zu; er muss daran denken, wie oft er im Laufe der Jahre Lewis und Clark besucht hat, an die Abendessen und Halloweenpartys und all die Male, die er auf ihrer Couch übernachtet hat, zu betrunken, um es noch nach Hause zu schaffen. »Gute Nacht, Arthur.« Lewis winkt seinem alten Freund und verschwindet in der Dunkelheit, so dass Weniger allein beim verglühenden Feuer zurückbleibt. Etwas Helles zieht seinen Blick auf sich: Mohammeds Zigarette. Er geht von Zelt zu Zelt und knöpft die Klappen zu, als würde er schlafende Kinder für die Nacht zudecken. Im hintersten Zelt stöhnt das Technikgenie in seinem Bett. Irgendwo beschwert sich ein Kamel, gefolgt von der Stimme eines jungen Mannes, der es beruhigt – schlafen sie bei ihren Tieren? Schlafen sie unter diesem schönsten aller Zelte, diesem majestätischen Dach, dieser wunderbaren spiegelbesetzten Decke, dem Sternenhimmel? Sieh hin: Heute Nacht gibt es genügend Sterne für alle, und dazwischen leuchten die Satelliten, diese Falschgeldmünzen. Er greift nach einer Sternschnuppe, aber erwischt sie nicht. Schließlich geht auch Weniger ins Bett. Doch er kann nicht aufhören, über das nachzudenken, was Lewis ihm erzählt hat. Nicht die Geschichte mit den zehn Jahren, sondern die Vorstellung, allein zu sein. Ihm wird klar, dass er sich, auch nach Robert, nie erlaubt hat, wirklich allein zu sein. Wieso dieses endlose Bedürfnis nach einem Mann als Spiegel? Um den

Arthur Weniger sehen zu können, der sich darin spiegelte? Er trauert, sicher – um den Verlust seines Liebhabers, seiner Karriere, seines Romans, seiner Jugend – warum also nicht die Spiegel verhängen, den Stoff über seinem Herzen zerreißen und sich zugestehen zu trauern? Vielleicht sollte er es einmal mit dem Alleinsein versuchen.

Er kichert vor sich hin, kurz bevor er einschläft. Alleinsein: ein unmöglicher Gedanke. Ein solches Leben erscheint ihm so furchteinflößend, so un-Weniger-haft wie das eines Schiffbrüchigen auf einer einsamen Insel.

Erst im Morgengrauen setzt der Sandsturm ein.

Während Weniger im Bett liegt und nicht schlafen kann, kommt ihm sein Roman in den Sinn. *Swift*. Was für ein Titel. Was für ein Murks. *Swift*. Wo ist seine Lektorin, wenn er sie braucht? Seine Lektomina, wie er sie früher nannte: Leona Flowers. Schon vor Jahren im Kartenspiel des Verlagswesens an irgendeinen anderen Verlag getauscht, doch Weniger erinnert sich gut, wie sie seine ersten Romane nahm, struppig vor lauter bombastischer Prosa, und Bücher daraus machte. So klug, so kunstvoll, so gut darin, ihn davon zu überzeugen, was zu kürzen sei. »Dieser Absatz ist so schön, so besonders«, sagte sie dann zum Beispiel und presste sich ihre mit French Nails geschmückten Hände gegen die Brust, »dass ich ihn *ganz für mich* behalten will!« Wo ist Leona jetzt? Oben in irgendeinem Büroturm mit einem neuen Lieblingsautor, bei dem sie dieselben alten Sprüche anbringt: »Ich glaube, die Abwesenheit dieses Kapitels wird im kompletten Roman Widerhall finden.« Was würde sie ihm jetzt raten? Sympathischer, Swift muss sympathischer sein. Das sagen alle; niemanden interessiert, was diese Figur erleiden musste. Aber wie macht man das? Es ist genauso, als müsste man sich selbst sympathischer machen. Und mit fünfzig, sinniert Weniger schläfrig, kann man kaum erwarten, noch viel sympathischer zu werden.

Der Sandsturm. Die vielen Monate der Planung, die Reisestrapazen, die Kosten, und jetzt sind sie hier: eingeschlossen, während der Wind ihre Zelte peitscht wie ein Mann sein Maultier. Sie sind zu dritt (Zohra, Lewis, Weniger) im großen Speisezelt versammelt, in dem es so heiß ist wie ein Kamelritt und genauso stinkt, mit der schweren Pferdehaar-Sandtür, die seit langem nicht gewaschen wurde, und den drei Gästen, für die das gleiche gilt. Nur Mohammed wirkt frisch und gutgelant, obwohl er Weniger erzählt, dass er im Morgengrauen von dem Sandsturm geweckt wurde und sich eilig in Sicherheit bringen musste (denn er hat tatsächlich im Freien geschlafen). »Na ja«, erklärt Lewis bei Kaffee und Fladenbrot mit Honig – »jetzt haben wir Gelegenheit, eine andere Erfahrung zu machen als die, die wir erwartet haben.« Zohra begrüßt dies mit erhobenem Buttermesser; morgen hat sie Geburtstag. Doch sie müssen sich dem Sand fügen. Den Rest des Tages verbringen sie mit Biertrinken und Kartenspielen, und Zohra nimmt sie beide aus.

»Das gibt Rache«, droht Lewis, bevor sie schlafen gehen. Am nächsten Morgen sehen sie, dass der Sturm, wie ein ungebetener Gast, keine Anstalten macht zu verschwinden und dass sich Lewis' Drohung zudem als prophetisch herausstellt: jetzt hat es auch ihn getroffen. Er liegt schwitzend auf seinem spiegelnden Bett und ächzt, »Tötet mich, tötet mich«, während der Wind an seinem Zelt rüttelt. Mohammed kommt herein, in Indigo und Violett gewickelt, und voller Bedauern. »Der Sandsturm ist nur in diesen Dünen. Wir fahren raus aus der Wüste, dann ist er weg.« Er schlägt vor, dass sie Lewis und Josh in Jeeps packen und nach M'Hamid zurückfahren, wo es wenigstens ein Hotel gibt und eine Bar mit Fernseher, wo die anderen, die Kriegsreporter, die Geigerin und das Männermodel auf sie warten. Zohra, von der nur die Augen zwischen den Falten ihres hellgrünen Tagelmust zu sehen sind, blinzelt nur still. »Nein«, sagt sie schließlich, dreht sich zu Weniger um und reißt ihren Schleier herunter. »Nein, heute ist mein Geburtstag, verdammt! Karrt die anderen nach M'Hamid. Aber *wir* fahren irgendwo hin, Arthur! Mohammed? Gibt es hier irgendeinen Ort, den man sich gar nicht vorstellen kann?«

Können Sie sich vorstellen, dass es in Marokko einen Schweizer Wintersportort gibt? Genau dorthin hat Mohammed sie gebracht, er ist mit ihnen aus dem Sandsturm heraus und durch tiefe Schluchten gefahren, wo Hotels in den Fels gehauen wurden und Deutsche, die Hotels ignorierend, mit ihren verbeulten Westfalia-Mobilen am Flussufer campen; vorbei an Dörfern, die, wie in einem Märchen, nur von Schafen bewohnt zu sein scheinen; vorbei an Wasserfällen und Staustufen, Madrassas und Moscheen, Kasbahs und Ksars, und einer kleinen Stadt (zur Mittagspause), wo der Nachbarschaftstischler Besuch von einer ganz in Petrol gekleideten Frau bekommt, die sich bei ihm Holzspäne besorgt, um sie auf ihrer Türschwelle zu verteilen, weil ihre Katze dort hingepinkelt hat, und wo Jungs scheinbar in einer Art Freiluftschule versammelt sind, die sich (als der Jubel losbricht) als gemeinschaftliches Fußballgucken vor dem Fernseher herausstellt; über Plateaus aus Kalkstein; die Zickzack-Zikkurat-Straßen des mittleren Atlasgebirges hinauf, bis die Vegetation von Wedeln zu Nadeln übergeht und Mohammed, als sie durch einen kühlen Kieferwald rollen, sagt, »Achtet auf Tiere«. Zunächst ist nichts zu sehen, bis Zohra plötzlich aufschreit und mit dem Finger auf eine hölzerne Plattform zeigt. Dort sitzt, sich umdrehend, als hätte man sie beim Tee gestört (oder *déjeuner sur l'herbe*), ein Trupp keine Miene verziehender Makaken oder, wie sie es ausdrückt, »AFFEN!« Ihre eigene Truppe ist jetzt weit weg, in M'Hamid, und Weniger und Zohra sind allein und sitzen in der dunklen, parfümierten Bar des Berghotels, in Klubsesseln aus Leder mit Gläsern des örtlichen Trester, unter einem Kristallkronleuchter vor Kristallpanorama. Sie haben Taubenpastete gegessen. Mohammed sitzt an der Bar und trinkt einen Energydrink. Sein Wüstenkostüm ist verschwunden; er trägt jetzt wieder Polohemd und Jeans. Heute ist Zohras Geburtstag, in rund zwei Stunden, um Mitternacht, wird Wenigers beginnen. Die Zufriedenheit ist tatsächlich auf einem späteren Kamel eingetroffen.

»Und all das«, sagt Zohra gerade, während sie sich das

Haar aus dem Gesicht streicht, »diese ganze Reiserei, Arthur, nur um die Hochzeit deines Geliebten zu verpassen?«

»Er ist nicht mein Geliebter. Und eher, um dem Chaos aus dem Weg zu gehen«, antwortet Weniger, der spürt, wie er errötet. Sie sind die einzigen Gäste in der Bar. Die Kellner – zwei Männer in gestreiften Westen – scheinen sich darüber zu streiten, wer als nächster eine Zigarettenpause einlegen darf, so fieberhaft flüsternd wie ein Comedyduo. Er hat Zohra von seiner Reise erzählt, und irgendwie hat sich seine Zunge durch den Champagner selbständig gemacht.

Zohra trägt einen goldenen Hosenanzug und Diamantohrringe; sie haben im Hotel eingecheckt, geduscht, sich umgezogen, und jetzt riecht sie nach Parfüm. Sicher hat sie, als sie für ihre Geburtstagsreise packte, diese Stücke für jemand anderen als Weniger ausgewählt. Aber er ist der einzige, der ihr geblieben ist. Er trägt natürlich seinen blauen Anzug.

»Weißt du was?«, sagt Zohra, hält ihr Glas in die Luft und starrt es an. »Dieses Gesöff erinnert mich an meine Oma aus Georgien. Die hat was ganz Ähnliches gemacht.«

»Es schien mir bloß besser«, fährt Weniger fort, immer noch auf Freddy bezogen, »wegzufahren. Und diesen Roman wiederzubeleben.«

Zohra nippt an ihrem Trester und betrachtet das Panorama, sofern man um diese Uhrzeit überhaupt von Panorama sprechen kann. »Ich bin auch verlassen worden«, sagt sie.

Weniger sitzt einen Moment lang still da, dann sagt er plötzlich: »Ah! Nein, er hat mich nicht verlassen –«

»Eigentlich sollte Janet hier sein.« Zohra schließt die Augen. »Arthur, du bist hier, weil wir noch einen Platz frei hatten und Lewis sagte, er wüsste da jemanden. Deshalb bist du dabei. Es ist schön, dass du da bist. Ich meine, du bist der einzige, der noch da ist. Alle anderen sind so beschissene *Weicheier*. Was ist bloß los mit allen? Ich bin froh, dass du da bist. Aber ich will ehrlich sein. Sie wäre mir lieber.«

Aus irgendeinem Grund ist Weniger nie auf den Gedanken gekommen, dass sie lesbisch sein könnte. Vielleicht ist er doch ein schlechter Schwuler.

»Was ist passiert?«, fragt er.

»Was wohl?«, sagt Zohra und nippt wieder an ihrem kleinen Glas. »Sie hat sich verliebt. Und den Verstand verloren.«

Weniger spricht ihr murmelnd sein Mitgefühl aus, doch Zohra ist in ihre eigene Welt abgetaucht. Hinter der Bar scheint der größere der beiden Männer gewonnen zu haben und geht mit langen Schritten auf den Balkon zu. Der Kleinere, kahlköpfig bis auf eine einzelne Oase, starrt seinem Freund mit unverhohlener Sehnsucht nach. Draußen: ein Ausblick auf Gstaad oder vielleicht auch St. Moritz. Die dunklen, hügeligen Wälder voll schlafender Makaken, der romanische Turm einer Eislaufbahn, der kalte, schwarze Himmel.

»Sie sagt, sie hat die Liebe ihres Lebens gefunden«, sagt Zohra schließlich, noch immer aus dem Fenster starrend. »Man liest Gedichte darüber, man hört Geschichten, man hört, wie Sizilianer davon erzählen, wie sie der Blitz getroffen hat. Wir wissen, es gibt nicht die eine Liebe deines Lebens. Liebe ist nicht so was Erschreckendes. Liebe ist, mit dem beschissenen Hund rausgehen, damit die andere ausschlafen kann, die Steuern machen, das Badezimmer putzen, ohne sich darüber zu ärgern. Liebe ist, einen Verbündeten im Leben zu haben. Sie ist kein Feuer, kein Blitz. Sie ist das, was sie mit mir immer hatte. Oder nicht? Aber was, wenn sie recht hat, Arthur? Was, wenn die Sizilianer recht haben? Dass es diese weltbewegende Sache ist, die sie gespürt hat? Eine Sache, die ich noch nie gespürt habe. Oder du?«

Weniger beginnt, unruhig zu atmen.

Sie sieht ihn an. »Was, wenn du eines Tages jemandem begegnest, Arthur, und es fühlt sich an, als könnte es niemals wieder jemand anders sein? Nicht, weil andere Leute weniger attraktiv sind oder zu viel trinken oder Probleme im Bett haben oder jedes beschissene Buch alphabetisch einsortieren müssen oder die Spülmaschine auf eine bestimmte Art einräumen, die du einfach nicht erträgst. Sondern weil sie nicht diese eine Person sind. Diese Frau, die Janet kennengelernt hat. Vielleicht kannst du durchs Leben gehen, ohne ihr je zu begegnen, und denken, Liebe sei all diese anderen Dinge, aber wenn du ihr begegnest, dann Gnade dir Gott! Dann macht's Kabumm! Du bist am Arsch. So wie Janet. Sie hat unser Leben dafür zerstört! Aber was, wenn es was Echtes ist?« Sie hält jetzt den Stuhl fest gepackt.

»Zohra, es tut mir so leid.«

»Ist es bei diesem Freddy genauso?«

»Ich … ich …«

»Das Gehirn liegt total falsch, andauernd«, sagt sie und blickt wieder auf die dunkle Landschaft. »Darüber, wie spät es ist, und wer der andere ist, und wo Zuhause ist: falsch, falsch, falsch. Das Gehirn ist ein Lügner.«

Der Wahnsinn, der Wahnsinn, der ihre Geliebte befallen hat, hat sie verwirrt und verletzt und zornig gemacht. Und doch kommt ihm das, was sie sagt – das Gehirn ist ein Lügner –, bekannt vor; auch er hat das schon erlebt. Nicht genau auf diese Weise, kein so furchteinflößender Wahnsinn, aber er weiß, dass sein Gehirn ihm Dinge gesagt hat, die zu vergessen er um die ganze Welt gereist ist. Dass man dem Verstand nicht vertrauen kann, das steht fest.

»Was ist die Liebe, Arthur? Was ist sie?«, fragt sie ihn. »Ist sie diese gute, kostbare Sache, die ich acht Jahre lang mit Janet hatte? Ist sie diese gute, kostbare Sache? Oder ist sie der Blitzschlag? Der zerstörerische Wahnsinn, der mein Mädchen befallen hat?«

»Das klingt nicht glücklich«, ist alles, was er erwidern kann.

Sie schüttelt den Kopf. »Arthur, Glücklichsein ist Schwachsinn. Das ist die Weisheit, die ich dir nach den zweiundzwanzig Stunden, die ich jetzt fünfzig bin, mitgeben kann. Das ist die Weisheit meines Liebeslebens. Um Mitternacht verstehst du's.« Es ist offensichtlich, dass sie betrunken ist. Draußen raucht der zitternde Kellner, als ginge es um Leben und Tod. Sie schnüffelt an dem Glas Trester und sagt, »Meine georgische Oma hat genau so einen Schnaps gemacht.«

Es will ihm nicht aus den Ohren: Ist sie diese gute, kostbare Sache? Ist sie diese gute, kostbare Sache?

»Ja.« Sie lächelt und schnuppert noch einmal an dem Glas. »Der riecht genauso wie Omas *Tschatscha*!«

Der Tschatscha erweist sich als zu stark für das Geburtstagskind, so dass er und Mohammed sie um halb zwölf auf ihr Zimmer bringen. Sie lächelt und bedankt sich, während er sie, glücklich betrunken, ins Bett steckt. Sie spricht Französisch mit Mohammed, der sie erst in derselben Sprache tröstet, dann wieder auf Englisch. Als Weniger sie zudeckt, sagt sie, »Das war ja albern, Arthur. Tut mir leid.« Als er die Tür hinter sich schließt, wird ihm klar, dass er seinen fünfzigsten Geburtstag ganz allein begehen wird.

Er dreht sich um. Nicht ganz allein.

»Mohammed, wie viele Sprachen sprichst du?«

»Sieben!«, sagt er gut gelaunt, während er zum Aufzug marschiert. »Ich habe in der Schule gelernt. Sie machen sich über mein Arabisch lustig, als ich in die Stadt komme. Es ist altmodisch, ich habe in Berberschule gelernt, also strenge ich mich noch mehr an. Und von Touristen! Tut mir leid, ich lerne noch Englisch. Und du, Arthur?«

»Sieben! Mein Gott!« Der Aufzug ist komplett verspiegelt, und als sich die Türen schließen, sieht sich Weniger mit einer Vision konfrontiert: unendliche Mohammeds in roten Polohemden neben unendlichen Versionen seines eigenen Vaters mit fünfzig, also seiner selbst. »Ich … ich spreche Englisch und Deutsch –«

»Ich auch!«, sagt Mohammed. Die folgende Unterhaltung findet auf Deutsch statt: »Ich habe zwei Jahre in Berlin gelebt! Total langweilige Musik!«

»Ich komme gerade davon! Ist hervorragend, dein Deutsch!«

»Und deins ist nicht schlecht. Wir sind da, du zuerst, Arthur. Bist du bereit für deinen Geburtstag?«

»Ich bin Angst vor dem Alter.«

»Hab keine Angst. Fünfzig ist gar nichts. Du bist ein gutaussehender Mann und gesund und reich.«

Er will erwidern, er sei nicht reich, aber er verkneift es sich. »Wie viele Jahre hast du?«

»Ich bin dreiundfünfzig. Du siehst, das ist gar nichts. Überhaupt nichts. Komm, wir besorgen dir ein Glas Champagner.«

»Ich bin Angst vor dem alt, ich bin Angst vor dem einsam.«

»Du brauchst keine Angst zu haben.« Er dreht sich zu der Frau um, die hinter der Bar übernommen hat. Sie ist locker so groß wie er und trägt ihr Haar zum Pferdeschwanz gebunden. Er spricht sie im marokkanischen Dialekt des Arabischen an. Vielleicht bittet er sie um Champagner für den Amerikaner, der gerade fünfzig geworden ist. Die Barkeeperin strahlt Weniger an, hebt die Augenbrauen und sagt etwas. Mohammed lacht; Weniger steht mit seinem idiotischen Grinsen daneben. »Herzlichen Glückwunsch, Sir«, sagt sie auf Englisch und gießt ihm ein Glas echten Champagner ein. »Das geht auf mich.«

Weniger bietet an, Mohammed ein alkoholisches Getränk zu kaufen, doch der Mann genehmigt sich ausschließlich Energydrinks. Nicht wegen des Islams, erklärt er; er sei Agnostiker. »Weil Alkohol mich irre macht. Irre! Aber ich rauche Haschisch. Willst du auch?«

»Nein, nein, heute nicht. Das macht mich irre. Mohammed, bist du wirklich Reiseführer?«

»Ich muss, um zu leben«, sagt Mohammed, plötzlich unsicher in seinem Englisch. »Aber in Wahrheit, ich bin Schriftsteller. Wie du.«

Wie schafft es Weniger, die Welt immerzu so falsch zu verstehen? Immer und immer wieder? Wo ist der Notausgang aus Momenten wie diesem? Wo ist die Eselstür, die nach draußen führt?

»Mohammed, es ist mir eine Ehre, heute Abend hier mit dir zu sein.«

»Ich bin sehr großer Fan von *Kalipso*. Natürlich habe ich nicht auf Englisch gelesen, sondern auf Französisch. Es ist mir eine Ehre, hier mit dir zu sein. Und herzlichen Glückwunsch, Arthur Weniger.«

Wahrscheinlich packen Tom und Freddy jetzt gerade ihre Taschen; schließlich sind Arthur und Mohammed ihnen viele Stunden voraus, auf Tahiti ist jetzt gerade Mittag. Sicher hämmert die Sonne bereits wie ein Blechschmied auf den Strand ein. Die Bräutigame falten gerade ihre Leinenhemden, ihre Leinenhosen und Jacketts, oder Freddy faltet sie allein. Er erinnert sich, dass Freddy immer der Kofferpacker war, während Weniger auf dem Hotelsofa herumlag. »Du machst das zu schnell und zu unordentlich«, sagte Freddy an ihrem letzten Morgen in

Paris. »Und dann kommt alles verknittert aus dem Koffer – guck mal.« Er breitete die Jacken und Hemden auf dem Bett aus, als wären es Kleider für eine große Ankleidepuppe, legte die Hosen und Pullover darauf, und faltete das Ganz zu einem Paket zusammen. Die Hände in die Hüften gestemmt, stand er da und grinste triumphierend (übrigens sind in dieser Szene alle Beteiligten komplett nackt). »Und jetzt?«, fragte Weniger. Freddy zuckte mit den Schultern: »Jetzt legen wir das in den Koffer.« Aber natürlich war dieser Bolus zu groß, als dass der Koffer ihn verschlucken konnte, egal, wie sehr sich Freddy bemühte, und nachdem er wiederholt versucht hatte, sich darauf zu setzen und ihn hineinzuquetschen, machte er schließlich zwei Pakete daraus, die er ordentlich in zwei Taschen verstaute. Nach diesem Sieg sah er Weniger selbstgefällig an. Vom Fenster eingerahmt, mit der schlanken Silhouette seiner frühen Vierziger und der Fensterscheibe hinter ihm, die vom Pariser Frühlingsregen getüpfelt war, nickte Freddys ehemaliger Liebhaber und fragte, »Mr Pelu, Sie haben alles eingepackt. Was sollen wir jetzt anziehen?« Freddy ging wütend auf ihn los, und in der nächsten halben Stunde zogen sie gar nichts an.

Ja, ganz sicher legt Mr Pelu die Kleider zusammen. Ganz sicher ist das der Grund, wieso er sich nicht meldet, um Weniger zum Geburtstag zu gratulieren.

Und jetzt steht Weniger auf dem Balkon des Schweizer Hotels und blickt auf die gefrorene Stadt hinab. Das Geländer ist absurd mit geschnitzten Kuckucks versehen, mit spitzen, vorstehenden Schnäbeln. In seinem Glas: Die letzte Pfütze Champagner. Jetzt geht es weiter, nach Indien. Um an seinem Roman zu arbeiten. Ursprünglich sollte es bloß ein letzter Schliff werden, aber jetzt sieht es so aus, als müsse er den gesamten Roman in kleine Stücke schlagen und von vorne anfangen. Und an dieser langweiligen, selbstbezogenen, erbärmlichen, lächerlichen Figur Swift arbeiten. Der Figur, mit der niemand Mitleid hat. Jetzt ist er fünfzig.

Wir alle kennen Trauer in Momenten, die Anlass zum Feiern sein müssten; das ist die Prise Salz im Pudding. Heuerten römische Generäle nicht Sklaven an, die bei der Siegesparade neben ihnen laufen und sie daran erinnern sollten, dass auch sie irgendwann sterben würden? Selbst Ihr Erzähler wurde einmal, am Morgen nach dem, was eigentlich ein freudiges Ereignis sein sollte, zitternd am Fußende des Bettes gefunden (Ehemann: »Ich fänd's wirklich schön, wenn du jetzt nicht weinen würdest.«). Und kleine Kinder, die man eines Morgens aufweckt, um ihnen zu sagen, »Jetzt bist du fünf!« – heulen die nicht über das Versinken des Universums im Chaos? Die Sonne stirbt, der Spiralarm breitet sich aus, die Moleküle treiben sekündlich weiter auseinander, auf unseren unausweichlichen Wärmetod zu – sollten wir nicht alle die Sterne anheulen?

Aber manche Leute nehmen es tatsächlich ein bisschen zu schwer. Es ist schließlich bloß ein Geburtstag.

Es gibt da eine alte arabische Geschichte über einen Mann, der erfährt, dass der Tod ihn holen will, und der sich nach Samarra davonschleicht. Als er dort ankommt, begegnet er auf dem Markt dem Tod, und der Tod sagt, »Weißt du, ich hatte einfach Lust auf einen Tag Urlaub in Samarra. Ich wollte dich heute eigentlich auslassen, aber was für ein Glück, dass du nach mir gesucht hast!« Und so nimmt er den Mann doch mit. Arthur Weniger ist in einem Fadenspiel der Vergnügungen um die halbe Welt gereist, ist von einem Flugzeug ins nächste gestiegen und vor einem Sandsturm ins Atlasgebirge geflohen, wie jemand, der seine Spur verwischen oder seinen Verfolger auszutricksen versucht – und trotzdem hat die Zeit hier schon auf ihn gewartet. In einem verschneiten Skiort. Mit Kuckucks. Natürlich würde sich die Zeit als Schweizerin herausstellen. Er kippt den restlichen Champagner in sich hinein. Er denkt: *Es fällt schwer, mit einem weißen, mittelalten Mann Mitleid zu haben.*

Tatsächlich: Selbst Weniger gelingt es nicht mehr, Mitleid für Swift aufzubringen. Wie ein Eisschwimmer, der zu betäubt ist, um die Kälte zu spüren, ist Arthur Weniger zu traurig, um Mitleid zu empfinden. Für Robert, ja, der oben in Sonoma durch Röhren mit Sauerstoff versorgt wird. Für Marian, mit ihrer gebrochenen Hüfte, die vielleicht nie wieder wird laufen können. Für Javier in seiner Ehe, und sogar für Bastians vom Unglück verfolgte Fußballmannschaften. Für Zohra und Janet. Für seinen Schriftstellerkollegen Mohammed. Sein Mitleid fliegt um die gesamte Welt, mit der Spannweite eines Albatross. Nur für Swift hat er kein Mitleid übrig – der ist jetzt zu einem Gorgonen des weißen männlichen Egos geworden, der mit Schlangenhaaren durch seinen Roman schreitet und jeden einzelnen Satz zu Stein erstarren lässt –, genausowenig, wie Arthur Weniger mit sich selbst Mitleid hat.

Er hört, wie sich neben ihm die Balkontür öffnet und sieht den kleinen Kellner, der inzwischen zu seiner Rauchpause kommt. Der Mann zeigt auf den Kuckuck am Geländer und spricht ihn auf wunderbar verständlichem Französisch an (falls er Französisch verstehen würde).

Lächerlich.

Arthur Weniger – er steht plötzlich ganz still da, wie man es tut, wenn man gleich nach einer Fliege schlagen wird. Nicht aus den Augen lassen. Ablenkungen zerren an ihm – Robert, Freddy, fünfzig, Tahiti, Blüten, der Kellner, der auf Wenigers Ärmel zeigt –, doch er achtet nicht auf sie. Nicht entwischen lassen. Lächerlich. Seine Gedanken konzentrieren sich auf einen einzigen hellen Punkt. Was, wenn es gar kein schwermütiger, bitterer Roman ist? Was, wenn es nicht die Geschichte eines traurigen Mannes im mittleren Alter ist, der durch die Stadt spaziert, in der er lebt, sich an die Vergangenheit erinnert und die Zukunft fürchtet; ein Peripatetizismus der Erniedrigung und des Bedauerns; die Erosion einer einzelnen männlichen Seele? Was, wenn es nicht einmal traurig ist? Einen Moment lang sieht er seinen gesamten Roman vor sich, wie eines dieser schimmernden Schlösser, die Menschen erscheinen, wenn sie durch die Wüste kriechen …

Dann ist er weg. Die Balkontür knallt zu; der Ärmel seines blauen Anzugs hängt noch immer am Schnabel des Kuckucks (ein Riss ist nur noch wenige Sekunden entfernt). Doch Weniger bemerkt es nicht; er hält diesen einen Gedanken fest, der ihm noch bleibt. AH ah ah ah!, erklingt Wenigers Lachen.

Sein Swift ist kein Held. Er ist ein Narr.

»Na dann«, flüstert er in die Nacht hinein, »herzlichen Glückwunsch zum Geburtstag, Arthur Weniger.«

Nur fürs Protokoll: Glücklichsein ist kein Schwachsinn.

WENIGER INDISCH

Für einen Siebenjährigen ist die Langeweile, in einer Flughafenlounge zu sitzen, nur damit vergleichbar, krank im Bett zu liegen. Dieser Junge, der nun schon ein Sechstausendstel seines Lebens in diesem Flughafen vergeudet hat, hat bereits sämtliche Fächer der Handtasche seiner Mutter durchsucht und dabei nichts Interessanteres als einen Schlüsselanhänger aus Plastikkristallen gefunden. Er denkt gerade über den Papierkorb nach – der Schwingdeckel hat Potential –, als ihm, durch das Fenster der Lounge, der Amerikaner auffällt. Der Junge hat den ganzen Tag noch keinen gesehen. Er beobachtet den Amerikaner mit derselben distanzierten, erbarmungslosen Faszination, mit der er die roboterartigen Skorpione beobachtet hat, die um die Abflussrohre der Waschbecken in der Flughafentoilette kreisten. Sagenhaft groß und brutal blond steht der Amerikaner in beigem Hemd und Hose aus schlaffem Leinen da und betrachtet lächelnd das Schild mit den Rolltreppenanweisungen. Das

Schild, so übergenau und ungekürzt, dass es sogar Ratschläge zur Haustiersicherheit enthält, ist länger als die Rolltreppe selbst. Das scheint den Amerikaner zu amüsieren. Der Junge sieht zu, wie der Mann jede einzelne seiner Taschen abklopft und dann zufrieden mit dem Kopf nickt. Er blickt zu einem Monitor hinauf, auf dem sich die flüchtigen Romanzen zwischen Flügen und Gates verfolgen lassen, und marschiert los, um sich in eine Schlange zu stellen. Obwohl jeder hier bereits mindestens drei Sicherheitskontrollen durchlaufen hat, lässt ein Mann am Kopf der Schlange jeden Einzelnen ein weiteres Mal Pass und Bordkarte vorzeigen. Auch diese überflüssige Überprüfung scheint den Amerikaner zu amüsieren. Doch sie ist gerechtfertigt; mindestens drei Leute waren drauf und dran, ins falsche Flugzeug zu steigen. Der Amerikaner ist einer von ihnen. Wer weiß, welche Abenteuer ihn in Hyderabad erwartet hätten? Wir werden es nie erfahren, denn man zeigt ihm ein anderes Gate: nach Thiruvananthapuram. Er vertieft sich in ein Notizbuch. Kurz darauf kommt ein Flughafenmitarbeiter und tippt dem Amerikaner auf die Schulter, und der Ausländer springt auf und rennt los, um seinen Flug noch zu erwischen. Sie verschwinden gemeinsam in einem Gang. Der Junge, der schon in diesem Alter einen Sinn für Komödie hat, drückt seine Nase gegen die Scheibe und wartet auf das Unausweichliche. Einen Augenblick später kommt der Amerikaner zurückgerannt, um die Tasche zu holen, die er vergessen hat. Dann verschwindet er erneut, diesmal ganz sicher für immer. Der Junge hält den Kopf schief, während ihn die Langeweile erfasst. Seine Mutter fragt, ob er Pipi müsse, und er sagt ja, aber nur, um noch einmal die Skorpione zu sehen.

»Hier sind die schwarzen Ameisen, sie sind Ihre Nachbarn. Nebenan wohnt Elizabeth, die gelbe Rattenschlange. Sie ist eine gute Freundin des Pastors, aber er sagt, er würde sie natürlich töten, wenn Sie das wollen. Aber dann würde es hier Ratten geben. Haben Sie keine Angst vor dem Mungo. Ermutigen Sie nicht die streunenden Hunde – sie sind nicht unsere Haustiere. Öffnen Sie nicht die Fenster, denn dann wollen kleine Fledermäuse Sie besuchen, und vielleicht auch Affen. Und wenn Sie nachts unterwegs sind, stampfen Sie mit dem Fuß auf, um andere Tiere zu verscheuchen.«

Weniger fragt, welche anderen Tiere es überhaupt noch geben könnte.

Rupali antwortet, recht feierlich: »Mögen wir es niemals erfahren.«

Ein Schreiburlaub auf einem Hügel oberhalb des Arabischen Meers, auf einen Vorschlag hin, den Carlos ein halbes Jahr zuvor gemacht hatte – es war eine lange Reise, doch nun ist Weniger endlich da. Der gefürchtete Geburtstag und die gefürchtete Hochzeit liegen nun hinter ihm; vor ihm liegt sein Roman, und mit einer Vorstellung davon, wie er weiter machen könnte, hat er nun endlich eine Chance, mit ihm fertig zu werden. Vergessen sind die Sorgen von Europa und Marokko; noch präsent sind die Sorgen des Flughafens von Delhi, des Flughafens Chennai, und die von Thiruvananthapuram. In Thiruvananthapuram wartete eine offensichtlich erfreute Dame auf ihn, Rupali, die Managerin der Anlage, die ihn liebenswürdig über einen dampfenden Parkplatz zu einem weißen Tata führte, den, wie er später erfuhr, ein Verwandter von ihr steuerte. Dieser Fahrer zeigte Weniger stolz einen Fernsehapparat, der in das Armaturenbrett seines Autos eingelassen war; Weniger war beunruhigt. Und dann ging es los. Rupali, eine schlanke und elegante Dame mit adrettem schwarzem Zopf und dem edlen Profil eines Cäsars auf einer Münze, versuchte, sich mit ihm über Politik, Literatur und Kunst zu unterhalten, doch Weniger war einfach zu sehr gebannt von der Fahrt selbst.

Es war ganz anders, als er erwartet hatte, die Sonne flirtete zwischen den Bäumen und Häusern mit ihm; der Fahrer raste über eine zerbröselnde Straße, an deren Rand der Müll aufgehäuft lag, als wäre er dort angespült worden (und was zunächst wie das Ufer eines Flusses aussah, stellte sich als Ansammlung von Millionen von Plastiktüten heraus, so wie ein Korallenriff eine Anlagerung von Millionen von Kleinsttieren ist); die endlose Reihe von Geschäften, die aussah, als wäre sie aus einem durchgängigen Betonblock gefertigt worden, der mit verschiedenen Schildern bemalt wurde, die Hühnchen und Medikamente bewarben, Särge und Telefone, Zierfische und Zigaretten, heißen Tee und »Hausmannskost«, Kommunismus, Matratzen, Handarbeiten, chinesisches Essen, Haarschnitte und Hanteln und unzenweise Gold; die niedrigen, flachen Tempel, die in regelmäßigen Abständen auftauchten wie die bunten, aufwändig mit Zuckerguss bestrichenen, aber streng genommen ungenießbaren Blechkuchen, die es in der Bäckerei von Wenigers Kindheit gab; die Frauen am Straßenrand, mit Körben voll silber schillerndem Fisch, furchterregender Mantarochen und Tintenfischen mit diesen comichaften Augen; die unzähligen Männer, die vor Teelokalen standen, vor Gemischtwarenläden, vor Apotheken, und Weniger ansahen, als er vorbeifuhr; der Fahrer wich Fahrrädern, Motorrädern, Lastwagen aus (aber nur wenigen Autos), manövrierte hektisch durch den Verkehr und erinnerte Weniger so an einen Besuch in Disney World, als seine Mutter ihn und seine Schwester zu einem skurrilen Fahrgeschäft führte, das auf *Der Wind in den Weiden* basierte – und sich als so klappriger wie nervenzerfetzender Quell des Traumas entpuppte. Nichts, gar nichts hier ist so, wie er es erwartet hat.

Rupali führt ihn einen Pfad aus rotem Lehm entlang. Hinter ihr flattern die Enden ihren pinken Schals.

»Das hier«, sagt sie, auf eine lilafarbene Blume deutend, »ist die Zehn-Uhr-Blume. Sie öffnet um zehn und schließt um fünf.«

»Genau wie das British Museum.«

»Es gibt auch eine Vier-Uhr-Blume«, erwidert Rupali. »Und den Schläfrigen Baum, der sich bei Sonnenaufgang öffnet und bei Sonnenuntergang schließt. Die Pflanzen hier sind pünktlicher als die Menschen. Sie werden sehen. Und diese Pflanze ist lebendiger.« Sie berührt mit einer ihrer *Chappal*-Sandalen einen kleinen Farn, der auf der Stelle zurückweicht und seine Blätter einrollt. Weniger ist entsetzt. Sie erreichen eine Stelle, an der sich eine Lücke zwischen den Kokospalmen auftut. »Dies ist ein möglicherweise inspirierender Ausblick.«

Das ist es tatsächlich: eine Klippe, die über einen Mangrovenwald hinausragt, an dessen Rand das Arabische Meer die Küste mit der Erbarmungslosigkeit eines Inquisitors peitscht, sich zu weißen Kronen aufwühlend, vor dem blassen und reuelosen Sand. Neben ihm, auf der Klippe, rahmen die Kokospalmen den Blick auf Vögel und Insekten, eine Szene so prall gefüllt mit Lebewesen wie das Korallenschelf: Adler, rot- und weißköpfig, schweben in Paaren hoch oben am Himmel, und Zirkel verärgerter Krähen haben sich auf Baumwipfeln versammelt. Näher dran liefern sich schwarz-gelbe Doppeldecker-Libellen einen Luftkampf vor dem Eingang eines kleinen Hauses.

»Und hier ist Ihr kleines Haus.«

Das Häuschen ist, wie die anderen Gebäude auch, im südindischen Stil erbaut: aus Backsteinen, mit einem Ziegeldach über offenen Gittern aus Holz, die Luft hindurchlassen. Doch das Häuschen ist fünfeckig, und merkwürdigerweise haben die Architekten, anstatt den Raum ganz zu lassen, ihn wie eine Meeresschnecke in immer kleinere »Räume« unterteilt, bis es schließlich mit einem winzigen Schreibtisch und einem darin eingelassenen Bild des letzten Abendmahls endet. Weniger starrt es einen Moment lang befremdet an.

Weil die Unterlagen nicht überliefert sind, lässt sich nicht sagen, ob Weniger in seiner Eile eine entscheidende Information übersehen hat oder ob Carlos Pelu diese taktvoll zurückgehalten hat, doch wie sich herausstellt, ist dies keine ganz normale Künstlerresidenz, in der er seinen Roman fertigstellen könnte, ein Ort der Kreativität, wo es drei vegetarische Mahlzeiten am Tag gibt, eine Yogamatte und ayurvedischen Tee. Nein, Arthur Weniger hat sich für ein christliches Einkehrzentrum angemeldet. Er hat persönlich nichts gegen Jesus; obwohl er unitarisch erzogen wurde – mit der eklatanten Auslassung Jesu und mit Kirchenliedern, die so unorthodox waren, dass Weniger erst Jahre später begriff, dass »Betone das Positive« nicht im *Allgemeinen Gebetbuch* enthalten war –, ist Weniger streng genommen Christ. Es gibt einfach kein anderes Wort für jemanden, der Weihnachten und Ostern feiert, wenn auch nur als Anlässe zum Basteln. Und doch ist er irgendwie ernüchtert. Jetzt ist er um den halben Erdball gereist – nur um eine Marke präsentiert zu bekommen, die zu Hause so leicht zu haben ist.

»Gottesdienst ist natürlich Sonntagmorgens«, erklärt Rupali und deutet auf eine kleine graue Kirche, die inmitten dieser lebendigen Häuser so humorlos dasitzt wie eine Pausenaufsicht. Hier wird er also seinen Roman neu schreiben. Mit der Freude Gottes.

»Und es ist eine Nachricht für Sie gekommen.« Ein Umschlag auf dem Minischreibtisch, direkt unter Judas. Weniger öffnet ihn und liest: *Arthur, melde dich, wenn du da bist, ich bin in der Anlage. Ich hoffe, du bist heil angekommen.* Der Brief ist auf Geschäftspapier geschrieben und unterzeichnet mit: *Dein Freund, Carlos.*

Als Rupali gegangen ist, holt Weniger seine berühmten Stretchbänder heraus.

»Ist Ihnen schon aufgefallen«, fragt Rupali einige Tage später beim Frühstück in dem niedrigen Backsteingebäude, einer Art Festung über dem Ozean, »dass der Morgen viel schöner klingt als der Abend?« Sie meint die Vögel, die in Harmonie aufwachen und im Unfrieden einschlafen. Doch Weniger kann an nichts anderes denken als an diesen ganz besonderen Lärm, den es nur in Indien gibt: den geistlichen Bandcontest.

Es beginnt schon vor der Morgendämmerung mit den Muslimen, wenn eine Moschee am Rande des Mangrovenwaldes leise, wie bei einem Wiegenlied, zum morgendlichen Gebet ruft. Um dem nicht nachzustehen, drehen die örtlichen Christen kurz darauf wie Popmusik klingende Hymnen auf und lassen sie zwischen einer und drei Stunden lang laufen. Darauf folgt ein fröhlicher, aber stark übersteuerter, kazoo-artiger Refrain aus dem Hindutempel, der Weniger an den Eiswagen seiner Kindheit erinnert. Dann kommt der Ruf zu einem späteren Gebet. Dann entscheiden die Christen, ihre Bronzeglocken zu läuten. Und so weiter. Es gibt Predigten und Sänger und donnernde Trommelvorführungen. Auf diese Art wechseln sich die Religionen im Laufe des Tages ab, wie bei einem Festival, und werden dabei lauter und immer lauter, bis sich schließlich, in der Kakophonie zum Sonnenuntergang, die Muslime, die das ganze angefangen haben, zum Sieger erklären, indem sie nicht nur den Ruf zum Abendgebet, sondern das gesamte Gebet in voller Länge ausrufen. Danach verstummt der Dschungel. Vielleicht ist dies der Beitrag der Buddhisten. Und jeden Morgen geht es von vorne los.

»Sie müssen mich wissen lassen«, sagt Rupali, »was wir tun können, um Sie beim Schreiben zu unterstützen. Sie sind unser erster Schriftsteller.«

»Ich könnte einen frei stehenden Schreibtisch gebrauchen«, regt Weniger an, in der Hoffnung, sich aus dem Schneckenhaus befreien zu können. »Und einen Schneider. Ich habe in Marokko meinen Anzug zerrissen und offenbar mein Nähzeug verloren.«

»Darum kümmern wir uns. Der Pastor wird einen guten Schneider kennen.«

Der Pastor. »Und Ruhe und Frieden. Das brauche ich vor allem.«

»Natürlich natürlich natürlich«, stimmt sie zu und schüttelt den Kopf. Ihre goldenen Ohrringe schwingen hin und her.

Ein Schreibaufenthalt auf einem Hügel oberhalb des Arabischen Meers. Hier wird er seinen alten Roman töten, das Fleisch herausreißen, das er haben will, es mit ganz neuem Material vernähen und einen Stromschlag der Inspiration hindurchjagen, auf dass es sich erhebe und sich taumelnd Richtung Cormorant Publishing auf den Weg mache. Hier, in diesem kleinen Zimmer. Es gibt so vieles, was ihn inspirieren könnte: der graugrüne Fluss fließt unter ihm hindurch, zwischen den Kokospalmen und Mangroven. Am anderen Ufer kann Weniger einen schwarzen Stier in der Sonne erkennen, glatt und prächtig, mit zwei weißen Flecken wie eine Art Markierung an den Hinterbeinen, eher wie ein Mensch, der in einen Stier verwandelt wurde, als ein tatsächlicher Stier. In der Nähe steigt weißer Rauch von einem Dschungelfeuer auf. So vieles. Er erinnert sich (fälschlicherweise) an etwas, das Robert ihm einmal gesagt hat: *Langeweile ist die einzige echte Tragödie für einen Schriftsteller; alles andere ist Material.* Robert hat nie etwas in diese Richtung gesagt. Langeweile ist für Schriftsteller unverzichtbar; das ist die einzige Zeit, die sie zum Schreiben haben.

Als er sich auf der Suche nach Inspiration umsieht, landet Wenigers Blick auf seinem gerissenen blauen Anzug, der im geöffneten Kleiderschrank hängt, und er beschließt, dass dies Priorität hat. Der Roman kann warten.

Der Pastor stellt sich als braungebrannter Groucho Marx im Miniaturformat heraus, in einem Talar, der sich an einer Seite knöpfen lässt, wie die Dienstkleidung in einem Fast-Food-Restaurant. Er ist freundlich und bereit, wie Rupali gesagt hat, seine Freundin zu töten, die Schlange. Außerdem verfügt er über eine Erfindungsgabe, die Erwachsene sonst nur in Kinderbüchern besitzen: Das Haus ist mit Regenkollektoren und Bambusrohren ausgestattet, die Wasser zu einer gemeinschaftlich genutzten Zisterne leiten, und einer Möglichkeit, Essensabfälle in Gas zum Kochen zu verwandeln, mit einem Schlauch, der direkt zu seinem Herd führt. Und dann ist da noch seine dreijährige Tochter, die mit nichts als einer Glitzersteinhalskette bekleidet herumläuft (wer würde das nicht, wenn er nur könnte?). Sie kann auf Englisch zählen, so stetig wie ein Karren, der einen Hang hinauf geschoben wird, bis vierzehn – und dann geht nichts mehr:

»Einundzwanzig!«, ruft sie vergnügt. »Achtzehn! Dreiundvierzig! Elfzig! Drölf!«

»Mr Arthur, Sie sind Schriftsteller«, sagt der Pastor, während sie vor seinem Haus stehen. »Ich möchte, dass sie fragen, *Wieso?* Bei allem, was Ihnen hier fremd vorkommt oder idiotisch fragen Sie, *Wieso?* Motorradhelme, zum Beispiel.«

»Motorradhelme«, spricht Weniger ihm nach.

»Sie haben schon gemerkt, dass jeder sie trägt; das ist Gesetz. Aber niemand macht den Verschluss zu. Ja?«

»Ich war noch nicht viel unterwegs –«

»Sie machen sie nicht zu, und was soll das? Wieso einen aufsetzen, wenn er doch nur abfliegt? Idiotisch, nicht? Das wirkt typtisch indisch, typisch absurd. Aber fragen Sie, *Wieso*?«

Weniger kann nicht widerstehen: »Wieso?«

»Weil es einen Grund dafür gibt. Und zwar nicht Idiotie. Sondern, weil man nicht telefonieren kann, wenn der Verschluss zu ist. Während man zwei, drei Stunden nach Hause fährt. Und Sie denken, wieso beim Fahren reden? Wieso nicht am Straßenrand anhalten? Idiotisch, nicht? Mr Weniger. Sehen Sie sich die Straße an. Sehen Sie.« Weniger sieht eine Reihe von Frauen, allesamt in Saris aus knallbuntem Stoff mit goldenem Rand gekleidet, einige mit Handtaschen, andere mit Metallgefäßen auf dem Kopf, die sich durch die Steine und das Unkraut neben dem zerbröckelnden Asphalt schlagen. Der Pastor breitet die Arme aus: *»Es gibt keinen Straßenrand.«*

Vom Pastor erfährt er den Weg zum Schneider, den er neben seiner Tretnähmaschine schlafend vorfindet, erkennbar nach Signature-Whiskey riechend. Weniger überlegt, ob er ihn wecken soll, doch dann trottet ein schwarz-weißer streunender Hund vorbei und bellt sie beide an, und der Mann wacht von alleine auf. Wie automatisch greift der Schneider nach einem Stein und wirft ihn nach dem Hund, der sofort verschwindet. *Wieso?* Dann bemerkt der Schneider Weniger. Seine Mundwinkel fahren hoch und er lächelt unseren Protagonisten an. Er erklärt sein unrasiertes Kinn, indem er auf Wenigers Kinn zeigt: »Kommt Geld rein, rasieren wir uns.« Weniger sagt ja, möglicherweise, und zeigt ihm den Anzug. Der Mann winkt ab, um zu zeigen, wie einfach die Reparatur sein wird. »Kommen Sie morgen um diese Zeit wieder«, sagt er und verschwindet mit dem berühmten Anzug in seinem Geschäft. Weniger spürt den Trennungsschmerz, doch er holt tief Luft und steuert dann bergab in Richtung Stadt. Er hat vor, eine knappe Viertelstunde lang umherzuschlendern, um sich dann direkt wieder an die Arbeit zu machen.

Als er zwei Stunden später wieder an der Schneiderei vorbeikommt, hat er sein Hemd durchgeschwitzt, und sein Gesicht glüht. Sein Haar ist recht kurz geschnitten, und sein Bart ist weg. Der Schneider grinst und zeigt auf sein eigenes Kinn; er hat sich tatsächlich gleich eine Rasur geleistet. Weniger nickt und nickt und stapft den Hügel hinauf. Immer wieder wird er von Nachbarn angehalten, die ihr Englisch ausprobieren wollen, ihm Tee anbieten oder ihn in ihr Haus einladen oder ihn zur Kirche fahren wollen. Als er wieder in seinem Zimmer sitzt und sich erinnert, dass es dort keine Dusche gibt, füllt er erschöpft den roten Plastikeimer, kleidet sich aus und übergießt sich mit kaltem Wasser. Er trocknet sich ab, zieht sich an und setzt sich, um zu schreiben.

»Hallo!«, ruft jemand, der vor seinem Häuschen steht. »Ich bin hier, um Sie für den Schreibtisch zu vermessen!«

»Was?«, ruft Weniger.

»Um Sie für den Schreibtisch zu vermessen.«

Als er, in klammem Leinen, aus dem Haus tritt, steht dort tatsächlich ein rundlicher Mann mit Glatze und dem dünnen Schnurrbart eines Teenagers, der lächelnd ein Schneidermaßband in der Hand hält. Er lässt Weniger in einem Rattanstuhl Platz nehmen und nimmt Maß; dann verbeugt er sich und geht. *Wieso?* Als nächstes kommt ein Teenager mit dem Schnurrbart eines Erwachsenen, der verkündet, »Ich nehme Ihren Stuhl mit. In einer halben Stunde kommt ein neuer Stuhl.« Weniger fragt sich, was hier vor sich geht; sicherlich ein Missverständnis und eine Unannehmlichkeit für den Jungen. Doch er kommt nicht dahinter, also lächelt er und sagt, Natürlich. Der Junge nähert sich dem Stuhl so vorsichtig wie ein Löwenbändiger, dann packt er ihn und trägt ihn davon. Weniger lehnt gegen eine Kokospalme und betrachtet das Meer. Als er sich zum Haus umdreht, steht der schwarz-weiße Hund vorm Eingang, gekrümmt und kurz davor, einen Haufen zu machen. Er sieht Weniger an. Und scheißt trotzdem. »Hey!«, ruft Weniger und der Hund läuft davon. Ohne Schreibtischstuhl kann er natürlich nicht schreiben, und so genießt er, was es hier an Unterhaltung gibt: das Meer. Nach exakt einer halben Stunde kommt der Junge zurück … mit einem identischen Stuhl. Er stellt ihn stolz auf die Veranda und Weniger nimmt ihn verwirrt entgegen. »Aber Vorsicht«, sagt der Junge ernst. »Das ist ein neuer Stuhl. Ein neuer Stuhl.« Weniger nickt, und der Junge geht. Er betrachtet den Stuhl. Vorsichtig setzt er sich darauf, und der Stuhl knarrt unter seinem Gewicht. Er fühlt sich gut an. Er sieht drei gelben Vögeln zu, die auf einem benachbarten Dach kämpfen, schnatternd und krächzend und so in ihre Balgerei vertieft, dass sie alle drei vom Dach stürzen und im Gras landen. Weniger muss laut lachen – *AH ah ah*! Er hat noch nie einen Vogel fallen gesehen. Er steht auf; der Stuhl steht mit ihm auf. Er ist wirklich neu, und der Lack ist, durch das Klima bedingt, noch nicht getrocknet.

»... und als ich mich endlich hingesetzt hatte, um zu schreiben, war, glaube ich, die Messe zu Ende. Denn plötzlich haben sich diese ganzen Leute um mein kleines Haus versammelt. Die haben ihre Decken ausgebreitet, hatten was zu Essen dabei, und haben da ein richtig schönes Picknick veranstaltet.« Er spricht mit Rupali. Es ist Abend, nach dem Essen; die Sicht aus dem Fenster ist stockdunkel, eine einzelne Leuchtstoffröhre erhellt den Raum, und der Geruch von Kokosnuss und Curryblättern hängt noch immer in der Luft. Er erwähnt nicht, wie unerträglich der Krawall auf seiner Veranda war, eine Party, die direkt vor seinen Fenstern stattfand. Er konnte sich nicht eine Sekunde auf die neue Fassung seines Buches konzentrieren. Weniger war frustriert und so wütend, dass er sogar überlegte, sich in ein örtliches Hotel einzumieten. Doch dann stand er da in seinem kleinen keralischen Haus, mit dem Blick auf den Ozean und das Letzte Abendmahl, und stellte sich vor, wie er zu Rupali gehen und den absurdesten Satz seines Lebens sagen würde: *Ich ziehe jetzt in ein ayurvedisches Einkehrzentrum um und komme erst zurück, wenn das Picknicken ein Ende hat!*

Rupali hört sich seinen Bericht vom Picknick an und nickt. »Ja, das passiert manchmal.«

Er erinnert sich an den Rat des Pastors. »Wieso?«

»Ach, die Leute kommen gerne hierher und genießen den Ausblick. Das ist ein guter Ort für die Familien der Gemeinde.«

»Aber das ist ein Ort der Ruhe ...« Er spricht nicht weiter. Stattdessen fragt er erneut: »Wieso?«

»Hier, mit diesem Blick aufs Meer.«

»Wieso?«

»Das ist –« Sie hält inne und senkt schüchtern den Blick. »Das ist der einzige Ort. Der einzige Ort, an dem die Christen sich aufhalten können.«

Weniger ist endlich zur Wurzel des Ganzen vorgedrungen, doch noch immer ist da etwas, was er nicht versteht. »Na ja, ich hoffe, sie hatten Spaß. Das Essen roch sehr gut. Und das Essen heute Abend war köstlich.« Weniger ist aufgefallen, dass es im Einkehrzentrum keinen Kühlschrank gibt. Das heißt, dass alles heute auf dem Markt gekauft oder in Rupalis Garten gepflückt wurde; alles ist frisch, weil es schlicht nicht anders geht. Sogar die Kokosnuss wurde mit der Hand geraspelt, von einem Gemeindemitglied namens Mary, einer alten Frau in einem Sari, die ihn jeden Morgen anlächelt und ihm seinen Tee bringt. *Erst, wenn das Picknicken ein Ende hat!* Was ist er doch für ein Arsch, wo er auch hinkommt.

Rupali sagt: »Zu diesem Essen gibt es eine lustige Geschichte! Das ist das Gericht, das ich immer mit zur Arbeit genommen habe, als ich in der Stadt Französisch unterrichtete. Jeden Tag fuhr ich mit der Bahn, und da ist es so heiß! Einmal gab es keinen Platz mehr. Was habe ich gemacht? Ich habe mich auf die Stufen an der offenen Tür gesetzt. O, das war so erfrischend! Wieso hatte ich das zuvor nie getan? Und dann fiel meine Handtasche aus der Tür!« Sie lacht und nimmt die Hand vor den Mund. »Es war schrecklich! Da waren meine Schuldokumente drin, mein Geld, mein Essen, alles. Katastrophe. Natürlich konnte der Zug nicht anhalten, also stieg ich beim nächsten Halt aus und mietete eine Rikscha, die mich zurückbrachte. Wir waren ewig da und suchten die Gleise ab! Dann kam ein Polizist aus einer Hütte. Ich erzählte ihm, was passiert war. Er bat mich, den Inhalt der Tasche zu beschreiben. Ich sagte, ›Sir, meine Papiere, meine Brieftasche, mein Telefon, meine frische Bluse, Sir.‹ Er sah mich an. Dann fragte er, ›Und Fisch-Curry?‹ Er zeigte mir die Handtasche.« Wieder lacht sie vergnügt. »Alles war voller Fisch-Curry!«

Ihr Lachen ist so herzerwärmend. Er kann ihr nicht sagen, dass er an diesem Ort nicht schreiben kann. Der Lärm, die Tiere, die Hitze, die Arbeiter, die Picknicker – es ist ihm unmöglich, hier an seinem Buch zu arbeiten.

»Und Sie, Arthur, hatten Sie einen guten Tag?«, fragt Rupali.

»O ja.« Er hat die Einzelheiten seines Friseurbesuchs

ausgelassen, wo man ihn hinter einen roten Vorhang in einem fensterlosen Raum führte und ein kleiner Mann im gleichen Hemd wie der Pastor kurzen Prozess mit Wenigers Bart (unaufgefordert) und dem Haar an den Seiten seines Kopfes machte, so dass nur das blonde Büschel oben drauf blieb. Dann fragte der Mann: »Massage?« Dies stellte sich als ein intensives Hauen und Klatschen heraus, eine regelrechte Tracht Prügel, als wolle man ihm militärische Geheimnisse entlocken, und zum Abschluss setzte es vier schallende Ohrfeigen. *Wieso?*

Rupali lächelt und fragt, was sie noch für ihn tun könne.

»Was ich jetzt wirklich gebrauchen könnte, ist ein Drink.«

Ihre Miene verfinstert sich. »O, Alkohol ist auf dem Gelände der Kirche nicht erlaubt.«

»Das war ein Witz, Rupali. Wo sollten wir auch das Eis herbekommen?«

Ob sie diesen Witz versteht, werden wir nie erfahren, denn in diesem Augenblick gehen die Lichter aus.

Der Stromausfall ist, so wie jeder Abschied, nicht absolut; alle paar Minuten ist der Strom wieder da, um im nächsten Augenblick erneut auszufallen. Was folgt, ist eine dieser Unitheateraufführungen, in denen das Licht immer wieder an und aus geht und die Figuren in verschiedenen, unerwarteten Tableaux zu sehen sind: Rupali, die sich an die Lehnen ihres Stuhls klammert, die Lippen vor Sorge geschürzt wie ein Doktorfisch; Arthur Weniger, der kurz davor ist, ins Nirvana einzutreten, weil er die Tür mit einem Fenster verwechselt; Rupali, die den Mund aufreißt und schreit, weil sie ein Papier, das auf ihrem Kopf gelandet ist, für einen Riesenflughund halten muss; Arthur Weniger, der diesmal den richtigen Ausgang genommen hat und blind seine Zehen in Rupalis Sandalen quetscht; Rupali, die auf dem Boden kniet und betet; Arthur Weniger draußen in der Nacht, der im Mondschein ein neues Grauen erblickt: den schwarz-weißen Hund, der auf das Häuschen zutrottet, im Maul ein langes Stück mittelblauen Stoffs.

»Mein Anzug!«, schreit Weniger, während er die Sandalen abwirft und den Hügel hinabstolpert.

Er erreicht den Hund, und dann ist das Licht wieder aus – und zeigt, ins Gras gekuschelt, eine atemberaubende Konstellation liebesbereiter Glühwürmchen –, so dass Weniger sich nur zu seinem Häuschen zurücktasten kann. Er flucht und tritt unvorsichtigerweise barfuß auf die Fliesen – dies ist der Moment, in dem er seine Nähnadel wiederfindet.

Ich erinnere mich, wie Arthur Weniger mir einmal auf einer Dachparty von einem immer wiederkehrenden Traum erzählte:

»Eigentlich eine Parabel«, sagte er, mit einem Bier vor der Brust. »Ich laufe durch einen dunklen Wald, wie Dante, und eine alte Frau tritt auf mich zu und sagt, ›Du hast Glück, Du hast alles hinter dir gelassen. Du bist durch mit der Liebe. Überleg mal, wie viel Zeit du jetzt für die wichtigeren Dinge haben wirst!‹ Und dann verschwindet sie, und ich laufe weiter – ich glaube, an dieser Stelle reite ich meistens auf einem Pferd, das ist ein ziemlich mittelalterlicher Traum. Du kommst übrigens nicht darin vor, falls es dich langweilt.«

Ich erwiderte, ich hätte meine eigenen Träume.

»Und ich reite so durch diesen dunklen Wald und komme zu einer großen, weißen Ebene, mit einem Berg am Horizont. Und da ist ein Bauer, und der winkt mir zu und sagt im Grunde das Gleiche. ›Auf dich wartet Wichtigeres!‹ Und ich reite den Berg hinauf, und oben ist eine Höhle mit einem Priester darin – du weißt schon, wie im Cartoon. Und ich sage, ›ich bin bereit.‹ Und er fragt, ›Wofür?‹ Und ich sage, ›über wichtigere Dinge nachzudenken. Und er fragt, ›Wichtiger als was?‹ ›Wichtiger als die Liebe.‹ Und er sieht mich an, als wäre ich verrückt, und fragt, ›Was könnte denn wichtiger sein als die Liebe?‹«

Wir standen schweigend da, während eine Wolke sich vor die Sonne schob und das Dach sich plötzlich abkühlte. Weniger blickte über das Geländer auf die Straße hinab.

»Na ja, das ist mein Traum.«

Als Weniger die Augen aufmacht, sieht er vor sich ein Bild aus einem Kriegsfilm – ein armeegrüner Flugzeugpropeller, der die Luft zerhackt – nein, kein Propeller. Ein Deckenventilator. Das Flüstern aus der Ecke ist jedoch tatsächlich Malaysisch. Schatten tanzen an der Zimmerdecke. Und jetzt sprechen sie Englisch. Teile seines Traums funkeln noch immer an den Rändern von allem,

Tau im Licht, langsam verdunstend. Ein Krankenhauszimmer.

Er erinnert sich an seinen Schrei in der Nacht, und an den Pastor, der angerannt kam (nur mit einem Dhoti bekleidet und mit seiner Tochter auf dem Arm) und ein Gemeindemitglied auftrieb, das Weniger ins Krankenhaus nach Thiruvananthapuram fuhr, an Rupalis besorgtes Auf Wiedersehen, an die langen, schmerzerfüllten Stunden im Wartezimmer, in denen der einzige Trost in einem übernatürlichen Verkaufsautomaten bestand, der mehr Wechselgeld herausgab, als man Münzen hineinwarf, an das Ensemble von Krankenschwestern – von mit allen Wassern gewaschenen Walküren bis zu hübschen und naiven Mädchen –, bis man Weniger endlich eine Röntgenaufnahme seines rechten Fußes zugestand (ein prächtiges Archipel aus Knochen), das – leider – den Verdacht eines gebrochenen Knöchels bestätigte sowie, tief im Ballen seines Fußes vergraben, die Hälfte einer Nadel offenbarte, woraufhin er einem ersten Eingriff unterzogen wurde – durchgeführt von einer Ärztin mit aufgespritzten Lippen, die seine Verletzung als »schwachsinnig« bezeichnete (»Was macht dieser Mann mit einer Nähnadel?«) und nicht imstande war, ihn von dem Objekt zu befreien – und da dies nicht klappte, wurde sein Fuß provisorisch geschient, und Weniger in ein Krankenhauszimmer geschoben, eine Kammer, die er sich mit einem älteren Arbeiter teilte, der zwanzig Jahre lang im kalifornischen Vallejo gelebt hatte und Spanisch sprach, aber kein Englisch, bis man Weniger für die Operation am nächsten Morgen vorbereitete, was verschiedene Liegenwechsel und Narkosespritzen mit sich brachte, und ihn schließlich in einen makellosen OP-Raum schob, dessen bewegliches Röntgengerät es dem Chirurgen (einem freundlichen Mann mit Hercule-Poirot-Schnurrbart) ermöglichte, Weniger innerhalb von fünf Minuten, und mit Hilfe eines starken Magneten, die banale Ursache seiner Verletzung zu präsentieren (mit einer Pinzette vor seine Augen gehalten), wonach sein Fuß in eine stiefelähnliche Schiene eingepasst und unser Protagonist mit einem starken Schmerzmittel versorgt wurde, das ihn fast auf der Stelle in einen erschöpften Schlaf sinken ließ.

Und jetzt blickt er sich in dem Zimmer um und betrachtet seine Situation. Sein Papierkittel ist so grün wie die Freiheitsstatue, und sein gebrochener Knöchel steckt sicher in seinem schwarzen Plastikstiefel. Sein blauer Anzug schmückt vermutlich die Behausung einer Familie von Straßenkötern. Eine rundliche Krankenschwester sitzt in der Ecke und erledigt Papierkram. Ihre Brille lässt sie wie einen dieser vieräugigen Fische aussehen *(Anableps Anableps)*, die zugleich über und unter Wasser gucken können. Er muss ein Geräusch gemacht haben; sie dreht den Kopf und ruft etwas auf Malaysisch. Beeindruckenderweise führt das dazu, dass sein schnurrbarttragender Chirurg durch die Tür gelaufen kommmt, mit schwingendem Kittel, lächelt und auf Wenigers Fuß deutet, wie ein Klempner vielleicht auf eine reparierte Küchenspüle deuten würde.

»Mr Weniger, Sie sind wach! Jetzt werden die Metalldetektoren nicht mehr bei Ihnen anschlagen, pling pling pling! Wir sind alle neugierig«, sagt der Arzt und beugt sich zu ihm herunter. »Warum besitzt ein Mann eine Nähnadel?«

»Um Dinge zu flicken. Um Knöpfe anzunähen.«

»Besteht denn da große Gefahr in Ihrem Beruf?«

»Offensichtlich ist eine Nadel die größere.« Weniger hat das Gefühl, gar nicht mehr wie er selbst zu klingen. »Wann kann ich in das Zentrum zurückkehren, Doktor?«

»Ah«, sagt er, greift in seine Tasche und holt einen Umschlag hervor. »Das Zentrum hat Ihnen das hier geschickt.«

Auf dem Umschlag steht: *Es tut uns sehr leid*. Weniger öffnet ihn und schon flattert ein Fetzen hellblauen Stoffes heraus. Das war's also. Ohne den Anzug gibt es keinen Arthur Weniger.

Der Arzt spricht weiter: »Das Zentrum hat Ihren Freund kontaktiert, der jeden Augenblick hier sein wird, um Sie abzuholen.«

Weniger fragt, ob er Rupali oder vielleicht den Pastor meine.

»Kein Plan!«, sagt der Arzt – was nicht recht zu seiner ansonsten gewählten Ausdrucksweise passt. »Aber Sie können nicht zurück ins Zentrum. Die Treppen! Der Hügel! Nein, Sie dürfen den Fuß mindestens drei Wochen lang nicht belasten. Ihr Freund hat eine Unterkunft. Und auf keinen Fall dieses amerikanische *Jogging*!«

Er kann nicht zurück? Aber – sein Buch! Es klopft an der Tür, während Weniger sich noch fragt, wo diese neue Unterkunft wohl sein könnte. Die Frage erledigt sich von selbst, als sich die Tür öffnet.

Es ist absolut denkbar, dass Weniger sich in einem dieser Babuschka-Träume befindet, in denen man aufwacht und gähnt und aus dem Stockbett seiner Kindertage steigt, seinen längst verstorbenen Hund streichelt und die längst verstorbene Mutter begrüßt, um dann zu begreifen, dass dies nur eine weitere Schicht des Traums ist, ein weiterer hölzerner Albtraum, und dass man den heroischen Akt des Aufwachens ein weiteres Mal durchstehen muss.

Denn bei dem, der dort in der Tür steht, kann es sich nur um ein Traumbild handeln.

»Hallo Arthur. Ich bin gekommen, um mich um dich zu kümmern.«

Oder nein, er muss gestorben sein. Er wird aus dieser trist-grünen Vorhölle abgeholt, um in seine ganz persönliche Hölle gebracht zu werden. Ein kleines Häuschen oberhalb eines Flammenmeeres: Die Künstlerresidenz der Hölle. Das Gesicht lächelt ihn noch immer an. Und dann sagt Arthur träge, traurig, die göttliche Komödie seines Lebens langsam akzeptierend, den Namen, den Sie wohl inzwischen erraten haben.

Der Fahrer bearbeitet die Hupe, als wolle er sich für eine Ein-Mann-Blaskapelle empfehlen. Streunende Hunde und Ziegen springen mit schuldbewusster Miene aus dem Weg, die Menschen mit unschuldiger Miene. Kinder stehen zu Dutzenden neben der Straße, alle in den gleichen rotkarierten Uniformen, einige lassen sich auch von den Ästen der Banyanbäume baumeln; die Schule muss gerade aus sein. Sie stieren Weniger an, der an ihnen vorbeirollt. Und die ganze Zeit hört er das Dauerhupen, die englische Popmusik, die wie Sirup aus den Lautsprechern fließt, und die sanfte Stimme von Carlos Pelu:

»… hättest mich anrufen sollen, als du angekommen bist, zum Glück haben sie meine Nachricht bekommen, und ich meinte, selbstverständlich nehme ich dich bei mir auf …«

Arthur Weniger, vom Schicksal verzaubert, starrt auf das Gesicht, das ihm seit so vielen Jahren vertraut ist. Dieses ganz spezielle römische Ruder von einer Nase, die sich früher auf Partys immerzu im Kreis drehte, sich erst nach diesem Fetzen einer Unterhaltung ausrichtend, dann nach jenem Blick auf der anderen Seite des Zimmers, dann nach denen, die zu einer noch besseren Party aufbrachen, diese Nase des Carlos Pelu, die in seiner Jugend so beeindruckend war, so unvergesslich, und die sich auch hier in diesem Auto noch so perfekt gehalten hat wie die aus Teakholz geschnitzte Galionsfigur eines Schiffes, das ansonsten komplett erneuert wurde. Sein Körper ist von strammer Jugend in üppiges, erhabenes mittleres Alter übergegangen. Nicht plump und rundlich, nicht auf die Art fett, wie Zohra zu werden plant, dieser unbeschwerte Körper, der endlich frei atmen darf; nicht auf glückliche, sexy, fickt-euch-doch-alle-Art fett. Sondern auf majestätische, mächtige, pantagruelische Art fett. Ein Gigant, ein Koloss: Carlos der Große.

Arthur, du weißt, mein Sohn war nie der Richtige für dich.

»Gott, es tut gut, dich zu sehen!« Carlos quetscht Wenigers Arm und grinst ihn mit kindlichem Schalk an: »Ich habe gehört, in Berlin hat ein junger Mann unter deinem Fenster gesungen.«

»Wo fahren wir hin?«, fragt Weniger.

»Und hattest du eine Affäre? Mit einem Prinzen? Bist du im Schutz der Dunkelheit aus Italien geflohen? Sag mir, du warst der Casanova der Sahara.«

»Sei nicht albern.«

»Vielleicht war's Turin, wo ein junger Mann unter deinem Balkon gesungen hat. Hoffnungslos in dich verliebt.«

»Niemand war je hoffnungslos in mich verliebt.«

»Nein«, sagt Carlos. »Du hast ihnen immer Hoffnungen gemacht, stimmt's?« Der Innenraum des Fahrzeugs verschwindet für einen Moment, und sie stehen mit Gläsern voll Weißweinschorle auf jemandes Rasen, wieder jung. Wollen mit jemandem tanzen. »Ich sag dir, wohin wir fahren. Wir fahren zur Anlage. Ich hab dir ja erzählt, dass die nicht weit ist.«

Von all den Bars in all den Städten dieser Welt. »Das ist nett von dir, aber vielleicht sollte ich mich in so ein ayurvedisches –«

»Sei nicht albern. Das ist eine Ferienanlage, komplett mit Personal, aber vollkommen leer. Wir eröffnen erst in einem Monat. Du wirst es lieben – da ist ein Elefant!« Arthur glaubt, er spreche von der Anlage, doch dann folgt er Carlos' Blick und ihm bleibt das Herz stehen. Direkt vor ihnen, so voller Altersflecken und Staub, dass er zunächst wie ein mit dem weißen Gummi der örtlichen Bäume beladener Karren aussieht, bis sie sich schließlich heben, die Ohren, wie sich zum Flug entfaltende Federn oder Membranen, und es eindeutig ein Elefant ist, der mit einem großen Büschel grünem Bambus im Rüssel über die Straße flaniert, den Schwanz hin und her peitscht und jetzt den Kopf dreht, um mit seinen kleinen, unergründlichen Augen die anzustarren, die ihn anstarren – Weniger erkennt dieses Starren –, als wolle er sagen: *Ich bin nicht so merkwürdig wie Ihr.*

»O mein Gott!«

»Die größeren Tempel haben oft einen. Wir können drum herum fahren«, sagt Carlos und sie tun genau das, laut hupend. Weniger dreht den Kopf, um das Tier durch das Rückfenster zu beobachten, das immer wieder den Kopf wendet und seine Last anhebt, eindeutig im Bewusstsein, welchen Aufruhr es verursacht, und nicht wenig Freude daran findend. Dann kommt eine Gruppe von Männern mit schlappen kommunistischen Flaggen rauchend aus einem Gebäude und der überirdische Anblick ist versperrt.

»Hör zu, Arthur, ich habe eine Idee – ah, wir sind da«, sagt Carlos plötzlich, und Weniger spürt noch bevor er es sehen kann, dass es nun steil zum Ozean hinunter geht. »Bevor wir uns verabschieden, habe ich noch zwei kurze Fragen. Einfache Fragen.« Sie fahren durch ein Tor; Weniger begreift nicht, warum der Fahrer noch immer hupt.

»Wir verabschieden uns?«

»Arthur, sei doch nicht so sentimental! In unserem Alter! Ich bin in ein paar Wochen wieder da, und dann feiern wir, dass du wieder gesund bist. Ich habe geschäftlich zu tun. Es ist ein Wunder, dass wir diese Zeit gemeinsam haben. Die erste Frage lautet, hast du noch deine Briefe von Robert?«

»Meine Briefe?« Das Hupen hört auf, und das Auto kommt zum Halt. Ein junger Mann in einer grünen Uniform tritt an Wenigers Seite des Fahrzeugs.

»Komm schon, Arthur, hast du sie oder nicht? Ich muss mein Flugzeug erwischen.«

»Ich glaube ja.«

»Bravo. Und die andere Frage ist, hast du von Freddy gehört?«

Weniger spürt, wie die heiße Luft hereinströmt, als seine Autotür geöffnet wird. Er sieht einen gutaussehenden Portier dort stehen, mit seinen Alukrücken. Er dreht sich wieder zu Carlos um.

»Wieso sollte ich von Freddy gehört haben?«

»Nur so. Beschäftige du dich mit deinem Buch, bis ich wieder da bin, Arthur.«

»Ist alles in Ordnung?«

Carlos winkt zum Abschied, und dann steht Weniger draußen und sieht dem großen, weißen Ambassador nach, der sich die Straße hinaufmüht, bis er zwischen den Palmen verschwunden ist und nichts davon bleibt außer dem permanenten Jaulen der Hupe.

Er hört das Meer und die Stimme des Portiers: »Mr Weniger, einige Ihrer Taschen sind gekommen. Sie sind bereits in Ihrem Zimmer.« Doch Weniger starrt noch immer auf die Palmen im Wind.

Merkwürdig. Es kam so beiläufig, dass Weniger es beinahe überhört hätte. Da saß er, in die Ecke der Rückbank geflätzt, und stellte solche einfachen Fragen. Seinem Gesicht war nichts anzumerken – Carlos bewahrte dieselbe Miene sanfter Ungeduld, die er immer zeigte –, doch Weniger sah, wie er an seinem Ring herumspielte, wie er den mit einem Löwenkopf besetzten Ring immer wieder drehte, während sein Blick auf den verletzten, alternden, hilflosen Arthur Weniger gerichtet war. Weniger begreift, dass die gesamte Unterhaltung eine Illusion war, Maya, eine Chimäre, und dass Carlos eigentlich eine andere Absicht verfolgte. Doch er kann sie nicht entschlüsseln. Er schüttelt den Kopf und lächelt den Portier an, nimmt seine Krücken entgegen und blickt zu seinem neuen weißen Gefängnis auf. Irgendetwas an der Art, wie sein alter Freund die Frage stellte, irgendein *Hidden Track*, den nur ein aufmerksamer Hörer bemerken würde, oder einer, der schon so viele Jahre zuhört, und den niemand je bei Carlos vermuten würde: *Furcht*.

Für einen fünfzigjährigen Mann ist die Langeweile, im Bett zu liegen und eine Verletzung auszukurieren nur damit vergleichbar, im Gottesdienst zu sitzen. Weniger wird die Raja-Suite zugewiesen und ein bequemes Bett eingerichtet, mit einem Blick auf den Ozean, den nur ein dicker Imkerschleier aus Moskitonetz trübt, der von der Decke hängt. Alles ist elegant, cool, gut mit Personal ausgestattet, und unerträglich langweilig. Wie sehr Weniger den Mungo vermisst. Er vermisst Rupali und die Picknicker, den Bandcontest, den Pastor und den Schneider und Elizabeth, die gelbe Schlange; er vermisst sogar Jesus Christus, unseren Erlöser. Das einzig Interessante ist der Portier, Vincent, der jeden Tag vorbeikommt, um nach unserem Invaliden zu sehen: glattrasiertes, schmal zulaufendes Kinn und Topasaugen, einer dieser verschämt gutaussehenden Männer, die keine Ahnung haben, wie gut sie aussehen, und immer, wenn Vincent vorbeikommt, betet Weniger zu Jesus Christus, unserem Erlöser, er möge ihn von seiner Libido befreien; das letzte, was er jetzt gebrauchen kann, ist, sich im Krankenbett zu verknallen.

Und so vergehen die Wochen in schierer Langeweile, was sich – endlich – als die perfekte Situation für Weniger erweist, um es – endlich – mit dem Schreiben zu versuchen.

Es ist, als würde er Wasser aus einem alten, löchrigen Eimer in einen brandneuen gießen; es fühlt sich fast schon verdächtig einfach an. Er braucht bloß irgendein düsteres Ereignis aus seinem Buch zu nehmen – sagen wir, den unheilbaren Krebs eines Marktstandbetreibers – und es umzudrehen, so dass Swift ihm, aus Mitleid, sieben wohlduftende Käselaibe abkauft, die er dann durch San Francisco schleppen muss und die im weiteren Verlauf des Kapitels immer mehr zu stinken anfangen. In der verkommenen Szene, in der Swift mit einem Tütchen Kokain die Hoteltoilette aufsucht, um dort eine Line zu ziehen, fügt Weniger einfach einen Händetrockner mit Bewegungssensor hinzu und – wusch! Ein Schneesturm der Würdelosigkeit! Alles, was nötig ist, ist ein aus dem Fenster geworfener Eimer, ein offener Gullyschacht, eine Bananenschale. »Sind wir Loser?«, fragt Swift seinen Liebhaber zum Abschluss ihres ruinierten Urlaubs, und

Weniger fügt fröhlich eine Antwort hinzu: »Na ja, Baby, Gewinner sind wir jedenfalls nicht.« Es bereitet ihm ein beinahe sadistisches Vergnügen, jede einzelne Erniedrigung bloßzulegen und so ihren lächerlichen Kern zu zeigen. Was für ein Spaß! Wenn man das doch nur mit dem Leben machen könnte!

Er wacht in der Morgendämmerung auf, als das Meer schon heller wird, aber die Sonne sich noch in ihrem Bettzeug räkelt, und setzt sich hin, um seinem Protagonisten noch ein paar weitere Schläge mit seiner auktorialen Peitsche zu verpassen. Und auf rätselhafte Weise erscheint nach und nach ein bittersüßes Verlangen in dem Roman, das zuvor nicht da war. Der Roman verändert sich, wird freundlicher. Weniger fängt an, seinen Untertan von Neuem ins Herz zu schließen, wie einen reuigen Verehrer, und schließlich, eines Morgens, nachdem er eine Stunde lang mit dem Kinn in der Hand dagesessen und den Vögeln zugesehen hat, die im grauen Dunst am Horizont umherfliegen, gesteht unser gütiger Gott seiner Figur den flüchtigen Segen der Freude zu.

Endlich, eines Nachmittags, kommt Vincent ins Zimmer und fragt, »Bitte, wie geht es Ihrem Fuß?« Weniger sagt, er könne wieder ohne Krücken laufen. »Gut«, sagt Vincent. »Und jetzt, Arthur, machen Sie sich bitte für einen außergewöhnlichen Ausflug bereit.« Weniger fragt neckend, wo sie gemeinsam hinfahren werden. Vielleicht will Vincent ihm ja endlich ein bisschen was von Indien zeigen. Aber nein; der Mann wird rot und erwidert: »Leider werde ich nicht mitkommen.« Er sagt, dieser außergewöhnliche Ausflug werde den Gästen angeboten, sobald die Ferienanlage eröffnet. Von draußen kommt ein Brummen durchs Fenster; er blickt hinaus und sieht, wie sich ein Schnellboot der Anlage nähert, am Steuer zwei Jugendliche mit ausdruckslosen Mienen. Mit Vincents Hilfe humpelt Weniger zum Boot und geht schwankend an Bord. Der Motor springt mit dem Brüllen eines Tigers an.

Die Fahrt dauert eine halbe Stunde, in der Weniger springende Delphine und Fliegende Fische sieht, die wie Steine über das Wasser flitschen, und auch die schwebende Mähne einer Qualle. Er erinnert sich an ein Aquarium, das er als Junge besucht hat, in dem er sich erst eine Meeresschildkröte ansah, die brustschwamm wie eine schrullige alte Tante, und dann eine Qualle entdeckte, ein pinkes, schwabbeliges, hirnloses Monster im Negligee, das im Wasser pulsierte, und er dachte schluchzend: *Wir sitzen nicht im selben Boot.* Schließlich erreichen sie eine Insel aus weißem Sand, die nicht größer ist als ein Häuserblock, mit zwei Kokospalmen und kleinen lilafarbenen Blumen. Weniger geht vorsichtig an Land und schleppt sich in den Schatten. Im dunkler werdenden Ozean springen die Delphine. Ein Flugzeug zieht einen Strich unter den Mond. Es ist eindeutig das Paradies – bis Weniger sich umdreht und sieht, dass das Boot wieder abgelegt hat. Ein Schiffbrüchiger. Kann es sein, dass dies irgendein teuflischer Plan ist, den Carlos ausgeheckt hat? Ihn wochenlang in einem Zimmer einzusperren und ihn jetzt, da er ein einziges Kapitel davon entfernt ist, sein Buch zu Ende zu bringen, auf einer einsamen Insel auszusetzen? Das ist ein Schicksal wie in einem *New-Yorker*-Cartoon. Weniger wendet sich an die untergehende Sonne: Er hat Freddy aufgegeben! Er hat ihn bereitwillig aufgegeben; er hat sich sogar von der Hochzeitsfeier ferngehalten. Er hat genug gelitten, einsam und allein; er ist ein Krüppel, einbeinig, verlassen, und seines magischen Anzugs beraubt. Er hat nichts mehr, was man ihm noch nehmen könnte, unser schwuler Hiob. Er lässt sich im Sand auf die Knie fallen.

Hinter ihm ist ein bohrendes Brummen zu hören. Als er sich umdreht, sieht er ein weiteres Schnellboot auf sich zusteuern.

»Arthur, ich habe eine Idee«, erklärt Carlos, nachdem sie zu Abend gegessen haben. Carlos' Assistenten haben ein improvisiertes Lagerfeuer entfacht und ihnen zwei Clownfische gegrillt, die sie am Riff mit dem Speer gefangen haben, und Weniger und Carlos sitzen jetzt auf Kissen und teilen sich eine Flasche kalten Champagner.

Carlos lehnt sich auf einem der mit Pailletten besetzten Kissen zurück; er trägt einen weißen Kaftan. »Wenn du wieder zu Hause bist, möchte ich, dass du sämtliche Korrespondenz der Russian River School heraussuchst. Von all den Männern, die wir kennen. Vor allem den wichtigen, Robert und Ross und Franklin.«

Weniger, der unbeholfen zwischen zwei Kissen klemmt, kämpft sich hoch und fragt sich, *Wieso?*

»Ich will sie dir abkaufen.«

Über das monotone Waschmaschinen-Geräusch der

Brandung hinweg ist ein wiederholtes Platschen zu hören, das von einem Fisch stammen muss. Der Mond steht hoch oben und ist in Dunst eingehüllt, so dass er alles mit einem trüben Schleier überzieht und so den Blick auf die Sterne verdirbt.

Carlos sieht Weniger im Feuerschein eindringlich an. »Alles, was du hast. Wie viele, glaubst du, sind das?«

»Ich hab … keine Ahnung. Ich muss nachgucken. Bestimmt Dutzende. Aber das sind persönliche Briefe.«

»Ich will die Persönlichen. Ich baue eine Sammlung auf. Die sind jetzt wieder angesagt, diese ganze Zeit. Es gibt Collegeseminare, die sich nur damit beschäftigen. Und wir kannten sie. Wir waren Teil der Geschichte, Arthur.«

»Ich weiß nicht genau, ob wir Teil der Geschichte waren.«

»Ich will alles in einer Sammlung zusammenbringen, der Carlos-Pelu-Kollektion. Es gibt schon eine Uni, die Interesse hat. Die würden vielleicht einen Saal der Bibliothek nach mir benennen. Hat Robert auch Gedichte für dich geschrieben?«

»Die Carlos-Pelu-Kollektion.«

»Klingt gut, oder? Mit dir wäre die Sammlung vollständig. Ein Liebesgedicht von Robert an dich.«

»So hat er nicht geschrieben.«

»Oder dieses Bild von Woodhouse. Ich weiß, du brauchst Geld«, sagt Carlos leise.

Das ist also der Plan: dass Carlos alles an sich reißt. Dass er ihm seinen Stolz nimmt, seine Gesundheit und seinen Verstand, dass er ihm Freddy nimmt und jetzt, zuletzt, sogar seine Erinnerungen, seine Souvenirs. Es wird nichts von Arthur Weniger übrig bleiben.

»Ich komme zurecht.«

Das Feuer, das aus Kokosnussschalen besteht, findet einen besonderen Leckerbissen und flammt vergnügt auf, so dass ihre beiden Gesichter beleuchtet werden. Sie sind nicht jung, überhaupt nicht; von den Jungs, die sie einmal waren, ist nichts geblieben. Wieso seine Briefe nicht verkaufen, seine Erinnerungsstücke, seine Gemälde, seine Bücher? Wieso sie nicht verbrennen? Wieso nicht dieses ganze Geschäft des Lebendigseins aufgeben?

»Weißt du noch, dieser Nachmittag am Strand? Du warst noch mit diesem Italiener zusammen …«, sagt Carlos.

»Marco.«

Er lacht. »O Gott, Marco! Der hatte Angst vor den Felsen und wir mussten uns zu den Heteros setzen. Weißt du noch?«

»Natürlich weiß ich das noch. Damals habe ich Robert kennengelernt.«

»Ich denke oft über diesen Tag nach. Natürlich wussten wir nicht, dass über dem Pazifik ein gewaltiger Sturm wütete, dass es totaler Wahnsinn war, am Strand zu liegen! Es war unglaublich gefährlich. Aber wir waren jung und dumm, stimmt's?«

»Darauf können wir uns einigen.«

»Manchmal muss ich an all die Männer denken, die wir an diesem Strand kannten.«

Kleine Erinnerungsfetzen leuchten in Wenigers Gehirn auf, darunter auch Carlos, der auf einem Felsbrocken steht und in den Himmel starrt, während sein fitter, muskulöser Körper sich im Gezeitentümpel darunter spiegelt. Das Feuer knistert und schießt spiralförmige Funken in die Luft. Das Feuer und das Meer sind die einzigen Geräusche.

»Ich habe dich nie gehasst, Arthur«, sagt Carlos.

Weniger stiert ins Feuer.

»Es war immer nur Neid. Ich hoffe, das ist dir klar.«

Eine Horde winziger, durchsichtiger Krebse krabbelt durch den Sand zum Wasser.

»Arthur, ich hab da eine Theorie. Pass auf. Und zwar, dass unsere Leben halb Komödie und halb Tragödie sind. Und bei manchen Leuten ist es eben so, dass die *gesamte erste Hälfte* ihres Lebens eine Tragödie ist und die zweite dann eine Komödie. Ich zum Beispiel. Guck dir meine beschissene Jugend an. Ein armer Junge, der in die große Stadt gekommen war – vielleicht weißt du das nicht, aber mein Gott, war das hart für mich. Ich wollte einfach *irgendwo* hinkommen. Zum Glück bin ich Donald begegnet, aber dann wurde er ja krank und starb – und plötzlich hatte ich einen Sohn an der Backe. Das ganze Arschtreten, das nötig war, um seinen Laden zu dem zu machen, was ich heute habe. Vierzig schwere, schwere Jahre.

Aber guck mich jetzt an! Die reinste Komödie! Fett! Reich! Lächerlich! Guck dir an, was ich anhabe – einen *Kaftan*! Ich war so ein wütender junger Mann – ich hatte so viel zu beweisen; jetzt habe ich Geld und Grund zum lachen. Es ist wunderbar. Lass uns die zweite Flasche aufmachen. Du dagegen. Du hattest als junger Mann die Komödie. Du warst damals der Lächerliche, der, über den alle gelacht haben. Du bist einfach überall reingetapst, wie mit verbundenen Augen. Ich kenne dich schon länger als die meisten deiner Freunde, und ich habe dich ganz sicher genauer beobachtet. Ich bin der weltweit führende Experte in Sachen Arthur Weniger. Ich erinnere mich, wie wir uns kennengelernt haben. Du warst so dünn, nichts als Schlüsselbein und Hüftknochen! Und so unschuldig. Wir anderen waren so weit davon entfernt, unschuldig zu sein – ich glaube, wir wären gar nicht auf die Idee gekommen, auch nur so zu tun. Du warst anders. Ich glaube, alle wollten diese Unschuld berühren, sie vielleicht zerstören. Wie du durch die Welt gegangen bist, ohne zu ahnen, welche Gefahren es da gab. Unbeholfen und naiv. Natürlich war ich neidisch auf dich. Weil ich nie so sein konnte; ich hatte aufgehört, so zu sein, als ich ein Kind war. Hättest du mich vor einem Jahr, vor sechs Monaten noch gefragt, hätte ich gesagt, ja, Arthur, die erste Hälfte deines Lebens war die Komödie. Aber jetzt steckst du mitten in der tragischen Hälfte.«

Carlos nimmt die Champagnerflasche, um Wenigers Glas nachzufüllen. »Was hast du gesagt?«, fragt Weniger. »Die tragisch –«

»Aber ich habe meine Meinung geändert«, fährt Carlos fort. »Weißt du, wie Freddy dich immer nachmacht? Noch nie gesehen? Ah, das wird dir gefallen.« Hierfür muss Carlos aufstehen – ein komplexes Manöver, bei dem er sich an der Palme abstützt. Es könnte sein, dass er betrunken ist. Und trotzdem behält er noch immer diese majestätische Arroganz bei, mit der er früher wie ein Panther am Schwimmbecken auf und ab stolzierte. Und mit einer flinken Regung wird er zu Arthur Weniger: groß, ungelenk, glubschäugig, x-beinig und mit einem erschrockenen Grinsen im Gesicht; sogar sein Haar scheint plötzlich zu der Comic-Sidekick-Frisur hochgebürstet zu sein, die Weniger schon immer trägt. Er spricht mit lauter, leicht hysterischer Stimme:

»Diesen Anzug habe ich aus Vietnam! Das ist Sommerwolle. Ich wollte Leinen, aber die Dame sagte, Nein, das knittert so, was Sie brauchen ist Sommerwolle, und weißt du was? Sie hatte recht.«

Weniger sitzt für einen Moment nur da, dann beginnt er erstaunt zu kichern. »Tja«, sagt er, »Sommerwolle. Wenigstens hat Freddy mir zugehört.«

Carlos lacht, fällt aus der Pose und wird wieder er selbst. Er lehnt gegen die Palme, und wieder huscht es über sein Gesicht, ganz kurz, dieser Ausdruck, den Weniger im Auto bemerkt hat. Furcht. Verzweiflung. Über etwas anderes als diese »Papiere«. »Also, was sagst du, Arthur? Verkauf sie mir.«

»Nein, Carlos. Nein.«

Carlos wendet sich vom Feuer ab und schimpft auf seinen Sohn.

Weniger sagt, »Das hat mit Freddy gar nichts zu tun«.

Carlos blickt aufs Wasser hinaus, wo sich der Mondschein spiegelt. »Weißt du, Arthur, mein Sohn ist anders als ich. Einmal habe ich ihn gefragt, wieso er so faul ist. Ich habe ihn gefragt, was zur Hölle er eigentlich will. Er konnte es mir nicht sagen. Also habe ich für ihn entschieden.«

»Ich versteh gar nichts.«

Carlos dreht sich um und sieht Weniger an. »Du hast es wirklich nicht gehört?« Es muss das Mondlicht sein – das da in seinem Gesicht kann unmöglich Zärtlichkeit sein.

»Wie meintest du das mit der tragischen Hälfte?«, fragt Weniger.

Carlos lächelt, als habe er gerade einen Beschluss gefasst. »Arthur, ich habe meine Meinung geändert. Du hast das Glück eines Komikers. Pech in Dingen, die unwichtig sind. Glück in den wichtigen Dingen. Ich glaube – du wirst es wahrscheinlich anders sehen –, aber ich glaube, dass dein gesamtes Leben eine Komödie ist. Nicht nur der erste Teil. Das Ganze. Du bist der absurdeste Mensch, den ich je getroffen habe. Du hast dich durch jeden einzelnen Moment gewurschtelt wie ein Narr; du hast Dinge falsch verstanden und falsch ausgesprochen und bist über so ziemlich alles und jeden gestolpert, der dir begegnet ist, und du hast gewonnen. Und du weißt es nicht mal.«

»Carlos.« Er fühlt sich nicht wie ein Sieger. Er fühlt sich besiegt. »Mein Leben, mein Leben in diesem letzten Jahr –«

»Arthur Weniger«, unterbricht ihn Carlos kopfschüttelnd. »Von allen Menschen, die ich kenne, hast du das beste Leben.«

Weniger hält das für Unsinn.

Carlos blickt ins Feuer, dann kippt er den Rest Champagner in sich hinein. »Ich fahre zurück an Land; ich muss morgen früh los. Denk dran, Vincent deine Flugdaten zu geben. Nach Japan, richtig? Kyoto? Wir wollen sicher gehen, dass du gut ankommst. Wir sehen uns morgen früh.« Und damit stolziert er quer über die Insel auf das Boot zu, das im Mondschein wartet.

Doch Weniger sieht Carlos nicht am nächsten Morgen. Sein eigenes Boot bringt ihn zur Ferienanlage zurück, wo er lange wach bleibt, die Sterne betrachtet und sich an den Rasen vor seinem Häuschen erinnert, und wie es dort vor Glühwürmchen funkelte, und er sieht eine besondere Konstellation, die genau wie das Stoffeichhörnchen namens Michael aussieht, das er als Kind besaß und das er in einem Hotelzimmer in Florida vergessen hat. Hallo, Michael! Er geht sehr spät ins Bett, und als er aufsteht, ist Carlos bereits abgereist. Er fragt sich, was er wohl gewonnen haben mag.

Für einen Siebenjährigen ist die Langeweile, im Gottesdienst zu sitzen, nur damit vergleichbar, in einer Flughafenlounge zu sitzen. Dieser Junge sitzt mit seinem Sonntagsschulbuch auf dem Schoß da – einer Sammlung von Bibelgeschichten mit wild zusammengewürfelten Illustrationsstilen – und starrt ein Bild von Daniels Löwen an. Wie sehr er sich wünschte, es wäre ein Drache. Wie sehr er sich wünschte, seine Mutter hätte ihm nicht den Stift abgenommen. Es ist ein länglicher Raum mit Steinwänden und einer Decke aus Holz; draußen im Gras sind vielleicht zweihundert Sandalen aufgereiht. Alle tragen ihre besten Kleider; seine sind ganz besonders warm. Die Deckenventilatoren drehen langsam die Köpfe von der einen Seite zur anderen, Zuschauer beim Tennismatch zwischen Gott und Satan. Der Junge hört den Pastor reden; er kann dabei nur an die Tochter des Pastors denken, die zwar erst drei ist, aber ihm trotzdem den Kopf verdreht hat. Er dreht sich um und sieht sie auf dem Schoß ihrer Mutter sitzen; sie bemerkt seinen Blick und zwinkert ihm zu. Doch noch interessanter ist das Fenster hinter ihr, das zur Straße hinausgeht, wo ein weißer Tata im Verkehr feststeckt, und darin, deutlich sichtbar durch das geöffnete Fenster: der Amerikaner!

Unglaublich, will er allen sagen, doch natürlich darf er hier nicht sprechen; es macht ihn genauso verrückt wie diese reizende Pastorentochter. Sein Amerikaner, der vom Flughafen, im selben beigen Leinen wie zuvor. Um ihn herum laufen Händler von Auto zu Auto, mit in Papier eingeschlagenen heißen Speisen, Wasser und Softdrinks, und über allem tönt das große Hupkonzert. Es fühlt sich an wie eine Parade. Der Amerikaner streckt seinen Kopf aus dem Fenster, vermutlich, um den Verkehr einzuschätzen, und da, für einen kurzen Moment, begegnet sein Blick dem des Jungen. Was diese blauen Augen enthalten, kann der Junge nicht verstehen. Es sind die Augen eines Schiffbrüchigen. Der auf dem Weg nach Japan ist. Dann wird das unsichtbare Hindernis weggeräumt, die Fahrzeuge setzen sich in Bewegung, der Amerikaner zieht seinen Kopf zurück ins schattige Auto und ist verschwunden.

WENIGER ZULETZT

Von meiner Warte aus wirkt die Geschichte des Arthur Weniger gar nicht so schlimm. Zugegeben, es sieht nicht gut aus (das Unglück steht kurz bevor). Ich erinnere mich noch an unsere zweite Begegnung, als Weniger knapp über vierzig war. Ich war auf einer Cocktailparty in einer neuen Stadt und genoss den Ausblick, als ich plötzlich das Gefühl hatte, dass jemand ein Fenster geöffnet hatte, und mich umdrehte. Niemand hatte ein Fenster geöffnet; es hatte bloß jemand den Raum betreten. Er war groß, mit schütterem blonden Haar und dem Profil eines englischen Lords. Er begrüßte die Gäste mit einem traurigen Lächeln und hob die Hand, wie es manche Leute tun, wenn sie (nachdem man sie mit einer Anekdote vorgestellt hat) »Ja, so war's!« sagen. An keinem Ort der Erde würde man ihn für irgendetwas anderes als einen Amerikaner halten. Erkannte ich ihn als den Mann, der mir in diesem kalten, weißen Raum das Zeichnen beigebracht hatte, als ich noch klein war? Als den, den ich für einen

Jungen gehalten hatte und von dem ich mich betrogen fühlte, weil er schon ein Mann war? Nicht sofort. Meine ersten Gedanken waren ganz klar nicht die eines Kindes. Aber dann, ja, auf den zweiten Blick erkannte ich ihn wieder. Er war gealtert, ohne alt geworden zu sein: ein kantigeres Kinn, ein breiterer Hals, eine nicht mehr so kräftige Haar- und Hautfarbe. Niemand hätte ihn für einen Jungen gehalten. Und doch war es eindeutig er: Ich erkannte diese unverwechselbare Unschuld, die er an sich hatte. Meine war mir in den vergangenen Jahren abhanden gekommen; seine merkwürdigerweise nicht. Hier stand jemand, der es besser hätte wissen müssen; der sich eine amüsierte Rüstung hätte zulegen müssen, so wie jeder andere in diesem Raum, in dem jeder über alles lachte; der sich endlich eine Haut hätte wachsen lassen müssen. Er stand da wie jemand, der sich in Grand Central Station verirrt hatte.

Mit genau diesem Gesichtsausdruck steigt Arthur Weniger, fast ein Jahrzehnt später, in Osaka aus dem Flugzeug und verspürt, weil er niemanden entdeckt, der ihn in Empfang nehmen könnte, dieses Treibsandgefühl, das jeder Reisende kennt: Natürlich ist niemand da, um mich in Empfang zu nehmen; wieso sollte jemand daran gedacht haben, und was soll ich jetzt bloß machen? Über ihm umschwirrt eine Fliege eine Deckenleuchte in einem trapezförmigen Muster, und weil das Leben von permanenter Imitation bestimmt ist, beginnt Arthur Weniger, eine ähnliche Bahn in der Ankunftshalle zu beschreiben. Er kommt an einer Reihe von Schaltern vorbei, deren Schilder zwar vordergründig englische

Wörter enthalten, ihm aber rein gar nichts sagen (JASPER!, AERONET, GOLD-MAN). Sie erinnern ihn an diesen erschreckenden Moment, wenn er beim Lesen eines Buches feststellt, dass alles komplettes Kauderwelsch ist, und merkt, dass er tatsächlich gerade träumt. Am letzten Schalter (CHROME) ruft ein älterer Herr ihm hinterher; Arthur Weniger, der die globale Zeichensprache inzwischen fließend beherrscht, begreift, dass es sich um ein privates Busunternehmen handelt und dass die Stadtverwaltung von Kyoto ein Ticket für ihn hinterlegt hat. Der Name auf dem Ticket: DR. ENGER. Ganz kurz wird Weniger wunderbar schwindlig. Draußen wartet der Minibus; er ist eindeutig nur für Weniger gedacht. Ein Fahrer steigt aus; er trägt die Mütze und die weißen Handschuhe eines Leinwand-Chauffeurs; er nickt Arthur Weniger zu, der sich dabei erwischt, wie er sich verbeugt, bevor er in den Bus steigt, einen Sitz aussucht, sich das Gesicht mit einem Taschentuch abwischt und aus dem Fenster auf dieses letzte Reiseziel blickt. Jetzt bleibt nur noch ein Ozean, den es zu überqueren gilt. Er hat so vieles auf dem Weg verloren: seinen Geliebten, seine Würde, seinen Bart, seinen Anzug und seinen Koffer.

Ich habe vergessen zu erwähnen, dass sein Koffer es nicht nach Japan geschafft hat.

Weniger ist hier, um für ein Männermagazin über die japanische Küche zu schreiben, insbesondere über die Kaiseki-Küche; er hat sich bei jenem Pokerspiel freiwillig dafür gemeldet. Er weiß nichts über die Kaiseki-Küche, aber sein Plan sieht vier mehrgängige Menüs in zwei Tagen vor, in verschiedenen Restaurants, das letzte ein uraltes Gasthaus außerhalb von Kyoto. Er rechnet mit einer enormen Bandbreite an Speisen. Noch zwei Tage, dann wird er fertig sein. Alles, was er von Japan weiß, ist eine Erinnerung aus seiner frühen Kindheit, als seine Mutter einmal mit ihm nach Washington D.C. fuhr. Es war ein besonderer Ausflug, und er musste ein Hemd und eine Wollhose anziehen und wurde zu einem großen Steingebäude mit Säulen gebracht, wo er lange Zeit im Schnee in der Schlange stand, bevor er in eine kleine, dunkle Kammer durfte, in der verschiedene Schätze zu sehen waren, Schriftrollen und Kopfschmuck und Rüstungen (die Weniger zuerst für echte Menschen hielt). »Das ist das erste Mal, dass sie die aus Japan herausgelassen haben – und wahrscheinlich auch das letzte Mal«, flüsterte seine Mutter ihm zu und meinte damit offenbar einen Spiegel, einen Edelstein und ein Schwert, die mit zwei so echten wie enttäuschenden Wachmännern ausgestellt wurden, und als ein Gong ertönte und man sie zu gehen bat, beugte sie sich zu ihm herunter und fragte, »Was hat dir am besten gefallen?« Er sagte es ihr, und sie verzog amüsiert das Gesicht. »Der Garten? Welcher Garten?« Ihn hatten nicht die heiligen Schätze angezogen, sondern ein Glaskasten, der eine Stadt in Miniaturformat enthielt und an dem eine Lupe angebracht war, durch die er sich die einzelnen Szenen wie ein Gott ansehen konnte. Jede dieser Szenen war so vorzüglich detailliert gestaltet, dass es sich anfühlte, als würde er durch ein magisches Teleskop in die Vergangenheit blicken. Und von allen Wundern in diesem Kasten war das größte der

Garten mit dem Bach, der tatsächlich zu fließen schien, mit orange-gepunkteten Karpfen darin, und den buschigen Kiefern und Ahornbäumen und dem kleinen Springbrunnen, der aus einem Stückchen Bambus gefertigt worden war (in Wirklichkeit nur so groß wie eine Stecknadel!) und der sich zur Seite neigte, als würde er seine Ladung Wasser in das Steinbecken darunter ergießen. Der Garten verzauberte den kleinen Arthur Weniger wochenlang; er lief durch die braunen Blätter ihres eigenen Gartens und suchte nach dem kleinen, goldenen Schlüssel. Es war für ihn selbstverständlich, dass er die Tür irgendwann finden würde.

Daher ist all dies überraschend und neu. Arthur Weniger sitzt im Bus und sieht das Erblühen der Industrielandschaft am Rande des Highways. Er hat vielleicht etwas Hübscheres erwartet. Doch schon Kawabata beschrieb die sich verändernde Landschaft um Osaka, und das ist sechzig Jahre her. Weniger ist müde; seine Flüge und Anschlüsse haben sich sogar noch mehr wie ein Traum angefühlt als seine bedröhnte Tour durch den Frankfurter Flughafen. Von Carlos hat er nichts mehr gehört. Ein sinnloser Fetzen will ihm nicht aus dem Kopf: *Alles wegen Freddy!* Doch die Geschichte ist an ihrem Ende angekommen, genau wie es diese hier bald tun wird.

Der Bus erreicht Kyoto, was sich wie eine bloße Verfeinerung der kleinen Städtchen zuvor anfühlt, und während Weniger noch herauszufinden versucht, ob sie schon in der Innenstadt sind – Könnte dies eine Hauptstraße sein, ist dieser Fluss da der Kamo? –, sind sie da.

Eine niedrige Wand aus Holz am Rande der Hauptstraße. Ein junger Mann in schwarzem Anzug verbeugt sich und blickt mit großen Augen auf die Stelle, wo Wenigers Koffer stehen sollte. Eine Frau mittleren Alters im Kimono kommt aus dem kopfsteingepflasterten Innenhof auf sie zu. Sie ist dezent geschminkt und trägt ihr Haar auf eine Art, die Weniger mit dem frühen zwanzigsten Jahrhundert verbindet. Ein Gibson-Girl. »Mr Arthur«, sagt sie und verbeugt sich. Er erwidert die Verbeugung. Hinter ihr, an der Rezeption, wird es laut: eine alte Frau, ebenfalls im Kimono, plappert in ein Handy und macht sich Notizen auf einem Wandkalender.

»Das ist meine Mutter«, seufzt die Inhaberin. »Sie glaubt, sie sei noch immer die Chefin. Wir haben ihr eine Kalenderattrappe gegeben, in die sie Reservierungen eintragen kann. Das Telefon ist auch eine Attrappe. Darf ich Ihnen eine Tasse Tee anbieten?« Er erwidert, das wäre wunderbar, und sie lächelt ihn reizend an. Dann verdunkelt sich ihr Gesicht in schrecklicher Trauer. »Und es tut mir so leid, Mr Arthur«, sagt sie, als müsse sie ihm den Tod eines lieben Menschen mitteilen. »Sie sind zu früh, um die Kirschblüte zu sehen.«

Nach dem Tee (den sie per Hand zu einem bitteren, grünen Schaum aufschlägt – »Bitte essen Sie den süßen Keks vor dem Tee.«) zeigt man ihm sein Zimmer und erklärt, dass dies tatsächlich das Lieblingszimmer des Schriftstellers Kawabata Yasunari war. Ein niedriger, lackierter Tisch steht auf den Tatami-Matten, und die Frau schiebt eine Papierwand zur Seite, so dass eine Ecke des mondbeschienenen Gartens zu sehen ist, noch tropfnass von frischem Regen; Kawabata schrieb über diesen Garten im Regen, er sei das Herz von Kyoto. »Nicht irgendein Garten«, betont sie, »sondern genau dieser Garten.« Sie informiert ihn, dass das Wasser in der Badewanne bereits heiß ist und dass ein Helfer es heiß halten wird, damit er jederzeit hineinsteigen kann. Jederzeit. Im Schrank hängt ein Yukata, das er anziehen kann. Ob er sein Abendessen im Zimmer zu sich nehmen wolle? Sie werde es ihm persönlich bringen: das erste Kaiseki-Mahl von vieren, über die er schreiben wird.

Kaiseki, das hat er gelernt, ist ein uraltes, förmliches Mahl, das seine Ursprünge im Kloster und am kaiserlichen Hof hat. Es besteht typischerweise aus sieben Gängen, und mit jedem Gang wird eine eigene Zubereitungsart präsentiert (gegrillt, geschmort, roh). Verwendet werden nur saisonale Zutaten. Heute sind es Limabohnen, Beifuß und Seebrasse. Weniger ist tief beeindruckt, von dem hervorragenden Essen genauso wie von der Liebenswürdigkeit, mit der sie es serviert. »Ich entschuldige mich zutiefst, dass ich morgen nicht hier bei Ihnen sein kann. Ich muss nach Tokio.« Sie sagt dies, als würde sie das außergewöhnlichste aller Wunder verpassen: einen weiteren Tag mit Arthur Weniger. Er sieht, in den Falten um ihren Mund, den Schatten des Lächelns, das alle Witwen tragen, wenn sie allein sind. Sie verbeugt sich und geht, um kurz darauf mit einer Auswahl Sake zurückzukehren. Er probiert alle drei, und als sie fragt, welcher ihm am besten schmecke, antwortet er, der Tonni, obwohl er gar keinen Unterschied zwischen den dreien bemerkt hat. Er fragt, welchen sie am besten finde. Sie zwinkert und sagt: »Den Tonni.« Wenn er doch nur lernen könnte, so teilnahmsvoll zu lügen.

Der nächste Tag ist schon sein letzter, und es sieht so aus, als würde es ein langer Tag werden. Er hat Reservierungen in drei verschiedenen Restaurants vorgenommen. Es ist elf Uhr vormittags und Arthur Weniger, der noch immer die Kleider vom Vortag trägt, bricht bereits auf zum ersten. Er holt gerade seine Schuhe aus dem mit Nummern versehenen Schrank, in dem die Hotelangestellte sie aufbewahrt, als ihn plötzlich die alte Mutter überfällt. Sie steht hinter der Rezeption, geschrumpft und altersfleckig wie Stare im Winter, vielleicht neunzig Jahre alt, und sie redet und redet vor sich hin, als bestünde das Heilmittel gegen seine Unfähigkeit, Japanisch zu verstehen, darin, ihm einfach *noch mehr Japanisch* zu verabreichen (das Prinzip Konterbier). Und doch hat er, nach Monaten des Reisens und der Pantomime, nach seinem erbärmlichen Abstecher ins Reich der Empathie und Telepathie, das Gefühl, sie zu verstehen. Sie erzählt aus ihrer Jugend. Sie spricht von der Zeit, in der sie die Inhaberin war. Sie holt ein verwittertes schwarz-weiß-Foto von einem westlich aussehenden Paar hervor – der Mann grauhaarig, die Frau recht schick, mit einer Haube auf dem Kopf – und er erkennt den Raum als den wieder, in dem er Tee getrunken hat. Sie sagt, das Mädchen, das den Tee serviert, sei sie, und der Mann ein berühmter Amerikaner. Es folgt eine längere, erwartungsvolle Pause, in der das Erkennen langsam, vorsichtig, wie ein Tiefseetaucher nach oben steigt, bis es schließlich die Oberfläche erreicht und er ruft:

»Charlie Chaplin!«

Die alte Dame schließt vor Vergnügen die Augen.

Eine junge Frau mit Zöpfen betritt den Raum und schaltet den kleinen Fernseher hinter dem Rezeptionsschalter ein. Sie wechselt die Programme, bis schließlich der Kaiser von Japan zu sehen ist, beim Tee mit Gästen, von denen Weniger eine erkennt.

»Ist das die Inhaberin?«, fragt er die junge Frau.

»O ja«, sagt sie. »Sie bedauert sehr, dass sie sich nicht von Ihnen verabschieden konnte.«

»Sie hat mir nicht erzählt, dass sie nicht hier ist, weil sie mit dem Kaiser Tee trinkt!«

»Sie bittet vielmals um Verzeihung, Mr Weniger.« Es folgen weitere Entschuldigungen. »Es tut mir auch so leid, dass Ihr Koffer nicht da ist. Aber heute morgen kam ein Anruf: eine Nachricht für Sie.« Sie reicht ihm einen Umschlag. Darin ist ein Zettel mit der Nachricht, in Großbuchstaben geschrieben, die sich wie ein altmodisches Telegramm liest:

ARTHUR KEINE SORGE ABER ROBERT HATTE EINEN SCHLAGANFALL JETZT WIEDER ZU HAUSE BITTE RUF AN SOBALD DU KANNST – MARIAN

»Arthur, da bist du ja!«

Marians Stimme – fast dreißig Jahre, nachdem sie zuletzt miteinander gesprochen haben; er kann sich vorstellen, mit welchen Schimpfworten sie ihn nach ihrer Scheidung bedacht hat. Doch er erinnert sich auch an Mexiko-Stadt: *Herzliche Grüße*. In Sonoma ist es jetzt sieben Uhr abends, einen Tag zurück.

»Marian, was ist passiert?«

»Arthur, mach dir keine Sorgen, es geht ihm gut.«

»Was. Ist. Passiert.«

Dieses Seufzen von der anderen Seite der Erde, und er tritt für einen Moment von seinen eigenen Sorgen zurück und staunt: *Marian!* »Er war gerade in seinem Apartment und las und ist voll auf den Boden geknallt. Zum Glück war Joan da.« Die Pflegerin. »Er hat sich ein paar blaue Flecken zugezogen. Er hat Probleme beim Reden und ein bisschen mit der rechten Hand. Nichts Schlimmes.« Sie sagt es mit großem Ernst. »Ein *leichter Schlaganfall.*«

»Was heißt ein leichter Schlaganfall? Bedeutet das, es war nichts, oder, Gott sei Dank war es kein schwerer?«

»Die Gott-sei-Dank-Sorte. Und Gott sei Dank war er nicht gerade auf der Treppe oder so was. Hör zu, Arthur, ich möchte nicht, dass du dir Sorgen machst. Aber ich wollte dich anrufen. Du weißt ja, du stehst ganz oben auf der Liste seiner Notfallkontakte. Aber sie wussten nicht, wo du bist, also haben sie mich angerufen. Ich bin die Nummer zwei.« Sie lacht. »Glück für sie, dass ich seit Monaten zu Hause festhänge!«

»O, Marian, du hast dir die Hüfte gebrochen!«

Wieder dieses Seufzen. »Nicht gebrochen, wie sich herausstellt. Aber ich bin immer noch blau und schwarz. Aber was soll man machen? Alles fällt auseinander. Tut mir leid, dass ich Mexiko absagen musste; das wäre ein schöneres Wiedersehen gewesen.«

»Ich bin so froh, dass du bei ihm bist, Marian. Ich werde morgen da sein, ich muss noch nachsehen –«

»Nein, nein, Arthur, lass das! Das sind doch deine Flitterwochen.«

»Was?«

»Robert geht's gut. Ich denke, ich werde ungefähr eine Woche bleiben. Besuch ihn, wenn du wieder da bist. Ich hätte dich ganz in Ruhe gelassen, aber er hat nicht locker gelassen. Du fehlst ihm natürlich, in so einer Situation.«

»Marian, ich bin nicht in den Flitterwochen. Ich bin in Japan, für einen Artikel.«

Doch eine Marian Brownburn duldet keine Widerworte. »Robert hat gesagt, du hast geheiratet. Er hat gesagt, du hast Freddy irgendwas geheiratet.«

»Nein, nein, nein, nein«, sagt Arthur, der spürt, wie ihm langsam schwindlig wird. »Freddy hat jemand anderen geheiratet. Ist auch egal. Ich komme sofort.«

»Hör zu«, sagt Marian in ihrem Behördentonfall. »Arthur. Du steigst in kein Flugzeug. Er wäre stinksauer.«

»Ich kann nicht hier bleiben, Marian. Du würdest nicht bleiben. Wir beide lieben ihn, wir würden nicht hier bleiben, wenn er leidet.«

»Okay. Lass uns eines dieser Videotelefonate einrichten, die ihr Jungs immer macht …«

Sie verabreden, in zehn Minuten weiter zu reden. In dieser Zeit gelingt es Weniger, den Computer des Gasthauses zu finden, der erstaunlich modern ist, angesichts des uralten Raumes, in dem er steht. Während er auf den

Beginn des Videotelefonats wartet, betrachtet er einen Paradiesvogelbaum, der in einer Schüssel vorm Fenster steht. Ein leichter Schlaganfall. Fick dich, Leben.

Arthur Wenigers gemeinsames Leben mit Robert fand ungefähr zu der Zeit ein Ende, als er Proust zu Ende las. Es war eine der größten und verstörendsten Erfahrungen in Wenigers Leben – Marcel Proust, meine ich –, und er brauchte fünf engagierte Sommer für die dreitausend Seiten von *Auf der Suche nach der verlorenen Zeit*. Und in jenem fünften Sommer, als er eines Nachmittags im Haus eines Freundes auf Cape Cod auf dem Bett lag und gut zwei Drittel des letzten Bandes hinter sich gebracht hatte, las er, plötzlich, ohne jede Vorwarnung, das Wort *Ende*. In der rechten Hand hielt er noch vielleicht zweihundert weitere Seiten – doch diese stammten nicht von Proust; es war ein grausamer Scherz, die Anmerkungen irgendeines Herausgebers und ein Nachwort. Er fühlte sich betrogen, beschwindelt, um ein Vergnügen geprellt, deren Vorbereitung ihn fünf Jahre gekostet hatte. Er blätterte zwanzig Seiten zurück; er versuchte, das Gefühl von neuem aufzubauen. Doch es war zu spät; dieses Vergnügen war für alle Zeiten dahin.

Genauso fühlte er sich, als Robert ihn verließ.

Oder haben Sie vielleicht gedacht, er habe Robert verlassen?

Genau wie bei Proust wusste er, dass das Ende bevorstand. Fünfzehn Jahre, der Spaß an der Liebe war längst verflogen und das Fremdgehen hatte begonnen; nicht bloß Wenigers Eskapaden mit anderen Männern, sondern heimliche Affären, die einen Monat oder auch ein ganzes Jahr andauerten und die alles kaputt machten. Wollte er austesten, wie elastisch Liebe sein konnte? War er einfach ein Mann, der seine jungen Jahre bereitwillig an einen Mann in der Mitte seines Lebens verschenkt hatte und der jetzt, da er selbst sich seiner Lebensmitte näherte, die Reichtümer zurück wollte, die er vergeudet hatte? Der Sex und Liebe und Verrücktheit wollte? Genau die Dinge, vor denen ihn Robert all die Jahre bewahrt hatte? Was die guten Dinge anging, also Sicherheit, Komfort, Liebe – Weniger erwischte sich dabei, dass er all das kurz und klein schlug. Vielleicht wusste er gar nicht, was er da tat; vielleicht war es nur eine Form von Wahnsinn. Aber vielleicht wusste er es doch. Vielleicht steckte er ein Haus in Brand, in dem er nicht länger leben wollte.

Das eigentliche Ende kam, als Robert auf einer seiner Lesereisen war, diesmal durch die Südstaaten. Robert rief pflichtbewusst gleich am ersten Abend an, als er angekommen war, doch Weniger war nicht zu Hause, und im Laufe der nächsten Tage füllte sich der Anrufbeantworter, erst mit Geschichten, zum Beispiel darüber, wie Spanisches Moos wie verrottende Kleider von den Eichen hing, dann mit immer kürzeren Nachrichten bis irgendwann schließlich gar nichts mehr kam. Weniger stellte sich auf Roberts Rückkehr ein und plante, eine sehr ernste Unterhaltung mit ihm zu führen. Er rechnete mit sechs Monaten Paartherapie und vermutete, dass es auf einen tränenreichen Abschied hinauslaufen würde; vielleicht würde all das ein Jahr dauern. Doch es musste jetzt beginnen. Sein Herz war ihm schwer, und er probte seine Sätze, wie man einen Satz in einer fremden Sprache übt, bevor man an den Ticketschalter tritt: »Ich glaube, wir wissen beide, dass etwas falsch läuft, ich glaube, wir wissen beide, dass etwas falsch läuft, ich glaube, wir wissen beide, dass etwas falsch läuft.« Als nach fünf Tagen Schweigen schließlich sein Telefon klingelte, verkniff sich Weniger einen Herzinfarkt und nahm ab: »Robert! Endlich hast du mich erwischt. Ich wollte mit dir reden. Ich glaube, wir wissen beide –«

Doch seine Rede wurde durch Roberts tiefe Stimme unterbrochen: »Arthur, ich liebe dich, aber ich werde nicht nach Hause zurückkehren. Mark kommt vorbei und holt ein paar meiner Sachen. Es tut mir leid, aber ich will jetzt nicht darüber reden. Ich bin nicht sauer. Ich liebe dich. Ich bin nicht sauer. Aber keiner von uns beiden ist mehr der, der er früher war. Mach's gut.«

Ende. Und alles, was er noch in Händen hielt, waren die Anmerkungen und das Nachwort.

»Ja, schau an. Arthur!«

Es ist Robert. Die Verbindung ist schlecht, doch es ist Robert Brownburn, der weltberühmte Dichter, der da auf dem Bildschirm zu sehen ist, und neben ihm (sicher ein Effekt der Übertragung), sein ektoplasmatisches Echo. Hier ist er: lebendig. Wunderbar glatzköpfig, mit einem Heiligenschein aus dünnen Härchen, wie bei einem Baby. Er trägt einen Bademantel aus blauem Frottee. Sein Lächeln hat noch immer dieses brillant-teuflische, wie früher, doch heute sackt es rechts ein wenig ab. Ein Schlaganfall. Heilige Scheiße. Unter der Nase klemmt ihm ein Röhrchen wie ein falscher Schnurrbart, seine Stimme klingt, als hätte er Kreide gegessen, und im Hintergrund kann Weniger (vielleicht durch die Nähe zum Mikrophon verstärkt) das laute Atmen einer Maschine hören, was Erinnerungen an den »Keucher« weckt, der manchmal bei den Wenigers anrief und dem Arthur Weniger fasziniert zuhörte, während seine Mutter brüllte, »Ah, ist das mein Freund? Sag ihm, ich bin gleich da!« Aber da sitzt Robert. Zusammengesackt, undeutlich sprechend, gedemütigt, aber am Leben.

Weniger: »Wie fühlst du dich?«

»Als hätte ich mich in der Kneipe geprügelt. Ich spreche gerade aus dem Jenseits zu dir.«

»Du siehst schlimm aus. Wie kannst du nur«, sagt Weniger.

»Du müsstest mal den anderen Typen sehen.« Seine Worte klingen genuschelt und fremd.

»Du klingst Schottisch«, sagt Weniger.

»Wir werden zu unseren eigenen Vätern.« Oder Vorvätern: Seine *s* werden zu *f*, wie in alten Schriften: *Wenn ef im Fuge der Menfheitfentwicklung notwendig wird …*

Dann beugt sich die Ärztin ins Bild, eine ältere Frau mit schwarzer Brille. Dünn, knochig und so faltig, als hätte man sie lange Zeit verknittert in einer Tasche aufbewahrt, mit einem Kehllappen unterm Kinn. Weiße Bobfrisur und antarktische Augen. »Arthur, ich bin's, Marian.«

O, diese Witzbolde!, denkt Weniger. Das meinen sie nicht ernst! Am Ende von Proust gibt es eine Szene, in der unser Erzähler, nach vielen Jahren, in denen er sich von der Gesellschaft ferngehalten hat, auf eine Party kommt und wütend ist, weil ihm niemand gesagt hat, dass es ein Kostümfest ist; alle tragen weiße Perücken! Und dann begreift er. Es ist keine Kostümparty. Sie sind einfach nur alt geworden. Und jetzt sieht Weniger seine erste Liebe und dessen Ex-Frau vor sich und denkt – das meinen die doch nicht ernst! Aber der Witz hält zu lange an. Alle meinen es ernst.

»Marian, du siehst toll aus.«

»Arthur, du bist so erwachsen geworden«, sinniert sie.

»Er ist fünfzig«, sagt Robert und zuckt vor Schmerz zusammen. »Herzlichen Glückwunsch, Junge. Tut mir leid, dass ich es verpasst habe.« *Tut mir leid, daff ich ef verpafft habe. Leben, Freiheit und daf Ftreben nach Glück.* »Ich hatte ein Rendezvous mit dem Tod.«

Marian sagt, »Aber der Tod hat sich nicht blicken lassen. Ich lasse euch Jungs mal einen Moment allein. Aber nur einen Moment! Strapazier ihn nicht zu sehr, Arthur. Wir müssen auf unseren Robert aufpassen.«

Dreißig Jahre zuvor, ein Strand in San Francisco.

Sie geht; Robert blickt ihr nach, dann sieht er wieder Arthur an. Eine Reihe von Schatten, wie bei Odysseus, und jetzt sitzt er ihm gegenüber: Teiresias. Der Seher. »Weißt du, es ist gut, dass sie hier ist. Sie macht mich wahnsinnig. Und treibt mich an. Nichts ist vergleichbar damit, mit seiner Ex-Frau Kreuzworträtsel zu lösen. Wo zur Hölle bist du?«

»Kyoto.«

»Was?«

Weniger beugt sich vor und ruft: »Kyoto. Japan. Aber ich fliege zurück und komme zu dir.«

»Scheiß drauf. Mir geht's gut. Ich habe meine Feinmotorik verloren, aber nicht meinen verdammten Verstand. Guck mal, was sie mich hier machen lassen.« In Superzeitlupe hebt er die Hand. Darin ist ein hellgrüner Gummiball. »Den muss ich den ganzen Tag drücken. Ich sag ja, das ist das Jenseits. Dichter müssen bis in alle Ewigkeit Säckchen voll Sand quetschen. Sie sind alle hier, Walt und Hart und Emily und Frank. Der amerikanische Flügel. Alle quetschen Säckchen voll Sand. Die Romanautoren müssen« – und jetzt schließt er die Augen und atmet kurz durch, um dann etwas schwächer fortzufahren – »Die Romanautoren müssen unsere Drinks mixen. Hast du in Indien deinen Roman geschrieben?«

»Hab ich. Mir fehlt noch ein Kapitel. Ich will dich sehen.«

»Schreib deinen verfickten Roman zu Ende.«

»Robert –«

»Versteck dich nicht hinter meinem Schlaganfall. Feigling! Du hast Angst, ich könnte sterben.«

Darauf kann Weniger nichts erwidern; es ist wahr. *Ich weiß, ich bin nicht mehr dein,/ Doch an dem Tag, an dem ich sterbe,/ Weiß ich, du wirst weinen.* In der Stille atmet die Maschine weiter vor sich hin. Roberts Gesicht verzieht sich ein wenig. *Llorar y llorar, llorar y llorar.*

»Jetzt noch nicht, Arthur«, sagt er schroff. »Da musst du verdammt nochmal noch ein bisschen warten. Hat nicht irgendwer gesagt, du hättest dir einen Bart wachsen lassen?«

»Hast du Marian erzählt, ich hätte Freddy geheiratet?«

»Wer weiß, was ich gesagt habe. Sehe ich aus, als wüsste ich, was ich sage? Hast du?«

»Nein.«

»Und jetzt bist du hier. Sind wir beide hier. Du siehst sehr, sehr traurig aus, mein Junge.«

Stimmt das? Ausgeruht und verhätschelt, frisch aus der Wanne gestiegen? Doch Teiresias bleibt nichts verborgen.

»Hast du ihn geliebt, Arthur?«

Arthur sagt nichts. Einmal – in einem schlechten Restaurant in North Beach, San Francisco, das im Grunde leer war, bis auf zwei Kellner und eine deutsche Touristenfamilie, deren Matriarchin später auf der Toilette stürzte, sich den Kopf anstieß und darauf bestand, ins Krankenhaus gebracht zu werden (weil sie nicht wusste, was Gesundheitsversorgung in den USA kostet) – da nahm Robert Brownburn, damals erst sechsundvierzig Jahre alt, Arthur Wenigers Hand und sagte, »Meine Ehe funktioniert nicht mehr, sie funktioniert schon lange nicht mehr. Marian und ich schlafen kaum noch zusammen. Ich gehe sehr spät ins Bett, sie steht sehr früh auf. Sie ist wütend, weil wir nie Kinder bekommen haben. Und jetzt ist es zu spät und sie ist noch wütender. Ich bin selbstsüchtig und kann nicht mit Geld umgehen. Ich bin so unglücklich. So, so unglücklich, Arthur. Was ich sagen will, ist, dass ich dich liebe. Ich wollte Marian schon verlassen, bevor ich dir begegnet bin. Und Ich will für dich tanzen und singen, an jedem Maienmorgen, so geht das Gedicht, glaube ich. Ich hab genug, um irgendwo ein schrottiges Haus zu kaufen. Ich weiß, wie man mit wenig Geld über die Runden kommt. Ich weiß, es ist lächerlich. Aber du bist, *was ich will*. Scheiß drauf, was die Leute sagen. Du bist, *was ich will*, Arthur, und ich –« Doch es kam nicht mehr, denn Robert Brownburn schloss die Augen, um die Sehnsucht im Zaum zu halten, die ihn in der Gegenwart dieses jungen Mannes überkommen hatte, er umfasste nur seine Hand, in diesem schlechten italienischen Restaurant, in das sie nie wieder gehen würden. Der Dichter wand sich vor ihm vor Schmerz, er litt, er litt wegen Arthur Weniger. Wird Weniger je wieder so geliebt werden?

Robert, fünfundsiebzig Jahre alt und schwer atmend, sagt, »O, mein armer Junge. Sehr?«

Noch immer sagt Arthur nichts. Und Robert sagt nichts; er weiß, wie absurd es ist, jemanden zu bitten, Liebe oder Trauer zu erklären. Man kann es nicht festmachen. Es wäre so vergeblich, so unkommunizierbar, als würde man in den Himmel zeigen und sagen, »Der da, dieser Stern, genau der.«

»Bin ich zu alt, um jemanden kennenzulernen, Robert?«

Robert setzt sich ein wenig gerader hin, jetzt wieder belustigt. »Ob du zu alt bist? Hör dich mal an. Ich hab vor ein paar Tagen eine Wissenschaftssendung geguckt. Das ist die Art von netter-alter-Mann-Beschäftigung, mit denen ich mir jetzt die Zeit vertreibe. Ich bin inzwischen total harmlos. Es ging um Zeitreisen. Und die hatten da einen Wissenschaftler, der meinte, wenn es möglich wäre, müsste man jetzt eine Zeitmaschine bauen. Und

Jahre später eine zweite. Dann könnte man vor und zurück reisen. In einer Art Zeit-Tunnel. Aber die Sache ist die, Arthur. Man könnte nie weiter zurückreisen als bis zur Erfindung der ersten Maschine. Was ein ziemlicher Schlag für die Phantasie ist. Mich hat es ganz schön getroffen.«

Arthur sagt, »Wir werden niemals Hitler umbringen«.

»Aber eigentlich ist es schon längst so. Wenn man Leute kennenlernt. Man lernt sie kennen, sagen wir mal, wenn sie dreißig sind, und kann sie sich nie wirklich jünger vorstellen. Du hast ja Bilder von mir gesehen, Arthur, du hast gesehen, wie ich mit zwanzig aussah.«

»Du sahst sehr gut aus.«

»Aber eigentlich kannst du dir mich nicht wirklich jünger als vierzig vorstellen, oder?«

»Doch, klar kann ich das.«

»Du hast ein Bild vor Augen. Aber du kannst es dir nicht wirklich vorstellen. Du kannst nicht weiter zurückgehen. Es widerspricht den Gesetzen der Physik.«

»Du regst dich zu sehr auf.«

»Arthur, wenn ich dich ansehe, sehe ich immer noch den Jungen am Strand vor mir, mit den roten Zehennägeln. Nicht sofort, aber meine Augen machen das mit der Zeit von allein. Ich sehe diesen jungen Mann in einem Hotelzimmer in Rom vor mir. Ich sehe den jungen Schriftsteller, der sein erstes Buch in den Händen hält. Ich sehe dich an, und du bist jung. Das wirst du für mich immer sein. Aber nicht für alle anderen. Arthur, die Leute, die dich jetzt kennenlernen, werden sich dich nie jung vorstellen können. Sie können nie weiter zurückgehen als fünfzig. Das ist nicht nur schlecht. Es bedeutet, dass die Leute denken werden, dass du schon immer erwachsen warst. Sie werden dich ernst nehmen. Sie wissen nicht, dass du mal eine gesamte Dinnerparty lang von Nepal gefaselt hast, obwohl du Tibet meintest.«

»Ich glaub's nicht, dass du jetzt wieder damit anfängst.«

»Dass du mal Toronto als Hauptstadt Kanadas bezeichnet hast.«

»Ich sage Marian, sie soll den Stecker rausziehen.«

»Im Gespräch mit dem Premierminister von Kanada. Ich liebe dich, Arthur. Was ich sagen will« – diese Ansprache hat ihn offenbar all seine Kraft gekostet, und er atmet ein paar Mal tief durch – »was ich sagen will, ist, willkommen im Leben, verdammt. Fünfzig ist nichts. Ich blicke auf die Fünfzig zurück und denke, Scheiße, wovor hatte ich eigentlich Angst? Und jetzt guck mich an. Ich bin im Jenseits. Geh raus und hab *Spaß*.« Sagt Teiresias.

Marian erscheint wieder auf dem Bildschirm: »Okay, Jungs, die Zeit ist um. Er muss sich jetzt ausruhen.«

Robert neigt den Kopf in Richtung seiner Ex-Frau. »Marian, er hat ihn gar nicht geheiratet.«

»Nicht?«

»Offenbar hab ich mich verhört. Der Kerl hat jemand anderen geheiratet.«

»Na, schöne Scheiße«, sagt sie, und blickt mitfühlend in die Kamera. Weißes Haar, mit Spangen zurückgehalten, eine runde schwarze Brille, in der sich ein sonniger Tag aus der Vergangenheit spiegelt. »Arthur, er ist erschöpft. Es war schön, dich wieder zu sehen. Wir können später noch mal reden.«

»Ich bin morgen zurück. Ich komme zu euch. Robert, ich liebe dich.«

Der alte Ganove lächelt Arthur an und schüttelt den Kopf, seine Augen sind hell und klar. »Ich liebe dich immer, Arthur Weniger.«

»In diesem Raum ziehen wir vor dem Essen unsere Kleider aus.« Die junge Frau bleibt vor dem Eingang stehen und nimmt erschrocken die Hand vor den Mund. Ihre Augen sind weit aufgerissen. »Nicht Kleider! Schuhe! Wir ziehen die Schuhe aus!« Dies ist das erste von drei Restaurants, die Weniger heute besuchen wird, und weil das Telefonat mit Robert seinen Zeitplan bereits durcheinandergebracht hat, will Weniger keine Zeit verlieren, doch er folgt ihrem Pferdeschwanz bereitwillig in einen riesigen Saal mit einem Tisch und in den Boden eingelassenen Sitzen, wo sich ein älterer Mann, ganz in Rot gekleidet, verbeugt und sagt, »Hier ist der Bankettsaal, und wie Sie sehen, kann er in einen Raum für den Maiko-Tanz verwandelt werden.« Er drückt einen Knopf und schon beginnt die hintere Wand, wie im Versteck eines Bond-Bösewichts, nach hinten zu kippen, bis sie zu einer Bühne wird, und von oben fährt die Theaterbeleuchtung herab. Die beiden scheint das enorm zu freuen. Weniger hat keine Ahnung, was *Maiko* wohl sein mag. Man führt ihn zu einem Platz am Fenster, wo er ungeduldig auf sein Kaiseki-Mahl wartet. Sieben Gänge, wie zuvor, die fast drei Stunden in Anspruch nehmen. Gegrillt, geschmort, roh. Und – wieso hat er es nicht geahnt? – wieder Limabohnen, Beifuß und Seebrasse. Wieder ist es wunderbar. Nur vielleicht, wie ein zweites Date, das zu rasch auf das erste folgt, ein wenig zu vertraut?

Jetzt guck mich an, sagt Roberts Stimme, die ihn nicht loslässt. *Ich bin im Jenseits.* Ein Schlaganfall. Robert hat nie Rücksicht auf seinen Körper genommen; er hat ihn getragen wie eine alte Lederjacke, die ins Meer geworfen und in die Ecke geknüllt wurde, und Weniger sah seine Flecken und Narben und Wehwehchen nicht als Makel des Alters, sondern im Gegenteil: als Beweise eines, wie Raymond Chandler es einmal nannte, »knalligen Lebens«. Der Körper ist schließlich nur der Träger dieses wunderbaren Geistes. Ein Kasten für die Krone. Und auf diesen Geist hat Robert aufgepasst wie eine Tigerin auf ihre Jungen; er hat das Trinken und die Drogen aufgegeben, einen strengen Schlafrhythmus eingehalten. Er ist vernünftig, er gibt auf sich Acht. Und ihm das zu nehmen – ihm seinen Geist zu stehlen – was bist du für ein erbärmlicher Dieb, Leben! Als würde man einen Rembrandt aus seinem Rahmen schneiden.

Das zweite Mahl des Tages nimmt er in einem moderneren Restaurant ein, das schmucklos streng eingerichtet ist – beinahe schwedisch –, in hellem Holz; auch die Haare seines Kellners sind hell, er ist Holländer. Weniger wird ein Platz mit Blick auf einen einsamen Baum zugewiesen, der mit grünen Blüten geschmückt ist; es ist ein Kirschbaum, und man lässt ihn wissen, dass er zu früh da ist, um die Kirschblüte zu sehen. »Ja, ja, ich weiß«, sagt er, so würdevoll, wie er nur kann. Im Laufe der nächsten drei Stunden serviert man ihm Gegrilltes und Geschmortes und Rohes: Limabohnen, Beifuß und Seebrasse. Er begrüßt jedes Gericht mit einem irren Grinsen und erkennt das zyklische Wesen des Seins, Nietzsches Konzept der ewigen Wiederkunft. Leise murmelt er: *Ihr schon wieder.*

Als er in sein *Ryokan* zurückkehrt, um sich zu erholen, ist die alte Frau verschwunden, doch die junge Frau mit den Zöpfen ist noch da und liest einen Roman, auf Englisch. Sie begrüßt ihn mit weiteren Entschuldigungen sein Gepäck betreffend: Es ist kein Koffer gekommen. Irgendwie ist das mehr, als Weniger ertragen kann, und er hält sich an der Rezeption fest. »Aber Mr Weniger«, sagt die Frau hoffnungsfroh, »ein Paket ist für Sie gekommen.«

Es handelt sich um eine flache, braune Kiste mit italienischem Poststempel, sicher irgendein Buch oder etwas Ähnliches vom Festival. Weniger nimmt das Paket mit auf sein Zimmer, wo er es auf den Tisch mit Blick auf den Garten legt. Im Bad wartet bereits, wie in einer Zauberhütte, ein eingelassenes Bad auf ihn, perfekt temperiert, und er taucht seinen müden Körper hinein, um sich für das nächste Mahl vorzubereiten. Er schließt die Augen. *Hast du ihn geliebt, Arthur?* Um ihn herum riecht es nach Zeder. *O, mein armer Junge. Sehr?*

Er trocknet sich ab, zieht einen grauen, gesteppten Bademantel über und macht sich bereit, dieselben schlaffen Leinenkleider anzuziehen, die er jetzt schon seit Indien trägt. Das Paket wartet auf dem Tisch auf ihn; er ist so müde, dass er überlegt, es sich für später aufzubewahren. Doch dann seufzt er und öffnet es doch, und darin, in viele Schichten italienisches Weihnachtspapier eingeschlagen – wieso hat er vergessen, dass er seine Adresse in Japan angegeben hat? – liegt ein Hemd aus weißem Leinen und ein Anzug, so grau wie eine Wolke.

Als finale Herausforderung liegt das letzte Restaurant der Reise auf einem Berg außerhalb Kyotos, so dass Weniger gezwungen ist, ein Auto zu mieten. Das läuft reibungsloser ab, als er befürchtet hat; sein internationaler Führerschein, der für ihn wie eine windige Fälschung aussieht, wird hier sehr ernst genommen und mehrfach fotokopiert, als wolle man ihn als Andenken verteilen. Man führt ihn zu einem Auto, das so klein, fade und weiß ist wie Nachtisch im Krankenhaus. Beim Einsteigen stellt er fest, dass das Lenkrad fehlt – woraufhin man ihn auf die Fahrerseite führt und er fröhlich denkt: O, anscheinend fahren die hier auf der anderen Seite! Irgendwie ist es ihm gelungen, das bisher nicht zu bemerken. Sollte man jemandem einen internationalen Führerschein ausstellen, der so etwas nicht bemerkt? Doch seine Zeit in Indien zahlt sich aus; es ist wie Verkehrte-Welt-Autofahren. Wie Typen für den Buchdruck setzen; man muss nur im Kopf umschalten.

Die Wegbeschreibung zum Restaurant liest sich so nebulös wie ein Liebesbrief oder die Anweisungen zum Austausch von Spionen – *Treffen an Mondkreuzungsbrücke* – doch sein Glaube ist stark; er greift das Lenkrad dieses emaillierten Toasters – so fühlt es sich an – und folgt den eindeutigen, perfekten Schildern aus Kyoto heraus, auf die Hügellandschaft zu. Weniger ist dankbar, dass die Schilder eindeutig sind, denn das Navigationssystem, das anfangs noch kurze, klare Anweisungen zur Schnellstraße geliefert hat, wird außerhalb der Stadtgrenze vom Übermut gepackt, bis es schließlich ganz aufgibt und Arthur Weniger im Japanischen Meer verortet. Ähnlich nervenaufreibend ist ein mysteriöses Kästchen an der Frontscheibe, das seinen Zweck offenbart, als der Toaster sich einer Mautstelle nähert: Es quiekt wie eine ältere Dame, schrill und entrüstet, was ihn an seine Großmutter erinnert, wenn diese ein Stück zerbrochenes Porzellan entdeckte. Er bezahlt pflichtbewusst den Mann von der Mautstelle, im Glauben, zu tun, was die Maschine von ihm verlangt, und fährt in eine grüne Landschaft, in der auf magische Weise plötzlich ein Fluss auftaucht. Doch die Idylle hält nicht lang an – bei der nächsten Mautstelle quiekt die Dame erneut. Sicher tadelt sie ihn, sich keinen elektronischen Passierschein besorgt zu haben. Oder könnte es sein, dass sie auch hinter seine anderen Vergehen und Unzulänglichkeiten gekommen ist? Dass er für eine Hausaufgabe in der fünften Klasse, in der es um die Religionen von Island gehen sollte, Zeremonien frei erfunden hat? Dass er in der Highschool Aknecreme im Laden hat mitgehen lassen? Dass er Robert so schrecklich betrogen hat? Dass er ein »schlechter Schwuler« ist? Und ein schlechter Schriftsteller? Dass er Freddy Pelu aus seinem Leben hat spazieren lassen? Quiek, quiek, quiek; das Kästchen ist fast schon griechisch in seinem Zorn. Eine Harpie, die herabgesandt wurde, um Weniger zu bestrafen.

»Nehmen Sie die nächste Ausfahrt.« Das Navigationssystem, dieser rum-trunkene, verschnarchte Kapitän, ist erwacht und hat wieder das Kommando übernommen. Nebel steigt auf wie der Dampf aus feuchten Kleidern, die man neben ein Feuer legt; hier kommt er aus der kieferdunklen, Falten werfenden Wolle der Berge. Ein bleierner Fluss windet sich an einem schilfbewachsenen Ufer entlang. Der Toaster rollt an einer Sake-Fabrik vorbei, so nimmt Weniger jedenfalls an, denn davor steht ein fröhliches weißes Fass als Werbung an der Straße. Irgendein Bauernhof hat ein Schild aufgestellt, auf Englisch: NACHHALTIGER ANBAU. Weniger kurbelt das Fenster herunter, es riecht salzig-grün nach Gras und Regen und Erde. Er biegt um eine Kurve und sieht weiße Touristenbusse, die in einer langen Reihe am Fluss parken, ihre großen Seitenspiegel wie die Hörner von Raupen. Vor ihnen, in Reih und Glied, stehen ältere Menschen in durchsichtigen Regenmänteln und machen Fotos. Am Fuße der dampfenden Berge verstreut, stehen vielleicht fünfzehn reetgedeckte und mit Moos überzogene Häuser. Ihnen gegenüber: eine Brücke über den Fluss, mit einer Stützkonstruktion aus Holz und Stein, und Weniger steuert das Auto hinüber, vorbei an Touristen, die zum Schutz vor dem Regen eng zusammenstehen. Er stellt sich vor, dass ihn ein Boot den Fluss hinauf zum Restaurant bringen wird, und als er das andere Ufer erreicht und den Toaster abstellt (vom Armaturenbrett ertönt die schrille Warnung der Harpie), sieht er am Kai ein paar Menschen warten; unter ihnen – er erkennt sie durch den Klarsicht-Regenschirm hindurch – seine Mutter.

Arthur, hallo, mein Schatz. Ich dachte, ich mache mal einen kleinen Ausflug, stellt er sich ihre Begrüßung vor. Hast du auch genug gegessen?

Seine Mutter hebt ihren Regenschirm, und ohne diese verzerrende Membran ist sie eine Japanerin mit dem Schal seiner Mutter um den Kopf. Orange mit weißen Jakobsmuscheln. Wie ist der den ganzen Weg aus ihrem Grab hierher gekommen? Oder nein, nicht aus ihrem Grab; von der Kleiderkammer der Heilsarmee in einem Vorort von Delaware, der er und seine Schwester alles gespendet haben. Es war alles rasend schnell gegangen. Der Krebs wuchs erst nur ganz langsam, und dann sehr schnell, wie es die Dinge in Albträumen immer tun, und dann hatte er plötzlich einen schwarzen Anzug an und sprach mit seiner Tante. Von dort, wo er stand, konnte er den Schal noch an seinem Haken hängen sehen. Er aß eine Quesadilla; als areligiöser weißer Amerikaner hatte er keine Idee, wie er mit dem Tod umgehen sollte. Zweitausend Jahre brennende Wikingerboote und keltische Riten und irische Totenwachen und puritanische Gottesdienste und unitarische Lieder, und jetzt stand er trotzdem mit leeren Händen da. Irgendwie hatte er darauf verzichtet, dieses Erbe zu beanspruchen. Und so übernahm Freddy das Kommando. Freddy, der bereits den Tod beider Eltern hinter sich hatte, Freddy, der ein mexikanisches Festmahl bestellte, das komplett fertig war, als Weniger nach dem Gottesdienst aus der Kirche wankte, trunken vor Plattitüden und blankem Entsetzen. Freddy hatte sogar jemanden engagiert, der ihm die Regenjacke abnahm. Und Freddy selbst, in genau dem Jackett, das

Weniger ihm in Paris gekauft hatte, stand die ganze Zeit still hinter Weniger, eine Hand auf seiner Schulter, als würde er ein Pappschild gegen den Wind stützen. Ein Trauergast nach dem anderen kam und sagte, seine Mutter habe jetzt Frieden gefunden. Die Freundinnen seiner Mutter: Jede einzelne mit einer ganz eigenen Variante von Kurzhaarfrisur oder Dauerwelle, wie eine Ausstellung weißer Dahlien. *Sie ist jetzt an einem besseren Ort. Ich bin so froh, dass sie so friedlich von uns gegangen ist.* Und als der letzte Gast sein Beileid ausgesprochen hatte, spürte er Freddys Atem an seinem Ohr, der ihm zuflüsterte: »Wie deine Mutter gestorben ist, war schrecklich.« Der Junge, den er Jahre zuvor kennengelernt hatte, hätte das niemals gesagt. Weniger drehte sich zu Freddy um und sah, in den kurz geschnittenen Haaren an seinen Schläfen, das erste Silber durchscheinen.

Weniger hatte diesen Schal unbedingt behalten wollen. Doch es war ein einziger Wirbelwind aus Verpflichtungen. Irgendwie landete er auf dem Haufen, der gespendet werden sollte, und verschwand für alle Zeiten aus seinem Leben.

Nur eben nicht für alle Zeiten. Das Leben hat ihn also doch aufbewahrt.

Weniger steigt aus dem Auto und wird von einem schwarz gekleideten jungen Mann begrüßt, der einen riesigen schwarzen Regenschirm über unseren Helden hält; Wenigers neuer grauer Anzug ist mit Regentropfen übersät. Der Schal seiner Mutter verschwindet in einem Geschäft. Er dreht sich zum Wasser um, wo sich bereits das dunkle Boot Charons nähert, um ihn zu holen.

Das Restaurant sitzt auf einem Felsen oberhalb des Flusses. Es ist sehr alt und auf eine Art wasserfleckig, die einen Maler entzücken und einen Bauunternehmer nervös machen würde. Einige der Wände scheinen sich vor Feuchtigkeit zu biegen, und die papiernen Wandbehänge sind so wellig, wie Weniger es nur von Büchern kennt, die man im Regen hat liegen lassen. Intakt sind das alte Ziegeldach, die breiten Dachbalken, die geschnitzten Rosetten und die verschiebbaren Papierwände dieses alten Gasthauses. Eine große, stattliche Frau wartet am Eingang auf ihn, verbeugt sich und begrüßt ihn mit Namen. Auf ihrer Tour durch das alte Gasthaus kommen sie an einem Fenster vorbei, hinter dem ein riesiger, von einer Mauer umfasster Garten liegt.

»Der Garten wurde vor vierhundert Jahren angelegt, als das Gelände ringsum bepappelt war.« Die Frau macht eine ausladende Geste, und er nickt verständnisvoll.

»Und jetzt«, sagt Weniger, »ist es abgepappelt.«

Sie zwinkert einen höflichen Moment mit den Augen, dann führt sie ihn in einen anderen Flügel, und er folgt ihrem hin- und herschwingenden grünblauen Kimono. Am Eingang schlüpft sie aus ihren Pantoffeln, und er löst seine Schnürsenkel und zieht die Schuhe aus. Darin ist Sand: Sahara oder Kerala? Die Frau gibt einer schniefenden Teenagerin in einem blauen Kimono ein Zeichen, woraufhin diese ihn durch einen weiteren Korridor führt. Dieser hängt voller Kalligraphien und hat den Alice-im-Wunderland-Effekt, mit einem riesigen Holzrahmen zu beginnen und an einer Tür zu enden, die so klein ist, dass die junge Frau, nachdem sie die Tür zur

Seite in eine Lücke in der Wand geschoben hat, auf die Knie gehen muss, um hindurchzupassen. Es ist klar, dass Weniger es ihr nachtun soll. Er nimmt an, dass er auf diese Weise Demut erfahren soll; inzwischen kennt er Demut ganz genau. Es ist das einzige Gepäckstück, das er nicht auf dem Weg verloren hat. Dort, in dem Raum, befinden sich ein kleiner Tisch, eine Wand aus Papier und ein Glasfenster, das so alt ist, dass der Garten dahinter verträumte Wellen schlägt, als Weniger den Raum durchquert. Die Wände sind mit großen Schneeflocken aus mattem Gold und Silber tapeziert; ihm wird erklärt, das Design stamme aus der Edo-Zeit, als die ersten Mikroskope nach Japan kamen. Bis dahin hatte niemand eine Schneeflocke gesehen. Er setzt sich auf ein Kissen neben einem goldenen Wandschirm. Die junge Frau verlässt den Raum durch die kleine Tür. Er hört, wie sie sich abmüht, sie hinter sich zu schließen; die Tür leidet bestimmt schon seit Jahrhunderten und ist bereit zu sterben.

Er sieht sich um, betrachtet den goldenen Wandschirm, die stilisierten Schneeflocken, die einzelne Iris in einer Vase unter der Zeichnung eines Hirsches, die Wand aus Papier. Das einzige Geräusch ist das Atmen eines Luftbefeuchters hinter ihm, und trotz der Reinheit des Raumes, des Anblicks, hat sich niemand die Mühe gemacht, den Aufkleber zu entfernen, DAINICHI QUALITÄT. Vor ihm: der verzerrte Blick auf den Garten. Er erschrickt. Da ist er.

Der Miniaturgarten seiner Kindheit musste diesem vierhundert Jahre alten Garten nachempfunden worden sein, denn dies ist nicht einfach nur ein ähnlicher Garten; es ist dieser Garten: der moosüberzogene Steinpfad neben dem struppigen Bambus, der, wie in einem Märchen, in den dunklen Kieferwäldern eines Berges verschwindet, wo das Geheimnisvolle wartet (das ist eine Illusion, denn Weniger weiß genau, dass dort nur eine Klimaanlage wartet). Das Wogen im Gras, das ein Bach sein könnte, die alten Steine, die die Stufen eines alten Tempels sein könnten. Der Bambusspringbrunnen, der sein Wasser in das steinerne Becken ergießt – identisch, absolut identisch. Der Wind weht, die Kiefern bewegen sich, die Blätter des Bambus bewegen sich, und, wie eine Flagge in ebendiesem Wind, bewegt sich die Erinnerung an diesen Garten durch Arthur Weniger. Er erinnert sich, dass er tatsächlich einen Schlüssel fand (aus Eisen, vom Gartenschuppen), aber nie die Tür. Es blieb eine absurde kindliche Phantasie, dass es doch noch passieren könnte. Fünfundvierzig Jahre sind seitdem vergangen, und er hat es ganz vergessen. Und hier ist sie.

Hinter sich hört er das Schniefen der jungen Frau; wieder kämpft sie mit der Tür, wie mit dem Fels vor einem Grab. Er wagt es nicht, sich umzudrehen. Schließlich schafft sie es und steht mit Grüntee und einem braunlackierten Korb neben ihm. Sie holt eine abgegriffene Speisekarte hervor und liest laut vor: Englisch, wie es scheint, aber es ergibt nicht mehr Sinn für ihn, als würde jemand in einem Traum zu ihm reden. Er braucht jedoch eh keine Übersetzung: es ist sein alter Kumpel Limabohne. Dann lächelt sie und geht. Ein weiterer Ringkampf mit der Tür.

Er schreibt genau auf, was sich auf seinem Teller befindet. Doch er kann es nicht schmecken. Wieso wurden diese Erinnerungen wieder hervorgekramt, hier in Japan – der orangene Schal, der Garten –, als wäre dies ein Flohmarkt seines Lebens? Hat er den Verstand verloren, oder ist das alles nur eine Spiegelung? Die Limabohne, der Beifuß, der Schal, der Garten; ist das da kein Fenster, sondern ein Spiegel? Zwei Vögel streiten im Springbrunnen. Genau wie damals als Junge kann er nur zusehen. Er schließt die Augen und fängt an zu weinen.

Er hört, wie die junge Frau wieder mit der Tür kämpft, aber nicht, dass sie sich öffnet. Hier kommt der Beifuß.

»Mr Weniger«, meldet sich eine Männerstimme hinter ihm – von hinter der Tür, wie er begreift, als er sich umdreht. Weniger geht vor der Tür auf die Knie, und die Stimme sagt, »Mr Weniger, es tut uns sehr leid.«

»Ja, ich weiß schon!«, sagt Weniger laut. »Ich bin zu früh für die Kirschblüte!«

Ein Räuspern. »Ja, und außerdem, außerdem … Es tut uns so leid. Diese Tür ist vierhundert Jahre alt, und sie klemmt fest. Wir haben es versucht.« Schweigen jenseits der Tür. »Es ist unmöglich, sie zu öffnen.«

»Unmöglich?«

»Es tut uns sehr leid.«

»Lassen Sie uns mal überlegen –«

»Wir haben alles probiert.«

»Ich kann ja nicht hier drin gefangen sein.«

»Mr Weniger«, meldet sich die Männerstimme erneut, gedämpft durch die Tür. »Wir haben eine Idee.«

»Ich bin ganz Ohr.«

»Und zwar.« Japanisches Geflüster, gefolgt von einem erneuten Räuspern. »Dass Sie die Wand durchbrechen.«

Weniger öffnet die Augen und betrachtet den mit Papier bespannten Gitterrahmen. Genausogut könnten sie ihn auffordern, eine Raumkapsel zu verlassen. »Das kann ich nicht.«

»Sie sind leicht zu reparieren. Bitte, Mr Weniger. Wenn Sie bitte diese Wand durchbrechen würden.«

Er fühlt sich alt; er fühlt sich einsam; er fühlt sich abgepappelt. Im Garten: Eine Gruppe kleiner Vögel wie ein Schwarm farbloser Fische, der sich vor dem Glas dieses Aquariums hin und her bewegt (in dem Weniger gefangen ist, nicht die Vögel), um dann schließlich würdevoll Richtung Osten zu verschwinden, und dann – weil das Leben eine Komödie ist – taucht plötzlich ein einzelner Vogel auf, der wie verrückt mit den Flügeln schlägt, um zu seinen Kumpels aufzuschließen.

»Bitte, Mr Weniger.«

Und was sagt der mutigste Mensch, den ich kenne? »Ich kann nicht.«

Es war gegen sieben Uhr morgens, vor nicht allzu langer Zeit, dass Ihr Erzähler eine Vision von Arthur Weniger hatte.

Ich wurde von einer Mücke geweckt, die sich, beeindruckenderweise, an einer Verteidigungsanlage aus Räucherspiralen, unter Strom stehenden Ventilatoren und permethringetränkten Netzen vorbeigekämpft hatte, um sich in mein Ohr zu setzen. Ich danke dieser Mücke stündlich. Wäre diese Mückendame (denn nur die

Weibchen machen Jagd auf Menschen) kein so geschickter Eindringling gewesen, glaube ich nicht, dass ich es je gesehen hätte. Das Leben ist so oft vom Zufall geprägt. Diese Mücke: sie hat ihr Leben für mich gegeben; ich tötete sie mit einem einzigen Schlag meiner flachen Hand. Der Südpazifik grollte leise durchs offene Fenster vor sich hin, und der Schlafende neben mir machte ein ganz ähnliches Geräusch.

Der Sonnenaufgang. Wir waren im Dunkeln am Hotel angekommen, doch nach und nach ließ das Licht erkennen, dass unser Zimmer auf drei Seiten Fenster hatte; ich begriff, dass das Gebäude über den Ozean hinausragte, wie eine vorgelagerte Bühne, und dass man durch jedes Fenster nur Wasser und Himmel sah, Saphir und Jade, bis ich, überall um mich herum, im Meer genauso wie am Himmel, einen ganz besonderen Blauton erkannte. Und begriff, dass ich Arthur Weniger nie wiedersehen würde.

Nicht so wie früher; nicht so locker und ungezwungen wie in all den Jahren zuvor. Es war, als hätte ich von seinem Tod erfahren. So oft hatte ich sein Haus verlassen und die Tür hinter mir zugemacht, doch jetzt hatte ich sie, aus Achtlosigkeit, hinter mir verschlossen. Verheiratet – plötzlich wurde mir klar, was für eine Dummheit ich begangen hatte. Überall um mich herum dieses ganz besondere Weniger-Blau. Wir würden uns natürlich wieder über den Weg laufen, auf der Straße oder auf einer Party oder sonstwo, und vielleicht gemeinsam etwas Trinken gehen, aber es würde so sein, wie mit einem Gespenst etwas Trinken zu gehen. Arthur Weniger. Jemand anderes war nie in Frage gekommen. Von irgendwo weit über der Erde fing ich an, in die Tiefe zu stürzen. Es gab keine Luft zum Atmen. Die Welt rauschte auf mich zu und füllte die Lücke, die Arthur Weniger hinterlassen hatte. Ohne dass es mir bewusst war, hatte ich angenommen, er würde für alle Zeiten dort in diesem weißen Bett unter dem Fenster warten. Ich hatte nicht gewusst, dass ich ihn dort brauchte. Wie einen Orientierungspunkt, einen pyramidenförmigen Stein oder eine Zypresse, von denen wir annehmen, dass sie sich niemals vom Fleck rühren. Damit wir den Weg nach Hause finden. Und dann, unausweichlich, eines Tages – sind sie weg. Und wir begreifen, dass wir dachten, wir wären das Einzige auf der Welt, was sich verändert, die einzige Variable; dass die Gegenstände und Menschen in unserem Leben nur zu unserem Vergnügen da sind, wie die Spielsteine eines Gesellschaftsspiels, und sich nicht selbständig bewegen können; dass sie dadurch, dass wir sie brauchen, an Ort und Stelle gehalten werden, durch unsere Liebe. Wie dumm. Arthur Weniger, der doch für alle Zeiten in diesem Bett bleiben sollte, und jetzt auf Weltreise war – wer wusste schon, wo er sich jetzt gerade aufhielt? Er war mir verloren gegangen. Ich begann zu zittern. Es kam mir so lange her vor, dass ich ihn auf dieser Party gesehen hatte, wo er aussah, als hätte er sich in Grand Central Station verirrt, diesen Kronprinzen der Unschuld. Ich beobachtete ihn kurz bevor mein Vater mich ihm vorstellte: »Arthur, du erinnerst dich doch an meinen Sohn, Freddy.«

Ich saß lange Zeit kerzengerade auf der Bettkante und

zitterte, obwohl es auf Tahiti sehr warm war. Ich zitterte und schüttelte mich; ich denke, man könnte es eine Art Anfall nennen. Hinter mir hörte ich ein Rascheln und dann Stille.

Dann hörte ich seine Stimme, die meines Ehemannes, Tom, der mich liebte und daher alles sofort sah:

»Ich fänd's wirklich schön, wenn du jetzt nicht weinen würdest.«

Und er erhebt sich in seiner Kammer aus Papier, unser mutiger Protagonist. Er steht ganz still da, mit geballten Fäusten. Wer weiß, welches Chaos in seinem wirren Kopf vorherrscht. Sie scheinen jetzt ein Echo zu haben, die Vögel, der Wind, der Springbrunnen, als würden ihre Laute vom Ende eines langen Tunnels kommen. Er wendet sich vom Garten ab, der sich hinter dem uralten Glas zähflüssig bewegt, und sieht die Papierwand an. Hier, nimmt er an, ist die Tür. Nicht in den Garten hinein, sondern daraus heraus. Nicht mehr als Holzstäbe und Papier. Jeder andere Mann könnte sie mit einem Schlag durchbrechen. Wie alt mag sie sein? Hat sie je eine Schneeflocke gesehen? Von all den Absurditäten dieser Reise ist dies vielleicht das Absurdeste – hiervor Angst zu haben. Er streckt eine Hand aus und berührt das raue Papier. Dahinter leuchtet das Sonnenlicht heller, macht den Schatten eines Astes deutlicher auf seiner Oberfläche erkennbar – die Seidenakazie, auf die er als Junge immer geklettert ist? Dorthin führt kein Weg zurück. Genausowenig wie an den Strand an einem warmen Tag in San Francisco. Oder in sein Schlafzimmer, zu einem gewissen Abschiedskuss. In diesem Raum scheint alles wieder, doch hier ist nur die blanke, weiße Wand der Zukunft, auf die sich alles schreiben ließe. Irgendeine neue Kränkung, eine neue Demütigung, klar. Ein neuer Witz auf Kosten Arthur Wenigers. Wieso sollte er dorthin gehen? Und doch, trotz allem – wer kann schon sagen, welches Wunder ihn dahinter erwartet? Stellen Sie sich vor, wie er die Fäuste über den Kopf nimmt und sie, jetzt mit unverhohlenem Vergnügen, lachend sogar, mit schallendem Wahnsinn und einer Art irrer Ekstase, unter lautem Splittern herunterkrachen lässt …

… und stellen Sie sich vor, wie er in der Ord Street in San Francisco aus dem Taxi steigt, am Fuße der Vulcan Steps. Sein Flugzeug ist planmäßig in Osaka gestartet und pünktlich in San Francisco gelandet; es war eine angenehme Reise, und sein Sitznachbar, der gerade das Neueste von H.H.H. Mandern las, kam sogar in den Genuss einer kleinen Geschichte (»Wissen Sie, ich habe mal eine Lesung von ihm moderiert in New York City; er hatte eine Lebensmittelvergiftung, und ich trug einen Kosmonautenhelm …«), bevor die Tabletten unseren Protagonisten einschlafen ließen. Arthur Weniger hat seine Reise um die Welt zu Ende gebracht; er ist fertig; er ist zu Hause.

Die Sonne ist schon längst im Nebel versunken, so dass die Stadt in Blau getaucht ist, als hätte eine Aquarellmalerin ihre Meinung geändert und entschieden, das sei alles Mist, Mist, Mist. Seinen Koffer hat er nicht dabei; der unternimmt offenbar gerade seine eigene Reise um die Welt. Er hebt den Blick und betrachtet den dunklen

Weg nach Hause. Stellen Sie ihn sich vor: Das schüttere Blond seiner Haare, die leicht gerunzelte Stirn, das zerknitterte weiße Hemd, die bandagierte linke Hand, den verbundenen rechten Fuß, die fleckige Ledertasche, und seinen schönen grauen Maßanzug. Stellen Sie ihn sich vor: Er leuchtet beinahe im Dunkeln. Morgen wird er Lewis auf einen Kaffee treffen und erfahren, ob Clark ihn tatsächlich verlassen hat und ob es sich immer noch wie ein glückliches Ende anfühlt. Er wird eine Nachricht von Robert finden, die er mit all den anderen Dingen abheften wird, die nie Teil der Carlos-Pelu-Kollektion sein werden: *An den Jungen mit den roten Fußnägeln – danke für alles.* Morgen wird die Liebe sicherlich noch rätselhafter werden. Das alles. Morgen. Aber heute, nach dieser langen Reise: Ruhe. Dann verfängt sich der Gurt seiner Tasche am Geländer und für einen Augenblick – und weil in der Flasche der Erniedrigung immer noch ein paar Tropfen übrig sind – scheint es, als würde er einfach weiterlaufen, als müsse der Gurt reißen …

Weniger dreht sich um und löst den Gurt vom Geländer. Schicksal, vereitelt. Jetzt: der lange Anstieg nach Hause. Erleichtert setzt er den Fuß auf die erste Stufe.

Wieso brennt auf seiner Veranda Licht? Was ist das für ein Schatten?

Es würde ihn interessieren, zu erfahren, dass meine Ehe mit Tom Dennis genau einen Tag dauerte: vierundzwanzig Stunden. Wir saßen auf dem Bett und sprachen alles durch, umgeben vom Meer und dem Himmel in diesem Weniger-Blau. Am Morgen, als ich endlich aufgehört hatte zu weinen, sagte Tom, als mein Ehemann habe er die Pflicht, mir zur Seite zu stehen und mir zu helfen. Ich saß nur da und nickte und nickte. Er sagte, dass ich eine wahnsinnig lange Reise gebraucht hatte, um etwas zu begreifen, was ich längst hätte wissen müssen, etwas, das ihm die Leute schon seit Monaten gesagt hatten, und dass es ihm hätte klar sein müssen, als ich mich am Vorabend unserer Hochzeit im Badezimmer eingeschlossen hatte. Ich nickte. Wir nahmen uns in den Arm und entschieden, er könne doch nicht mein Ehemann sein. Er schloss die Tür hinter sich, und ich blieb in diesem Zimmer zurück, das von Wand zu Wand, vom Boden bis zur Decke mit diesem Blau gefüllt war, das für den großen Fehler stand, den ich begangen hatte. Ich versuchte Weniger vom Hoteltelefon aus zu erreichen, aber hinterließ keine Nachricht. Was sollte ich auch sagen? Dass es, als ich vor so langer Zeit seine Smokingjacke anprobierte und er mir den Rat gab, mich nicht an ihn zu binden, schon um Jahre zu spät war? Dass er einfach nicht funktioniert hatte, unser Abschiedskuss? Am nächsten Tag erkundigte ich mich auf der Hauptinsel nach Gauguins Haus, nur um von einem Ortsansässigen zu erfahren: »Das hat zu.« Tagelang betrachtete ich staunend den Ozean, der endlose faszinierende Variationen seines doch recht langweiligen Themas komponierte. Dann, eines Morgens, schickte mir mein Vater eine Nachricht:

Flug 172 von Osaka, Japan, Ankunft Donnerstag 6:30 h abends.

Arthur Weniger blickt mit zusammengekniffenen Augen auf sein Haus. Und jetzt ist ein Strahler angegangen, von seinen eigenen Bewegungen ausgelöst, und blendet ihn. Wer steht da bloß?

Ich war noch nie in Japan. Ich war noch nie in Indien oder in Marokko oder in Deutschland, oder in den meisten anderen Ländern, die Arthur Weniger im Laufe der letzten paar Monate bereist hat. Ich bin nie auf eine uralte Pyramide gestiegen. Habe nie einen Mann auf einem Pariser Dach geküsst. Bin nie auf einem Kamel geritten. Ich unterrichte seit fast zehn Jahren Englisch an einer Highschool, korrigiere jeden Abend Hausaufgaben und wache morgens früh auf, um meinen Unterricht zu planen, lese wieder und wieder Shakespeare und habe schon genügend Konferenzen und Meetings hinter mich gebracht, dass sogar die Insassen des Fegefeuers neidisch auf mich wären. Ich habe noch nie ein Glühwürmchen gesehen. Ich würde niemals behaupten, das beste Leben von allen zu haben, die ich kenne. Aber was ich Ihnen zu erklären versuche (und dafür habe ich nur einen kurzen Moment), was ich Ihnen schon die ganze Zeit zu erklären versuche, ist, dass die Geschichte des Arthur Weniger von meiner Warte aus gar nicht so schlimm wirkt.

Denn sie ist zugleich meine. So ist das bei Liebesgeschichten.

Weniger, noch immer geblendet vom Strahler, steigt die Stufen hinauf und bleibt, wie jedes Mal, an den Rosenstacheln der Nachbarin hängen; vorsichtig entfernt er alle Dornen von seinem glänzend grauen Anzug. Er geht an der Bougainvillea vorbei, die ihm, wie eine lästige, allzu geschwätzige Dame auf einer Party, kurz den Weg verstellt. Er schiebt sie beiseite, was vertrocknete lilafarbene Blätter auf ihn niederregnen lässt. Irgendwo übt jemand wieder und wieder ein Klavierstück; die linke Hand ist immer wieder falsch. In einem Fenster brandet die wässrige Strahlung eines Fernsehers auf. Und dann sehe ich das vertraute Leuchten seiner blonden Haare zwischen den Pflanzen, den Heiligenschein des Arthur Weniger. Sehen Sie, wie er über dieselbe kaputte Stufe stolpert wie jedes Mal, wie er kurz stehen bleibt, um erstaunt nach unten zu blicken. Sehen Sie, wie er sich umdreht, um die letzten paar Schritte zu dem zu gehen, der auf ihn wartet. Sein Gesicht nach oben gewandt, Richtung Zuhause. Sehen Sie ihn sich nur an. Wie könnte ich ihn nicht lieben?

Mein Vater hat mich einmal gefragt, wieso ich so faul sei, wieso ich keine großen Träume hätte. Er fragte mich, was ich wolle, und obwohl ich ihm damals keine Antwort gab, weil ich es nicht wusste und den Konventionen sogar bis zum Altar folgte, weiß ich es jetzt. Es ist längst überfällig, dass ich diese Frage beantworte – und ich sehe dich, mein alter Arthur, meine alte Liebe, wie du zu diesem Schemen auf deiner Veranda aufblickst – was will ich? Nachdem ich mich für den Weg entschieden habe, den die Leute für mich wollten, den Mann, der gut genug war, den bequemsten Ausweg – deine Augen sind groß vor Erstaunen, als du mich siehst –, nachdem ich alles in Händen gehalten und abgelehnt habe, was will ich von diesem Leben?

Und ich sage: »Weniger!«

DANK

Der Autor bedankt sich bei: David Ross, Lisa Brown, Daniel Handler, Lynn Nesbit, Hannah Davey, Lee Boudreaux, Reagan Arthur, Beatrice Monti della Corte und Enrico Rotelli. Vielen Dank außerdem an zahlreiche Menschen und Orte auf der ganzen Welt, aber ganz besonders an die Santa Maddalena Foundation, Arte Studio Ginestrelle, Art Castle International, Evens and Odds und den Dolphin Swimming and Boating Club.